2016 中国微型小说年选

中国小说学会 主编

卢翎 编选

SPM 南方出版传媒
花城出版社
中国·广州

图书在版编目（CIP）数据

2016中国微型小说年选 / 中国小说协会主编；卢翎
编选. -- 广州：花城出版社，2017.1（2020.6重印）
（花城年选系列）
ISBN 978-7-5360-8178-9

Ⅰ. ①2… Ⅱ. ①中… ②卢… Ⅲ. ①小小说—小说集
—中国—当代 Ⅳ. ①I247.82

中国版本图书馆CIP数据核字（2016）第296140号

丛书篆刻：朱　涛
封 面 图：仕女图

出 版 人：肖延兵
责任编辑：欧阳蘅　蔡　安　李珊珊
技术编辑：薛伟民　凌春梅
封面设计：庄海萌

书　　名	2016中国微型小说年选
	2016 ZHONGGUO WEIXING XIAOSHUO NIANXUAN
出版发行	花城出版社
	（广州市环市东路水荫路11号）
经　　销	全国新华书店
印　　刷	河北远涛彩色印刷有限公司
开　　本	787毫米×1092毫米　16开
印　　张	17
字　　数	280,000字
版　　次	2017年1月第1版　2020年6月第2次印刷
定　　价	36.00元

如发现印装质量问题，请直接与印刷厂联系调换。
购书热线：020 - 37604658　37602954
花城出版社网站：http://www.fcph.com.cn

目录 contents

辑二

辑三

辑四

辑五

辑六

辑七

辑八

辑九

代序：新世纪微型小说浅析

卢　翎

一

20 世纪 80 年代初，微型小说多见于各种报纸的副刊，仅少数文学期刊，如《小说界》等，刊发微型小说作品。20 世纪 80 年代中期，这一状况有所改变，百花洲文艺出版社旗下的《微型小说选刊》和隶属百花园杂志的《小小说选刊》先后创刊，微型小说拥有了自己的"园地"。1990 年，百花园杂志社将《百花园》改刊为专门刊发原创微型小说的刊物，并通过组织函授、成立学会、设置奖项、举办征文、笔会、"小小说节"等活动，"经营"微型小说。经过十余年的努力，"形成了以郑州为龙头的全国小小说创作中心，它以充满活力的文体倡导与创作事件，有力地带动了全国小小说的发展"（铁凝）。

新世纪以来，微型小说的阵地进一步向文学期刊拓展。《天池》《短小说》《小说月刊》等改版成为专门刊发微型小说的刊物，《小说选刊》、《北京文学·精彩阅读》《短篇小说》《天津文学》《小说林》等增设微型小说专栏，《文学港》《山东文学》《四川文学》《福建文学》等不定期刊载微型小说作品。他们还联合在全国范围内举办征文活动，有力促进了微型小说创作，佳作迭出。随之，全国性文学评奖活动开始关注微型小说，像鲁迅文学奖，在 2010 年新修订的评奖条例中，就将微型小说纳入了评奖范围。新世纪微型小说艺术品质不断提升，形成了良好的发展态势。

这一发展态势的形成，还得力于一支稳健、有多元化审美追求的创作队伍的初步形成。他们中有成名作家，如聂鑫森、赵新、王蒙、韩少功、毕淑敏、阿成、陆颖墨等，或由长中短篇转向微型小说创作、或仅留下惊鸿一瞥的身影，虽整体上作品数量不多，但深厚的艺术功力、独特的艺术追求，使他们的微型小说别具一种气象与格局，代表了微型小说的艺术高度。还有专事微型小说写作的作者。他们或起步于"全国小小说创作笔会暨理论研究会"（1990年）、或在20世纪90年代各类培训、征文、评奖活动中脱颖而出，怀着对微型小说的热爱，勤奋耕耘，自觉进行艺术探索，是新世纪微型小说创作的中坚力量。而新世纪以来涌现的更为年轻的一代的微型小说作者们，则更具开放的艺术姿态。他们不把自己的写作局限于某一领域，从小说的立场出发，根据创作素材自身的特点，创作长篇小说、中篇小说、短篇小说或微型小说。在他们自我的寻找与确立中为微型小说注入了新质，强化了微型小说多元化的艺术取向。微型小说的文体特点、艺术魅力，在这一发展过程中，更加得到充分的体现。

微型小说是小说，它有着小说文体共同特点，"体现出小说的一切要素"。关于这些要素，此处不再赘述。微型小说区别于长、中、短篇小说的显著特征，则体现在篇幅或字数的规定上。自20世纪80年代以来，关于微型小说的字数问题，有1000字、1500字、2000字、3000字等多种说法，可谓众说纷纭，众多作家、研究者从不同的立场出发，也各执一词。但是，无论是1000字，还是3000字，篇幅的规定性必然会影响微型小说文体的内部特征、艺术规律。冯骥才指出，微型小说的特征是"灵巧与精练"，"它所追求的最高境界是意味无穷"刘海涛通过总结前人研究成果，认为"以小见大，以微显著，在单一中追求精美，从单纯中体现丰富，是其本质特征"。也就是说，微型小说文体的规定性，也是微型小说自身的限制，这限制是由艺术自身的难度淬炼而是成的，写作者的才能就在于"戴着镣铐舞蹈"。篇幅的限制使微型小说无法像长、中、短篇小说那样多描写、多旁逸斜出之闲笔，依靠讲述一个完整而复杂的故事从容不迫地表达思想。它重叙述，倚重的是一个镜头、一个片段、一个场景、人物性格的某一侧面或心灵感悟的一个瞬间，通过精粹地叙述这一个个片段，精心演绎稍纵即逝的瞬间感悟，精巧地雕琢小物件、小道具，表达写作者的叙事旨趣，进而产生照亮思想、震撼心灵的力量。微型小说是小的，却不卑微，它与广阔生活世界有着种种隐秘的关联，"它不是来自生活的边边角角，而是生活的核心与深层。它的产生是纷纭的生活在一个点上的爆发。它来自一个深刻的发现，一种非凡与悟性和艺术上的独出心裁"（冯骥才）。

二

微型小说文体优势之一是具有表现现实生活的灵敏性。新世纪微型小说密切关注中国社会生活的变化，小处落墨，状写世象百态，单纯、清浅，涌动着动人的温暖与深切的人文关怀。

底层叙事是新世纪文学中的热点现象之一，对底层弱势群体的生存困境、精神需求进行独特的表现与思考。微型小说作者从平民立场出发，以深切的现实关怀，书写底层生活与底层人物。在他们的笔端，没有知识分子居高临下式的同情，也少精英主义式的启蒙与呼唤，"而是把文学性的表现真正落实在底层民众的人物形象上面，在美学的意义上重建他们的生活"。曾颖以"民工××"为题，创作了数十篇"农民工"微型小说，真切地呈现了农民工们的薪酬、人身安全、社会保障、家庭、子女教育等方方面面的问题。在谈及创作初衷与写作立场时，曾颖特别强调一种农民工的身份与立场，他能体察他们的喜怒哀乐，甚至认为自己就是他们中的一员。这一基本叙事立场，在微型小说中颇具代表性。也就是说，在展现进城的农民工、下岗工人、矿工、乡村留守群体等弱势群体艰辛劳作、物质贫困、精神匮乏的煎熬与挣扎的同时，微型小说作者基于切身感受与体验所生发的理解与尊重，敏锐地捕捉底层苦难生活与艰辛岁月中的每一缕阳光和温暖，传达出对生命的体恤和人性的呵护，给人以希望与憧憬。诸如《燕子在冬天里飞》《黄指印灰指印》等，表现苦难，却不渲染苦难，底层叙事中涌动着令人感动的温暖，同时这温暖也缓和了尖锐的矛盾与锐利的疼痛，化解了苦难。

中国社会经济的迅猛发展，使漫长历史进程中形成的农业文明传统分崩离析，并不可遏制地溃败。这溃败与凋落也唤醒了沉潜于生命记忆中的乡土情结，这种乡土情结，即是对传统农业文明的深深眷恋。因此，着力挖掘乡土生活中充满诗意的一面，成为了许多微型小说作者共同的美学诉求。它表现为：明丽纯净的天空、恬淡温馨的日常生活、质朴淳厚的人情；婚丧嫁娶的风情民俗；还有像牛、马等这些家畜与人之间的深厚情谊，这情谊是在它们和人类共同承担耕作的辛劳与艰苦中形成的，因岁月的久远而显得弥足珍贵。像王往的"平原诗意"系列微型小说、江岸的"黄泥湾风情"系列微型小说，凡几十篇，春种、秋收、采桑、拾穗、放水、赶集、送老、合坟、喊魂……点点滴滴呈现出乡土世界无限的诗意与美感。这是唱给已远去的农耕文明的挽歌。

20世纪80年代微型小说刚刚起步时，"幽默、讽刺"被认为是微型小说文体的职能之一。涌现出如《关于申请添购一把铁壶的报告》等针砭时弊、讽刺官僚作风的作品。严格意义上来讲，这一时期"官场微型小说"因杂文、小品文写法，更具"讽刺小品"的特点。新世纪描写官场生活的微型小说走出了"讽刺小品"的套路，它们在广泛触及诸多问题与矛盾，揭露批判种种丑恶现象的同时，更加注重发现与捕捉官场中那些"最微妙最细密的纹路"，破解其中所隐藏的权力密码。微型小说作者周波长期在基层工作，基于对基层官员生活的感悟与体察，创作了以"镇长东沙"为主人公的系列微型小说。作品中，从穿衣、吃饭到开会、发言乃至握手、接待群众等，东沙被一种无形的力量所钳制，他不得不使出浑身解数化解种种尴尬、顺应"人情世故"。东沙时而卑微沮丧惴惴不安、时而左右逢源踌躇满志的微妙心理变化，指向了权力对个体生命实施的剥夺与扭曲。作品呈现出现实生存的另一种残酷与悲怆，传达出对个体生命的体恤之情。

诚然，在巍峨的时代生活"纪念碑"旁，微型小说渺小肤浅。我们不能苛求微型小说承担它力所不及的容量与深度。敏锐地捕捉生活的变化，哪怕是细小的变化，发现它、抓住它，并表现出来，记录生活的律动，见证生活前行的足迹。微型小说的魅力或许正在于此。

三

起步于20世纪80年代的微型小说，在摸索前行的过程中，未能博采众长，跟上新时期中国文学前行的步伐。新世纪以来，一批微型小说作者，秉承先锋文学的精神余绪，在微型小说领域内引发了一场旨在探索求新的"革命"。这是一场迟到的"革命"，它拓展了微型小说艺术的可能性与自由度。尤其值得注意的是，在这种探索的影响下，新世纪微型小说于人性、人的内心世界的深度开掘与表现中，渐渐形成了一种趋向，即放弃对客观真实的追求、颠覆现实生活的客观逻辑、拒绝是非善恶的道德判断，从生命的存在境遇出发，走进了纷攘迷茫的内心世界，捕捉内心精神世界的万千变化，阐释人性的晦暗、复杂与无以名状的精神之痛。这种趋势还可以看作是新世纪以来，微型小说对中国当代文学不断向人性深层挺进的大趋势的积极回应，同时也是中国经济进入快车道，社会步入工业、后工业化时代后，种种现代社会的精神症候，迷茫、孤独、虚无、荒谬等情绪与心理在微型小说中的文学投影。

2002年，《微型小说选刊》一改不刊发原创作品的先例，刊发一位名叫滕刚的微型小说作者的作品。《惊悉》《虚拟现实》《仿佛》《姓名》等，在这些充满现代意识和探索精神的作品中，滕刚思考着现代生活的悖论，以及它们如何扭曲着人性、摧残生命内在的丰盈与复杂。同样出于对现代人千疮百孔、伤痕累累内心世界的深刻洞察，于德北侧重通过描绘一幅幅荒诞不经、神秘诡异的心灵图景，传达现代人的生存之痛。《故病记》中，父子、母子的伦常与亲情被冷漠、仇视所取代，无处不在的痛苦、绝望、焦灼令"我"惶恐不安，尖锐的、无法倾诉的生命之痛令"我"无处逃遁，即使隔着"厚厚"的岁月，仍在刺痛着心灵。《刀》中，借助扑朔迷离的情境与近乎谜语般的表达，渲染出现代人内心的孤独、恐惧、无助以及生存的荒谬感。还有谢志强、蔡楠、邓洪卫等微型小说作者，以其各具风格的艺术方式，关注现代人的痛楚，探究人类精神境遇的本相。

在微型小说领域，以"书写人性的复杂与广博"著称的陈毓，则以女性特有的温婉关注着现代人的情感世界，《爱情鱼》《蓝瓷花瓶》等篇什中，"她任由自己的心灵之鸟，自由而浪漫地飞翔，……架构起自己小说世界中的爱情江湖，抒写出一个个勾魂摄魄的人性传奇"（李星）。她也以自己的敏感，倾听现代城市生活碾压下灵魂微弱的喘息和低低的啜泣。《假如树能走开》中，以护林员的恐惧，折射出现代人内心世界的千疮百孔。而在《夜的黑》中，陈毓借一起扑朔迷离的坠车案，深入特定的生命情境中，呈现现代人内心深处的无奈与迷茫。"有些事情，永远没人能说清楚。"看门人将鲜花移栽于车祸发生处，那是对逝去的美丽生命的哀悼，也是作者深切的人性关怀的体现。

滕刚等人的探索在更年青一代微型小说作者的创作中，成为了一种自觉的追求。他们以现代哲学与艺术想象的联系为起点，书写现代人的精神处境。安勇的《光头》、韩昌元的《雷区》、连俊超的《土地测量员》、立夏的《镜子》等以荒诞的手法，表现现代人内心的荒谬感、人的真实意义被悬置后的荒芜感。同时，他们还喜欢以细致机敏的叙事，借助不同的场景或蕴含丰富心理内涵的事件，巧妙地演绎隐秘的、非理性的情感冲动，和难以厘清的生命意绪。像于心亮的《十一条街》《遗言》《马兰的猫》等作品，于人性的卑微出发，细腻地展现城市青年男女在道德伦理与隐秘情感、生命本能冲动之间的挣扎。安石榴《头发长了，是要剪的》以主人公内心冲突为核心建构了作品的情感逻辑，跌宕起伏，紧张得让人有些无法喘息。头发长了，是要剪的，可内心那无法遏制的冲动，那生命深处的叩击声，又如何能剪掉。主人公内心的冲突是理性与非理性的对抗，是飘忽不定又无法言说的青春的意绪，是生命深处最为锐利的痛感。在细微之处拓展与延宕那些饱含复杂而丰富情感、人性内涵的细节，直抵心灵最为幽暗的领域。新世纪微型小说之于人性开掘的深度就在这些探索与"纠结"中得以建构与深化。

四

微型小说篇幅短小，操作性强，入门门槛低，深受广大文学爱好者喜爱。随着中国社会义务教育的普及，中国人口受教育程度的普遍提高，越来越多的普通读者参与到微型小说的创作中来，他们"注重的是参与，少了些虔诚，多了些随意，只想让人生多些色彩"，这样的写作"没有功名利禄之忧，没有生存之虞，就是觉得有些胸中块垒需要宣泄冰释，某些有意思的物事需要随手描绘，他们不指望一篇小作品会有多大功效，……只为寻找一种精神慰藉"（杨晓敏），或者，圆自己的文学梦。借助现代传媒手段，微型小说被改编为微电影、电视小品、系列电视短剧，微型小说刊物、系列出版物也随之热销。微型小说成为了大众文化时代大众的"狂欢"，甚至是对庙堂之上的文学的"抵制"。可是，问题也随之产生，许多微型小说写作者急于求成，以发表、出版作品为荣，以作品的数量来取胜。由于写作者自身艺术视野的狭窄、艺术资源的匮乏以及艺术功底的薄弱，造成了模仿（仿制）之作充斥于微型小说创作领域。当批量式生产、复制的作品大行其道时，独特的发现与创造被淹没，微型小说的艺术品质也被损伤。

然而，新世纪微型小说中还存在着一种"力量"，执着于文体实验。虽然，还很边缘、弱小，却不可忽视，因为它显示出了微型小说的美学雄心。

系列微型小说是新世纪以来小说家、微型小说作者以微型小说的形式建构一个独立完整深邃丰富的艺术世界的美学追求与艺术尝试。因为篇幅的限制，微型小说"不大可能有十分深刻的思想，也不宜于有很深刻的思想"，但是系列微型小说却可以克服微型小说文体的这一局限性，实现"小"与"大"之间的转化，建构中长篇小说式的比较完整的艺术世界。这种具有文体实验性的系列微型小说，不是那种牵强的人物或地域为中心的小故事的连缀。它是一个整体性的思考，以片段化（或碎片化）的方式传达出来。系列微型小说中的单篇作品，作为个体，是独立而完整的，同时，这些个体又彼此互成镜像，交相映衬，在多重折射中形成一个整体性的小说世界。系列微型小说既有中、长篇小说的体量规模又有微型小说的灵活，这也是对中、长篇小说艺术规范的一种挑战。像滕刚的"个人履历表"系列微型小说，以"履历表"形式，如姓名、性别、籍贯、婚姻状况、健康状况、家庭成员及主要社会关系等，呈现主人公张三的人生历程，这种独特的碎片化的形式，隐喻着支离破碎的经验世界本身，是作者对现代社会生存本相的诘问。王往的"诗意平原"系列微型小说，则以散落于记忆中的苏北平原日常生活，营造了前工业文明时代"诗意生活"图景，呈现乡土文明对现代人的价值与意义。再如，谢志强的《新启蒙时代》从卡尔维诺小说获得创作灵感，追求扑克牌般"变化万千"的结构方式，108篇作品"从哪篇读起都是可以"的，其组合方式也是随意的。这种灵活多变的叙事视点和"集束的力量"，使作品成为了"一部探讨人类精神处境的绝妙寓言"。

自 20 世纪 80 年代以来，在微型小说成长与发展的过程中，笔记体微型小说自成一脉，孙犁、林斤澜、汪曾祺、冯骥才等小说家，将现实主义的艺术表现手法融入笔记体中，确立了笔记体微型小说的艺术品质。在此基础上，孙方友等微型小说作者，糅合了笔记体微型小说、散文、随笔等文体的特点，以跨文体方式营造他们的艺术世界。孙方友的"陈州笔记"、张晓林的"宋朝故事"等系列微型小说，在现代意识的烛照下，重述帝王将相、名人雅士，钩沉掌故逸事，"让一段沉寂的历史重新活泛起来"，建构一部蕴含丰厚历史文化与深广现实、人性内涵的"长篇巨制"。而将这探索推向极致的是，王蒙的《尴尬风流》。王蒙说，把它算作长篇小说也行，算作微型小说亦可，他是作为系列微型小说写的；出版时，出版方认为此书可算作是一种别致的长篇小说体；有研究者认为，它是"新笔记体小说"……认识上存在的歧义，恰恰说明作品模糊了文体界线，以最为自由不拘的形式创造了一个浑然天成的艺术世界。320 个日常生活中的事，有点意味、趣味、滋味的事，全方位地表达出一位智者"对人生的质疑"，揭示现代社会中某些脆弱的本质。

大凡杰出的作品都不是循规蹈矩的。系列微型小说的尝试与探索，或许还存在着一些问题，也可能在今后会饱受争议，但是，在颠覆与重构中，它们所开启的审美新方式，将引领微型小说走向更为宽广的艺术世界。无论如何，这都是值得期待的艺术探索与追求，是微型小说前行所需要的重要力量与信心。

辑一

圣手书生

孙春平

水泊梁山一百单八将中，有一好汉，姓萧名让，本是一秀才，因他会写诸家字体，人都唤他作圣手书生。此公入伙梁山后，数番施展奇才，英雄排座次时被冠以"地文星"。

话说当今，北方某县，也出了这么一位人物，姓喻名俊，县高中语文教师，因善仿他人字体，以假乱真，亦被称为"圣手书生"。

数载前，岁末，一昔日学生踏雪造访，手上提着花花绿绿。喻师心中惊诧，一是与此生来往无多，只是偶尔街遇，彼此道声问候；二是此生眼下已为县府大秘，此番前来，又提了礼品，不知所为何事。学生将礼品一一展陈，恭敬道，又值岁末，学生祝恩师新年快乐。喻笑问，先说说找我何事，不然老朽受之不安。生道，我就直奔主题。每逢年底，县长常收厚厚贺年信卡，来而不往，或电脑敲字，皆失礼仪。可苦于公务烦冗，只想请恩师百忙中代笔。喻问，听说县长新来不久，怎会知我？生道，我看县长忙碌，所以冒昧举荐恩师。所需回复之人及内容，我已备下，县长亲笔贺卡亦呈上，可供资鉴，恩师执起如椽之笔即是。喻思忖良久，再问，确是县长亲自吩咐？生道，这些礼品，就是县长让我转呈，不然，拙生纵有此心，也无此力。县长还言，日后得闲，当亲自把酒致谢。

学生如此恳切，喻师不好推拒。生起身告辞，不忘再次叮嘱，称此事只限恩师，切不可轻对人言。喻正色回道，此言何需啰唣，县局警员亦曾告诫，称仿字之技不可轻动。我知其中厉害，若非只写吉祥安康之类，就是县长大驾亲临，我亦断然不允。

一诺数载，年年岁岁，学生送，准时取。所得反馈多是赞扬，说一县之长亲民，日理万机尚能亲笔回复祝福，一字足抵千金。至于那些礼品，喻不舍入了俗肠，吩咐夫人悄然送到回收店，并自嘲曰，权当润笔。

今秋某日，校长突然将喻唤出教室。进了小会议室，又见两位铁面之人，听介绍，知是省纪检巡察大员。喻心中噔噔狂跳，惊诧莫名。校长退出，铁面单刀直入，问喻师可曾为执权者捉刀代笔？喻摇头。铁面示出两张贺年卡片，问是否出自汝笔？喻默然。铁面再示一份县长批示的公文。喻细阅，原来是一份建厂用地申请，县国土局已有答复，称有违国家规定，又见县长亲自批复，措辞严厉，一言九鼎，批评县局小脚女人，有碍经济发展。喻称吾手贱，确是代县长写过贺卡，但此类文牍，怎会出自吾等儒生之手？铁面人道，我们已请专家做过鉴定，确认此件与你笔下一般无二，而县长则坚决否认有过如此批复。喻驳曰，难道他否认我就得承认，天下哪有这般道理？铁面冷笑道，贺卡汝亦曾矢口否认。闻此言，喻一时结舌。铁面又道，身为人师，当守诚信。喻师如此面对调查，不能不让人怀疑为师资质。喻怫然回道，一个是轻飘贺卡，一个是万钧批文，放在一起比较，方为天大笑谈！铁面起身，说既如此，只好请喻师移动尊驾，另找地方协助调查。喻情知自家担了干系，却端坐不动，说尚有教学任务，不想掺和分外之事。铁面道，事关国家法纪，公民均有如实协助调查之义务。至于教学，学校自有妥善安排。喻仍不动，说我另有足够证据。请二公马上寻公检法一专家来此，省市县诸级均可，我只需三言两语。铁面问，对我们二人，有何不可直言？喻望定二人，微笑不语。

事已至此，铁面人便与喻坐候品茗，一盏又一盏。日影西斜，专业高手终于到来。喻附耳低言，来者旋即执贺卡与批件离去。片刻，高手复归，对铁面人颔首笑曰，诚如所言，且请喻师授业解惑去也。

喻似冷似嘲，大笑而去。铁面人也露出笑靥，说这个喻师，神神鬼鬼，到底出示了什么秘密？高手回道，喻师为防真假难辨，早在仿字中暗藏了玄机。面对两人迟疑目光，高手又言，他用的是针刺之法。至于刺在何处，又几许，都是独属他私人的密码，恕吾有诺在先，不再详陈。铁面人惊怔良久，叹曰，假货防真，让人难料，亦为奇闻也。民不可欺，信矣！

（原载《天池小小说》2015 年第 12 期）

T恤衫

孙春平

街头老人角的人员基本恒定，一个个端着大茶缸子，或摔象棋，或甩扑克，高声亮嗓地一边玩一边评点江山。年龄嘛，多是六七十岁的，耄耋之人也有，但不多，来了三五次也就不见了踪影。五六十岁的小老头也不多，来了也坐不住，晃一晃不定又忙什么去了。这情景有点像路边的冬青树，乍眼看，一年四季都绿着，但细观察，方知有些叶子在一天天枯萎，又有新叶子在悄然抽芽。世上没有永恒不变的事，人生也是如此。

今年夏天，老人角又新增了一位人物，瘦高，身穿一件数十年前的工装服，左衣袋上方还隐约可见红星机械厂的字样。昔日的工装服多是这样，时下极少见人穿了。红星厂也早成了历史，先是民营，后来中外合资，眼下还有没有，不得而知。年龄在老人角算是年轻一茬，头发还茂密着，以前可能一直在焗染，看来不想染了，发根那一层白茬便日渐其厚。老人们对新人来去均持不冷不热的态度，也很少有人打听以前是做什么的，家中什么情况。都已进了夕阳岁月，顺其自然才好，该知道的总会知道，人家不愿说的你还打探个什么劲呢？此公来了从不多说什么，见楚河汉界正厮杀，便君子观棋不设一言，见斗地主打娘娘哄嚷热闹，不时也跟着呵呵一笑或摇头叹息。有时，场上缺人，他也不推辞，一出手便知有些功夫，不可小觑的。

表面上看，以为聚到这里的都是赋闲之人，那就错了。老人们身上都有武把式，或电工，或木匠，或水暖，还有人会摆弄自行车、摩托车，只是不像劳工市场上的师傅那样脚下立块牌子。年龄大了，不虞温饱，得做且做，挂角一将，谁还甘心为那几个小钱儿去受人差使呢？不时地，会有人跑来问，我家没电了，也没通知停电呀；或说，我家下水道往上返水，哪位大叔去帮看看吧。每到这时候，便有人应对几句，然后拎起不定藏在哪儿的工具袋，随人去了。可往往也有这种情况，来人了，也问过了，问过的人却继续摔棋子。每到这时，曾经红星厂的那位便应道，我去吧。

如是三番，人们就有些奇怪了。这主以前是干什么的？有人说下水，他去；人家说电停，他去；有人说瓷砖脱落，屋顶漏水，他也去。有人问，你还啥都敢摆弄呀？此公一笑，说样样通，样样松，不稀罕。再往后，来人便常是专找肖师傅了，人们这才知道他姓肖。有人问，老肖你这么受欢迎，怎么讲的价？老肖仍是淡然一笑，说讲什么价，我是泥菩萨坐佛龛，凭赏，不给也中。此话似乎亦可当真，因为有时他回来，常是把还没开封的香烟丢给众人，说抽吧，我烟轻。那烟有软中华、硬玉溪，很牛掰的那种，也有红河或石林，寻常百姓的家常物。甚至，有时他还拎盒糕点回来，说垫补垫补吧，中午就不用回家了。本来，有人对此公抢活计撬生意是心存忌怨的，但看他如此大度，况且人家常是在别人不愿出手的时候才起身，倒也说不出什么了。

夏日渐消，已见秋凉。一日，一位漂亮少妇匆匆跑来，说家里水管坏了，厨房漾了没脚面的水，请哪位大叔快帮修修吧。老人们你看看我，我看看你，谁也不吭声。这种小打小闹的维修，不过是换根管子或阀子的事，人家即使肯出工钱，油水也不大，要多了不讲究，要少了又不值，还免不了弄得一身泥水。自然，又是老肖起身了，他对少妇说，你先回家，我去建材商店把可能需要的材料带上。少妇说，你先看看需要什么再买不行吗？老肖说，我跟那些人都熟了，先赊着，不用的我再退回去，省得来回瞎跑了，放心吧。两人离去，有人望着老肖的背影说，这老兄，倒会讨女人喜欢，不会是人家身上的上下水他也能修吧？众人哄笑。老人角的这些人，多是粗人，说话不走心，荤素咸淡，只博一乐，没人计较。

过了晌午，老肖复归，引人注目的是前半身的湿漉，尤其是那件工装服，前襟上已满是铁锈与泥污，看来活计确是不轻松，估计是伏在地上钻进橱柜下完成的。有人问，都这时候了，没留你垫垫肚呀？老肖答，厨房出了毛病，还吃个啥？又有人说，衣裳都湿成这样了，回家换换吧。老肖答，大日头秋老虎，一会儿就晾干了。说话间，老肖又从工具袋里抽出一件没开封的深蓝色T恤衫，丢到牌摊上，说女主人赏的。你们谁喜欢，就拿去穿吧。人们争抢着看，有人指着商标惊讶地说，我的天，30%羊绒，70%棉线，少一千元拿不下来，老肖，这回可让你掏着了。又有人看尺码，说XL的，正合你的身子，老肖，快换上吧，不会是人家专门给你买的吧？老肖仍是淡然一笑，说我还是穿这身工装服舒坦。

数日后，当老人们又聚一起时，有人悄声说，这老肖，可不是等闲人物。年轻时，他是红星厂的维修工，因为心灵手巧，号称厂里首屈一指的维修大拿，没有啥活计他不敢接手的，再加能说会写，连得了好几年的厂先进。后来，当了车间主任，当了副厂长。再后来，调进工业局当了副局长，又进市政府当了处长。可惜的是，前一阵因为高层腐败案子，由正处一下被撸到副科，回家只等着办退休手续啦。有人突然打断，说别说了，他来了。

远远地，老肖还是穿着那身工装服，提着工具袋从容走来。人们一下息了声，低下头装作洗牌摆棋，一时间，谁知各位心里都在想些什么呢。

（原载《小说月刊》2015 年第 12 期）

刘禅北伐

白小易

　　在失去了子龙和孔明之后，刘禅的江山不久就丢掉了。厌战的禅儿没有做任何抵抗。他投降了。他不在乎世上的人如何论他。他只知道这样会少死很多人。

　　他被当作战俘押送到了北方。司马昭密令手下在途中杀死刘禅。但是执行的将士都丢了大面子——他们发现根本就砍不到这个小胖子。即使将他的手脚捆住也不行。他居然可以依靠精准的微小闪避，让刀剑替他砍断绳索，却不会伤及皮毛。

　　"别费劲了，你们这些剑法，我了然于胸。"

　　"谁教你的？"杀手们很惊异。

　　"常山赵子龙。"

　　大家都哑口无言了。

　　可是有一个人还是不死心。这个人就是队长。他假意恭维着刘禅，弄了好酒好菜，把刘禅灌晕了。看到刘禅倒头睡下，并且鼾声如雷，队长冷笑道，我看你还躲不躲，他拔出剑来，抡圆了劈过去——刘禅只小小地动了一下，连呼噜都没中断。而那剑抡得太猛，空转回来反而砍翻了持剑者！

　　所有的人终于意识到，刘禅对他们太客气了。只要他拿起剑，他们没有一个人能活着。

　　"你这么好的功夫，为什么不杀我们？"

　　"我连只鸡都没杀过。我从小就讨厌刀剑。"因为他们的态度变得客气了，刘禅就多说了几句，"我小的时候，子龙就在我面前天天练剑。我在他身边打滚耍赖。他说你不学就滚远点，免得伤着。我偏就跟他赌气，赖在他面前，跟着他的剑势翻滚。实话告诉你们，时间长了，只要剑一动，我就知道它要去哪里，还知道它之后的每条路线……"

"要是不按剑法，胡乱砍你，你就不灵了吧？"有人还是忍不住想再试试。

"你们不知道诸葛孔明是我的另一位老师吗？他教了我奇门遁甲之术，从任何方向来的危险，我都可以预知。"

众人拜服。

禅儿到了洛阳。司马昭惊得眼珠子都要掉了。他就是不信邪，从大殿宝座上蹦起来，亲自操刀去砍刘禅……连挥了几十刀，全落空了……刘禅被追进了后宫。嗨，真是一个流光溢彩、佳丽如云的百花园啊！刘禅就在这里逍遥起来……心急火燎的司马昭就在旁边伺机努力砍刘禅。刘禅一边动作，一边心不在焉地躲着抢过来的一刀连一刀……

司马昭只落得气喘吁吁、头晕眼花，最后他给禅儿跪下了，说爷啊，您还是回蜀国去吧。

（原载《天池小小说》2015 年第 12 期）

最好的结局

白小易

老王得了心脏病。他觉得活不长了，每一天每一分钟都可能死掉。于是在做任何一件事时，他都会为自己的"后事"着想。老王是一个兴趣广泛，涉猎了许多领域的人。上班当领导，入市做股民，爱好体育和文艺，经常使用各种交通工具（从飞机到自行车），还养成了定期去洗头桑拿的"清洁"习惯。当然，去得最多的地方还是办公室和家里。

他的思虑就是由这些他常常涉足的地点引发的……我会死在哪儿？在上班时发病是一种最完美的死法。"鞠躬尽瘁，死而后已"的名句到时可以为我所用了；在股市里发病，人们会说我为钱送了命，这无疑有损光辉形象；但要是在洗头房这类地方出了问题，就更不可收拾了……想着想着，老王便感到很烦躁。

老王非常想拥有一个美好的结局，他不肯住院，他不愿意死在病床上。股市和洗头房决不再涉足。平时也尽量不在家多待。早早便去上班，打水拖地，拼命工作。开会的时候，他比以往更容易激动，发言的声音连健康的心脏都给震得怦怦乱跳。有一天正开着会，他不得不跑去卫生间大便。骑在马桶上，忽然感到一阵阵心悸。他咬着牙，暗暗祈祷着：上帝啊，可千万别在这儿……他甚至来不及好好清洁自己，挣扎着提上裤子溜回会场——这时候却什么事也没有了。

会后老王正心烦着，打字室的小琼来看他。这女人见了他就显得不好意思，好像老王的"心病"全是她害的。老王翻了翻眼，不知该拿她怎么办。（当初他心脏还好的时候，总想拉这女人上床，但一直也没能得逞）他以一种极其无奈的心情和她闲聊。从打更老头儿扯起，差不多把单位里每一个人都评说了一遍。而这些在小琼看来很有些临终嘱咐的意味，并且听得眼圈微红。

这时送信的刘嫂推门进来，愣了一下，竟一连声说对不起。

老王当时好不懊恼，张口便叫："对不起个球！我这个破心脏还敢干什么不成？"

结果弄得满走廊里的人都听见了。两个女人更是尴尬得不得了。

老王郁郁地离开办公室。路过证券营业部，他小心翼翼地走了进去。看了一会儿盘子，买了1000股"永生股份"。并且马上把这笔交易添加在遗嘱里。

当晚，他把一如既往拱背而眠的老婆拽过来，翻天覆地地做爱。对老婆来说这是几个月来破天荒的惊喜。

第二天早晨，他又醒过来了。

[原载《微型小说月报》（原创版）2016年第5期]

我的乡愁之山村夜话

凸　凹

山村的暮色来得早，一如晨曦来得迟。均因大山耸立，使时空幽闭。

即便是陷在夜色中，也不掌灯火。那时照明的线路尚未拉到山里，仅靠一盏油灯。煤油须钱，豆油须磨，獾油须猎，都是贵的，均让勤俭的山里人心中痛惜。在庄户人眼里，一入夜，人就是闲的，也就是说说话，拉拉家常，熬熬时光，若再弄得灯火通明，便有些不会过日子。索性就猫在夜色里。

秋冬时节，因为天冷，人们猫在土炕上。一炉煤，几把柴草，那土炕整夜都热着，便诞生了一句俚语："穷忍着，富耐着，睡不着瞇眯着。"一个"瞇"字的背后，是温暖、慵懒、知足和经济的日子。也因为此，不管是时势艰难，还是世道和顺，山里人都能伸展自如。"隐忍"之下，苦、难、惊、恐，都不存在了。笛卡儿说，我思故我在，换在山里，便是我忍故我在。一个山里的秀才，喜涂抹，画了一只土龟，题款写着：我慢故我在。在他的意识里，缓慢、守成、寡欲，这些缺少思变色彩的东西，恰恰成就了山里人的生活。

到了夏天，山风清爽，人们便普遍猫在庭院里，名曰：纳凉。瓜棚豆架，蝶蛾乱飞，玉米吐穗，猪狗无眠，都呈现着盎然的生机。如此节令，人自然也是不睡的。庭院里，坐满了人。蒲席、杌凳、石头，甚至几捧青草，都是人们的坐具。有的干脆就坐在土地上，还有的为了显得跟别人不同，竟坐在树杈上，垂下脚来晃动。

与白日里不同，坐在中心位置的，往往是女人，汉子们反倒蹲坐在角落里。婆娘话多，男人寡语，自然要坐在好说话的地方。汉子们低头抽烟袋，夜色中一明一暗地弄出萤火。也是因为黑，他们抽得坦然，苦烟叶也抽得甜，烟气袭过来，明明是呛人的味道，婆娘们闻了，竟也觉得是香的。就放任他们。男人不抽烟，还算什么男人？黑夜给了婆娘们豁达的心情。

葫芦花乘夜色开得恣肆，暗香浮动，招蛾蝶尽来。放在素日，拈花惹蝶，一如招猫缔狗，都是很不正经的生计，搁在眼下，就很正经了。没有蛾蝶做媒，上下忙乱，哪有秋后的满架葫芦？男女们都默默地欣赏着，以为好。

栏里的羊们可劲地倒嚼（反刍），有节奏的声音反而使夜晚更寂静；柴狗们把躁动揾在嘴里，化成温柔的呜咛，因为它们识趣，知道夜晚不适宜啸叫，既惊了人，也吓坏了自己。只是鸡公偶尔叫一声，人的不眠，让它们对时序感到困惑。

这一切，都让婆娘们感到兴奋与惬意，她们悉数登场，话语稠密。

母亲说，一转眼，已经是三个崽儿的娘了，就是上边不允许，要是允许的话，还想再生几个，猪羊满圈，儿女满堂，也不枉做回女人。

伯母说，你是好了疮疤忘了疼，每生养一个，都一如过了一次鬼门关，身子和心坎都是悬着的。

母亲说，喊，你又不是没生过孩子，把事情弄得那么玄乎。生第一次，是疼，生第二次，是怕疼，生第三次的时候，连疼的影子都找不到了，就一如进了一次茅厕，排了一次屎尿。

伯母说，你说得太粗糙，不过情景是对的。一如这日子——刚成家过日子的时候，觉得这日子缺这少那，很是难挨；再往后，觉得难日子，只要挨一挨，也是能过的；到了最后，已经习惯了，难在难中，反而不觉得难了。倒是好日子连续地来了之后，心绪竟不稳了，总觉得像是假的。也许是咱山里人本性贫贱，苦在苦中，才感到实在，才感到妥帖。

母亲说，你说得一点不假，日子过得太顺遂了，不但让人感到心虚，还让人无事生非。就说这夫妻吧，过苦日子的时候，还能往一处算计，一如冷在野地里，身子挨着身子，两个人都感到暖。一旦天天温饱了，身子却往远处跑，不是嫌弃，就是吵闹，一如地闲了长草，人闲了就分心。真应了老辈人说的，乡下人心性浅，可共患难，不可共享福。尤其是男人，好在好中，反而不觉得好，总觉得在别处才有更好。

母亲一边说着，一边猫了一眼在角落里的父亲，透出额外的意味。

父亲做着村里的支书，常接待外边来人。刚接待过一个下乡巡演《杜鹃山》的剧团，对扮演柯湘的女演员很是惊羡，毫不遮掩地对人说，你看人家多美艳，拿自家女人一作比，就只有一个字了：完。

婆娘们会心，就笑。起初还忍着，之后就乐翻了身膀。笑浪之中，父亲顿生尴尬，很想发作一下，但想到自己支书的身份，矜持地欠了欠身，只是轻轻地咳喘了一声。

夜风不知何故，突然就止了，婆娘们感到闷热，索性就光了身膀。其实光身膀是山里妇人们的一个习性，只要生育过了，事情就没那么严重了。一如水流过了，自然要露出石卵，地收过了，自然要秃。甚至还是有繁衍之功的女人的一种荣耀和资格。男人的眼光也不躲闪，也不黏滞，坦然得一如不见裸。

伯母扫了一眼母亲，故作惊讶地说，他婶，你可真是皮实，都是三个崽的娘了，奶子依然是肿，肿得没皮没脸。

母亲说，肿也没用的，不过两包土。

这里的含义，只有山里的人懂。山里人说，没过门的女人是金奶子，过了门的女人是银奶子，开了产门的女人就是土奶子了。在他们眼里，再金贵的东西一旦使用了，也就落草如泥。美只是预备着看的，是无用之用。所以，山里女人并不太看重美丑，在无得无失之中，身心健壮。

伯母说，也是的，金银再贵重，也当不得饭吃，还不如土，能够长庄稼。

话说得入心，情感就融洽，虽夜色渐深，也不贪恋床，只觉得自己像永远醒着的精怪，自得之下，不停地笑，笑得有些傻，一如幸福的模样。

话头就接着往下延续。

母亲说，就说咱山里的物产，譬如花椒。花椒耐旱，不挑水土，只要有一小块土，就长很大一棵植株，山里的花椒树多，就是这个道理。花椒可也真的金贵，苞皮壳做调料，素菜蔬也能弄出肉味，里面的籽粒可以榨油，可以做酱，香乎人的嘴。可是这宝贝东西却生着怪脾气，满身芒刺，人一采摘，就扎你的手。咱山里女人的手，为什么斑斑点点、粗粗拉拉，十有八九是它坐下的。

伯母说，你还不能怨它，它教人明白，得到好处，你一定得付出代价。你也知道，你轻易地给人好处，往往不被珍惜，要不然怎么会有好心变成驴肝肺的说法。给人恩惠，要慢些出手，要有尊严地给。这花椒身上的芒刺，就是它的尊严。这不是要价，也不是要人家感恩，是让人明白，恩德的背后也是艰辛。

母亲说，还有那荨麻。为什么都管它叫蝎子草，因为它叶面油滑，叶背就是密密麻麻的刺，人不小心触上，就疼得钻心，一如蝎子蜇。就是这样不招人待见的物件，它秆上的皮却是最好的麻，可以纳鞋底，缝口袋，织睡具。也多亏了它，即便是咱山路鞋费，也不担心鞋缺。这叫什么，叫看人看事，不能看表面，一如牛粪蛋再光鲜，却不是药丸，臭椿树再高挺，喜鹊也绝不会去筑窝，因为它味道难闻。

伯母说，就说咱这里特有的磨盘柿，通红的软柿子总是长在树顶上，即便是借了夹竿，也难以够到。嘴馋的人以为它终究会熟透了自己掉下来，就仰望着在树底下等。等来等去，也不见它掉，以为还需些时日，就抬腿远去。可一转眼的工夫，它竟掉下来了，碎在泥里。你说这叫什么，这叫得与不得、成与不成，大多都不在于前面你费了多少力气，在于你有没有最后的那一点点耐心。

说到好像无话可说了，婆娘们静了一阵子。伯母突然打破了平静，说，咱说得这么热闹，怎不见他小婶子来？母亲说，你这是明知故问——她开的私药铺子，净卖假药，且多卖给亲戚里道。亲情是一张纸，都碍着面子，也就不好意思戳穿她。但人心究竟不是铁，即便是有了殷实日子，她心里也是虚的，没了清明坦然的心情。既然没了清明坦然的心情，她哪儿还会清明坦然地坐在这里？伯母说，看来人还是本分一点好，不单为别人，更为自己。

夜实在是深了，父亲不得不又咳喘了一声，说，都说婆娘是夜的眼，一点都不假。白天迷糊，晚上清醒，好像天下的道理你们都懂。不过还是早点歇吧，究竟是白天的清醒更有用。

这是变相的夸赞，让婆娘们很受用。她们说，你知道就好，省得你天一亮了，就不知道自己点的是几钱几两油的灯。

父亲说，别给鼻子就上脸，其实你们的那点清醒，还不是因为有一座座的大山——漫山遍野到处都长着道理，你不用去问书本，也不用去问旁人，只要不傻不呆，总会有几分明白。

父亲的话点到了实处，婆娘们心虚了一下，暗色之下，也能看到脸上的羞红。都几个崽的娘了，还有女儿一样的羞，这一点很让他感动，他觉得，对岁月中的婆娘，他还是爱的。

起身的时候，突然看到几只萤火虫低低高高地飞过来，给了夜色一个充分的证明。婆娘们也心有感动，对父亲说，其实这人有时还真不如鸡虫，你看这萤火虫，在暗夜里走路，自己就带着一盏小灯笼。

（原载《文学港》2016 年第 6 期）

不定的梦魂之夜路

凸　凹

这段路，是我从未有过的体验。

然而，还算温柔的一个意志，让我必须在夜里，孤孤单单地去经历它。

我不知，是不是该诅咒那一份温柔。

脚下的路，绵延入黑夜的肚腹；于是，便看不到有多少前景。

胆怯、惊惶、困惑就都悄然而至。很想趔回去，但身后的天更黑更浓。不寒而栗的，还有身后的，那一双伫望的眼睛。

就只有试探着往前走。

路边的树发出哗啦啦的脆响，很不温柔。空气中吹过来湿润而腥涩的气味，路边不远处有一条神秘而怪戾的河。这河里的生物很多，多得让人叫不上它们的名字。叫不上名字的东西，要少看，更不要去触摸。母亲从小就这么对我讲。于是，伴着这么一条河走路，心里就忐忑着，极不踏实。

上路之前，我穿戴得很整齐，一些很被人看重的辉煌的饰物，在胸前，在肩背，都叮当作响。但就在这时，这陌生的阒寂黑暗的夜路上，这饰物的每一个声响，都是一分邪恶的张扬。这是奸细的呼叫，呼叫不远处那绿眼的盗贼。我害怕极了。

忽然就有一串杂沓而急促的碎声，箭镞一般从身后射来，气息就倏地幽闭了，喉咙有一团火烧起来。但那声响却在足前停下了，有两道幽绿的光直直地在我身上搜寻。我感到了绝望，紧紧地闭上了眼睛。但久久未遭到攻击，手掌却感到一种湿润而温暖的舐抚。睁开眼睛，发现蹲在身边的，是一条不大不小的狗。狗正伸长了脖颈，极温柔地，其实是极贪婪地舐舔着我的手掌，手心里正有一层冰冷的、咸味的汗，不失时机地汪着。

这是一条饿狗。

一种人性的复苏，使我毫不犹豫地解下行囊，那里正有两听午餐肉和半截香肠。

狗吃得很响，驱走了我身边的孤独、寂寞和胆怯。我拉开了一罐啤酒，伴着狗进食时的那一声声脆响，喝得很平静，我发现，啤酒的味道很醇。

当我从沉迷中醒来，狗已吃完它能得到的食物，并没有很人性地道一声感谢，踏踏地、理所应当地溜远了。

我猛地感到，自己犯了一个大错误：背囊里也正有一根绳子，应该把狗拴在手里，牵着它走路；如果那样，这段路，一定好走得多。

于是，我朝着狗消失的那个方向，大喊：罗米！罗米！

这个声音，把我自己都惊呆了——罗米，正是我那热恋着的情人的名字。

这之后，我陷入了无边的虚妄。我感觉麻木地朝前走着，该来的就都来吧，我已无所谓。偶或，竟冒出这样一个邪恶的念头：

来吧，黉夜的强盗，请你们这些好汉把我抢劫一空吧，给我一个重新开始的权利！

来吧，狞猛的怪兽，请你们这些勇士把我吞噬干净吧，给我一个重新孕育的机会！

遗憾的是，走完那段路程，竟什么也没发生。而且我发现，这段路是个回环的存在，最终又回到了那个温柔的意志身边。

梦依然未醒。

［原载《北京文学》（精彩阅读）2016 年第 8 期］

一九九六年的自行车

周洁茹

　　惠君的男朋友有一辆自行车，每天傍晚骑来惠君家，第一件事情，问惠君要一块旧布，擦车。擦很久，连轮胎都擦。惠君就说，你都不理我，你是喜欢你的脚踏车还是喜欢我呀？

　　惠君的男朋友说，这是山地车，二十四级变速的，不是脚踏车，脚踏车只有一个速度。

　　惠君和男朋友分手了一年都没有缓过来，初恋，缓不过来。

　　惠君去买山地车，山地车紧俏，店里都没有卖，家里人认得车厂的副厂长，自己去厂里提。

　　惠君取了车，骑回家。车厂遥远，惠君预留了两小时，可是四小时都没能骑到。山地车竟然很难骑，变几个速度都没有用。上桥的时候，惠君哭了，因为实在骑不动了。下了车，坐在桥沿，才发现轮胎是瘪的。车厂出来的新车，没有气，也没有人提醒她要先充气，就这么吃力地，骑了一路。

　　惠君找的实习和前男友的单位在一个大院，一个大门，可是惠君再也没有碰到过他。惠君只在车棚里看到他的山地车，惠君把自己的车停在那辆车的旁边，惠君经过车棚打水的时候看一看那两辆车，靠在一起。整个大院仅有的两辆山地车。

　　惠君的前男友被单位派出去进修，六个月，整个大院只有一辆山地车了，惠君的山地车。

　　实习经理苛刻，惠君时常加班到半夜，漆黑的夜，昏黄灯光，车棚里的最后一辆车，开锁的声音都凄凉。惠君咬着牙，一天又一天。前男友回来的那个早上，惠君什么都没有拿，从楼梯上走下去，进车棚，推了自己的车，出了大院的门。经理站在楼梯上喊，惠君的头都没有回，惠君骑得飞快，山地车果然是可以加速的。

惠君家里人调惠君去另一个区的机关上班，惠君需要骑车去最近的站点，再转搭班车上班。

早晨的站牌下面，一个人都没有，惠君把车停在一间冲印店的门前，和一棵树锁在一起。

班车时间是早晨七点，冲印店开门的时间是十点，这三小时，足够一个熟练的贼撬掉三十辆自行车的锁。可是惠君也没有别的选择。

每天傍晚从班车上下来，惠君第一件事情就是找自己的车。车还在，和一棵树锁在一起，惠君骑车回家，一天又一天。

妇联主席团委书记办公室主任，人人关心惠君，给她介绍对象，公务员同事，前程好，惠君只是笑笑。

前男友和惠君分手，用的理由是前程，领导说的，年轻，心思不要放在小儿女，要奔前程。

有一天，惠君从班车上下来，没有看到自己的车，惠君绕着那棵树转了一圈，没有，真的被偷掉了。

惠君走路回家，骑车五分钟的路程，走路也不过十分钟。

自行车被偷掉了，惠君竟然一点儿也不难过。

（原载《小说界》2016 年第 2 期）

再　见

周洁茹

他说你怎么只听陈绮贞呀。

她说因为她的每一首歌都会转弯啊。

他说《千与千寻》为什么要看十遍呀。

她说每一次看都不同啊。

他不再问那些蠢问题了。

她也不用再答蠢问题。

已经是三年前的往事。她去了台北，他成为前男友，这个世界上真的有一种东西叫作前男友的。

她记不分明九份的咖啡店，海岸线，望山的民宿，只有那些台阶，走都走不完的台阶。

也真的找不到千寻走过的那些街，《千与千寻》都看了十遍的，后来又看了十遍。

很多没有面孔的人停在半山拍照，一张又一张，好像无数张牙舞爪的无脸怪。她只觉得蠢。

那些夜深下来更红的灯笼，转角的茶店，到底只是一部《悲情城市》，与千寻又有什么关系。

能够看二十遍动画片的过去，也真的回不去了。寻找自己名字的故事，并不低过一个时代的故事。一个人的故事，也是一个时代的故事。只是回不去了。

她去十分放了天灯，回台北的路上，她吐了。路太崎岖。

她以为过不去的思念，到底也过去了。不过三年。

她想着要回来，她也没有觉得自己是要一直留在台北的，忠孝东路的人群，滚热的太阳。台北不是家。

她回来了。她想过再见面的时候她会问他，你爱过我吗。他会问她，那么你爱过我吗。她没有问，他就没有问。只是一个拥抱，柔软又亲切的拥抱。

　　她说还好，你一直在。

　　他笑笑。

　　他说我下个月就走啦，我要结婚了。

　　她看着他，

　　她说，哦。

　　她从未说过分手，可是他们是分了手的吧。她曾经跟新的朋友们提起他，用的是前男友这个词。

　　谁都没有讲出口的分手，他们仍然会通电话，她在电话里拜托他一些琐碎的家事，她不需要说出来，除了他，她又没有别的人可以托付。可是，如果她的离开也算是一种分手。

　　她说哦。

　　她说那你爸妈呢。

　　他说我不会去那么远啦，像你那样，周末我们还是会开车回来。他的眼睛也是笑着的，他说，你呀，太远啦。

　　她突然觉得，刚才的那个拥抱，他是胖了。

　　她突然觉得，他的离开，是永远的。

　　她想起来她的一个新朋友约她在傍晚饮一杯酒。她的朋友说，爱过又隔了多年再见面的男女，没有一个爱字的对话，只是一句，"你爸妈身体还好吗"，原来这才是爱，他妈的真爱。她的朋友要了一杯不加水的烧酒，那一杯酒过后，她的朋友痛哭起来。

　　在朋友痛哭的时候，她望去玻璃的窗外，烧起来的红云，明天一定会很热。

　　她说还以为你会一直在。

　　她说想不到你走。

　　她说我不知道说什么好了。

　　他看着她。

　　他说我怕我爸妈孤单，给他们养了一条狗，也想给你爸妈送一条过去，他们说不要。

　　他说就给你爸下载了一堆歌，也不知道他满不满意。

　　她说谢谢。

　　前男友做成这个样子，不知道是太成功还是太失败。

　　可是他要离开了。

她后来又去了香港，这一次不知道是三年还是十年。

他结了婚，有时候回去，和父母吃一顿饭，和她的父母吃一顿饭，或者和父母们一起吃顿饭，他拍菜的照片发给她，她回复他一个微笑。

她从来没有见过他的妻子，他的父母一直不接纳那位妻子，他说他又能怎么办呢，他的妻子又没有过错。

他说这样的话，她又觉得是负担。很深的厌倦。

有的前夫还是家人，有的前男友倒也能够成为家人的。

她约会了几个人，有一个人很打动她，他说每一个人都有一条自己的河，每一条河都拥有一个能够记住他名字的人。这个人后来不见了。

她后来想起来他能够打动她，还是他说过的记住名字的河川。

千寻年幼的时候掉在河里，河神赈早见琥珀主救了她，后来在神隐之地，他又救了她。千寻当然也回报给他，救来救去，血还有眼泪。他们说是爱情，她不这么觉得，当然也不是友情。这世界上的情那么多种，分不清楚。

千寻说我们还会再见面吗，他说一定会的。

夏天，她去了吉卜力工作室在香港的手稿展，她才知道，人物和景物是分开来画的，就像拍一场真正的电影。

太多排队的人。她才知道，宫崎骏还有小王子对香港人来说是这么重要。

展场的角落，很多人画自己的小画贴在墙上。她画了一只煤炭鬼，孤独的煤炭鬼，望着天，大眼睛。她踮起脚尖，把那只煤炭鬼贴得很高。

展览结束的前一天，她又去看了第二遍，她几乎忘了她画过的小画，夏天终于过去了，她的生活没有改变，她想着要离开。香港不是家。

墙上已经贴了好几层画，密密麻麻，她的画仍然很清楚地贴在最上面，只是旁边，多了一张陌生人的画，眼睛更大的另一只煤炭鬼，很细致的绒毛，这只煤炭鬼靠着她的煤炭鬼，细细的环绕的手臂，像是一个拥抱。

于是，她想起来，她欠他一个正式说出来的，再见。

（原载《大观·东京文学》2016 年 3 月）

动物杂记之采蜂记

刘向东

蜂，尤其是蜜蜂，总是深深吸引诗人。爱尔兰诗人叶芝写道：

我就要动身走了，去茵纳斯弗利岛

搭起一个小窝棚，筑起篱笆墙

支起九行云豆架，一排蜜蜂巢

独个儿住着，荫阴下听蜂群歌唱……

而在美国女诗人狄金森的诗中，就到处都有嗡营之声了，就连她忘情地描述她梦中的大草原时，也忘不了来这么一笔：

要有一只蜂

一只蜜蜂……

特别感动了我的是俄国诗人莱蒙托夫的与蜜蜂有关的两行诗。那是写给一个困苦中的小男孩儿的。一个苦孩子，巴望一口蜜——

让我尝一口蜜吧，

让我尝一口蜜，我宁愿去死

我老觉着这是写给我的。

小时候，我就是那样地想吃一口蜜。

我不敢说我是苦孩子出身。要说苦，那是一代又一代人共同的事。来这世上的人，谁是直接掉进蜜罐儿里的？还不都是一来到这世上就哇哇大哭？

在我的故乡，早先整个村子有三户人家后院有蜂房，那是刘勤、刘增、刘福春家。蜂房是用空心椴木做成的，不足一搂粗，五尺高，底部有个或圆或方的小孔，供蜜蜂出入，上头，用黄麦草扎顶子。养蜂人家一般不让靠近，怕你挨蜇，怕蜂受惊，怕生人气味。待到人家割蜜时，你就更不能靠近，万一流出口水来，丢人现眼。

起先我并不知道为什么管采蜜叫"割"，现在想来，割，有取舍的意思，是给蜂们留下口粮吧。

待有人家割蜜之时，半大孩子老远张望。蜂房的顶子揭开了，里边是用木条钉的十字，蜂儿依十字筑巢。

春暖花开的时候，偶尔有一群蜜蜂从蜂房中逃离，或是有整窝的蜂背叛了主人，犹如小小的机群，满载花开的声音。这时养蜂人家急了，随手抓一把土向蜂群扬去，看蜂群呼呼地飞，连绊脚的石头都顾不上了，一追老远。有人急，可也有人乐，忙着在远处花树上采蜂，妄图拦住一大群春天。有蜜的人家，往草帽上抹蜜，没蜜的人家，喷一点糖水，吸引蜜蜂过来，一手托着草帽，一手拿着新笤帚往草帽里扫。谁家扫着蜂王了，算是有养蜂的命，他家的孩子，来年就有机会吃一口蜜。说是"有机会"，其实机会很小。扫来的蜜蜂住不惯新巢，说飞又飞了。勉强住下来的，开始闹病，一个个挣扎着爬出门，栽倒再也飞不起来了。

有一年春，我爷爷和我在老娘沟森林里发现一窝蜂，在一个老椴树根部，蜂们出出进进，一片繁忙。观察了好几次，看它们很像蜜蜂，全都带着甜甜的味儿，以为是野蜜蜂呢。

我爷爷说，和谁也别说啊，等到秋天。

为了一口蜜，我和我爷爷苦苦等了两个季节。

苦苦地等。等，其实倒没什么苦，苦的是守着那个秘密，很想对人说但无论如何又不能说出。

终于可以去割蜜了。"一定要把蜜蜂也采回来！"我拉着爷爷衣袖说。

悄悄地备下一个蜂房之后，我爷爷戴上铁镐、木桶、斧头和松明出发了。"草帽草帽还有草帽儿爷爷爷爷带上草帽"，我喊着追出门，想跟着去，爷爷不让，怕我挨蜇。

去了大半夜，爷爷两手空空地回来了。

原来那不是蜜蜂，是一窝土蜂。

就在那年秋，我们家特意从增大伯家买了一罐头瓶蜜，谁知，其中竟然兑了一多半儿粳米米汤。

此刻，我无法描述采蜂的趣乐，是因为事非亲躬。有几次见蜂群落到野地小树上，跑回家找来草帽和笤帚，蜂群已经扬长而去。我一定要写下这些，是因为我实在想说出我对甜蜜的理解——

甜蜜无所不在，但

人们很少能够得到甜蜜

因为命运只把它

赐予理解它的人……

　　说出要说的话，突然又想起我曾经望见的那些蜂房中的十字木条来，像十字架。一查证，果然是。相传蜜蜂最初是在天堂，曾以"上帝的小仆人"著称。在佛教徒聚集地，人众至今被喻作蜂群，佛塔又曰"蜂台"。

　　但凡传说，恍兮惚兮，不足信，也不能不信。

　　忽见《环球时报》上黑体标题："以色列发现三千年前蜂箱——《圣经》'奶与蜜之地'所言不虚。"

　　报道说，考古学家在以色列北部发现了三千年前养蜂业的证据，包括古代蜂房、蜂蜡和他们认为的最古老的三十个完整蜂箱。希伯来大学考古学家阿光凯·马扎尔告诉记者，那些蜂箱由稻草和未烧过的黏土做成，一头有个洞，以便蜜蜂进出，另一头有盖子使养蜂人可以揭开够到里面的蜂巢。发现的时候，这些蜂箱摆放整齐，三个一摞。马扎尔还说，《圣经》中多次提到以色列是"奶蜜之地"，但人们认为这指的是由椰枣和无花果做成的蜜，因为书里没提到养殖蜜蜂。但是，新的发现表明，"圣地"在三千年前就有那么发达的养蜂业。

　　再听蜂儿之歌唱，赞美中隐含祈祷。

（原载《文学港》2015 年第 11 期）

动物杂记之养蚕记

刘向东

"春蚕到死丝方尽",不过是一句实话。实话入诗,如果是命名,是对现实的确立,有生命的感发,便有了不同寻常的意味。

我家养过春蚕,也养过秋蚕。养秋蚕,喂了不少叶子,养到纷纷上了橡子树,半截透亮半截黑,噼里啪啦掉了下来,白忙活一场,不说也罢。养春蚕,养到"春蚕到死丝方尽",记忆深刻。要写这篇短文,想到父母对养蚕应该比我知道的更多,急忙回家召开"养蚕座谈会"。父亲说:"好几十年过去了,忘得差不多了。"母亲说:"只记得忙活一春天,差点儿累死,一斤蚕茧才一块二毛钱!"说着说着,母亲用力一比画,"一斤这么一大堆!那个王八年头!"

老人家的记忆靠不住了,只好靠自己慢慢回想。

记得是坝墙沿儿上的大叶桑冒芽了,打着卷儿的叶子刚要展开,上面把蚕连摊下来了,省里摊到县里县里摊到公社公社摊到大队大队摊到生产队生产队摊到一家一户炕上。

蚕连就像一张张砂纸,或者说,细小的蚕子粘在纸上,犹如细小的黑色砂粒。把蚕连放在筐箩里,采来嫩嫩的桑叶,用剪子剪碎撒在上面,掸上几星儿清水,悄不声儿就有了动静,不知什么时候,蚕儿从蚕子中钻出来了,爬到细碎的桑叶边缘,小小蚂蚁一般,所谓蚁蚕是也。

小蚕儿慢慢吃,慢慢长,慢慢变白,越变越多,移到秫秸扎成的蚕箔上,一张张搭上蚕架子。

长大的蚕变成了一节一节的,煞是可爱。捏一只放在手心,仔细瞧,从头到尾十三节,身体两边还排着小圆点儿,老人家说,那是气门儿,是蚕用来出气儿的。再仔细瞧瞧,蚕背上由头数第三节还有两个鼓包儿,老人家说别摸别摸,一摸就要了它的命。后来才知道,那是蚕的心脏——差点抛出体外的心脏。

再看满箔的蚕儿，无一例外，八对脚紧紧抓住桑叶边儿，脑袋由上到下连续摆动，吃得好快，一片叶子转眼间就变成蚕沙了。

在满屋沙沙的蚕食声里，村庄边缘的桑树哗哗发抖。

考古工作者发掘到战国时期的"采桑图"，十分逼真地描绘了当时劳动妇女采桑养蚕的场面。"采桑图"恰好通过《诗经·十亩之间》等诸多相关诗作得到了印证。我还曾经信手摘录过这样一段文字：

> 春天里一片阳光，黄莺在歌唱。
> 妇女们提着箩筐，走在小路上。
> 去给蚕儿采摘嫩桑。

据说这是《诗经》现代汉语版，可惜怎么校对《诗经直解》之类的书籍也没找到与之对应的诗句。好在凡念过书的都熟悉乐府诗《陌上桑》："日出东南隅，照我秦氏楼。秦氏有好女，自名为罗敷。罗敷善养蚕，采桑城南隅。青丝为笼系，桂枝为笼钩……"美好，太美好了。

可是，我见到的采桑情景可没有如此诗意。村庄边缘的大叶桑采完了，人们开始争先恐后从山脚往山上采，采一种叫作"明桑"的山桑，其中最好的一种叫"虎皮桑"，采到深山老峪，直上断壁悬崖。因为采桑，死人的事时有发生。山高路远，又渴又饿，有的人中暑晕在路上，有的人鬼打墙，扛着荆条篓子满山跑，就是找不到回家的路。等家人找到他们，有的已经不行了。死人最多的是悬崖上。采桑人随手砍下带杈的树枝，倒过来当钩子钩住悬崖边的桑树枝，遇上粗枝，钩着钩着没力气了，树枝猛然反弹，或遇上老枝枯枝，突然折断，忽悠把人带下悬崖；有时采完一枝桑叶，松手不利落，人被树枝带动，顺势也下了悬崖；有时见到难得的虎皮桑，眼前一亮，忘了身在崖边，往前一凑，恍惚中自己迈了下去……都说是汉武帝向西开拓了丝绸之路，谁知起点原在采桑人足下，有的刚一抬腿，拐到了黄泉路上。

要是"明桑"也采光了，前赴后继的采桑人，只好采"毛桑"，干巴巴地带着白毛儿，饥蚕勉强下咽，最终吐出又细又黄的丝来。要是连"毛桑"也采绝了，蚕还张着嘴等待最后一口桑叶，那就前功尽弃了，守着已经半截儿透明的死蚕，养蚕人大哭一场。

春蚕的一生四十几天，四次蜕皮，蜕一次，成长一次，而每次蜕皮都是在睡眠中进行，叫作蚕眠。我父亲说春蚕好像有五眠，想来是说四眠把春蚕生命分为五个阶段吧。

四眠过后，春蚕的身体一天天明亮起来，最后变成了亮葫芦儿，爬上事先为它们插好的黄蒿蚕簇，摇头晃脑地吐丝，被自我的问题纠缠，作茧自缚，把自己变成蛹。如果有幸留作蚕种，不被热锅缫丝，蛹就变成蛾子，破茧而出，雄雌交尾，纸上甩子，成为又一张蚕连。

（原载《文学港》2015 年第 11 期）

我和我的两个秘密

安　勇

我的第一个秘密出现在半小时前，它有点儿像一截导火索，刺刺地冒着烟，把我点燃了。我现在升上了空中，随时准备着像一只二踢脚似的，爆炸一下子。当然了，这只是一个比喻。

把儿子从幼儿园接回来的路上，儿子问我什么是理想。我说，理想就是心中要实现的目标。说完这句话，我眼前出现了孟倩倩的身影。给我的感觉，理想这两个字就像一句咒语，我一念它，孟倩倩就从神灯里跳了出来。毫无疑问，孟倩倩就是我心中的目标，是我的理想。而现在，我的理想马上就要实现了。

儿子皱着眉，想了想说，如果明天老师再问我的理想是什么，我就告诉她是再吃一次妈妈的咂。我严肃地告诉他，这不算理想，理想要远大，而且要有一定的难度。儿子又想了一会儿说，那我的理想就是像过去一样，每天都能吃到妈妈的咂。

把儿子送到姥姥家后，我给老婆打了电话，告诉她今晚单位要加班。我还特意骂了一句，领导真不是个玩意。

　　说到这里，可能你已经有点明白了。和你猜的一样，我的第一个秘密与孟倩倩有关。孟倩倩是我的同事，是个让所有男人都想入非非的女人。还有，我渴望和她上床，据我的观察，她似乎也有同样的愿望，只是我们一直也没找到合适的机会。半小时前，她递给我一张字条，上面写着：今天我老公出差，你来吧！

　　去孟倩倩家这段路非常有弹性，每走一步我都像一只皮球似的，快乐地跳跃着，一步步走向孟倩倩时，我感觉自己就是世界上最幸福的那个家伙。

　　在孟倩倩家门口，按响门铃后，我忽然觉得什么地方有点不对劲。我仔细地想了想，发现了第二个秘密。这个秘密和我的右脚有关，确切地说是我的袜子和右脚合伙制造了这个秘密。它好像就在孟倩倩家的门口埋伏着，我一走到那里就中了它的圈套。通俗地说是这样的，我的袜子被右脚大脚指头顶了一个洞。现在大脚指头已经从洞里钻了出来。如果大脚指头是一个人，那么，现在，破洞的边沿刚好勒住了它的脖子。很显然，被勒住脖子的滋味是很不好受的，不管它是人还是脚指头。

　　我暗中把脚指头从破洞里退了出来，尽量让它躲开那个洞。可无济于事，只有几秒钟，大脚指头这家伙又重新回到了洞里，不知死活地从洞中露出头来。好像故意同我作对似的，你说气不气人。

　　因为冷不防地出现了第二个秘密，坐在孟倩倩家的沙发上时，我就显得有点心事重重的。进门时，孟倩倩递给我一双拖鞋。我考虑到袜子上的破洞，果断地拒绝了。

　　看上去孟倩倩刚洗了澡，头发湿漉漉地在肩膀上垂着。她一定设想好了将要发生什么事，身上只穿了一件睡衣。随着她的动作，我不时能看到，她左边的那只乳房若隐若现地在向我打招呼。她的善解人意让我在一段时间之内有点热血沸腾，几乎就把破洞的事儿忘在脑后了。但破洞却不肯轻易地放过我，只要我的脚一动，它就提醒我注意它的存在。这事儿真他妈的让我头疼。

　　孟倩倩还有些矜持，随便和我说着一些闲话。我明白这只是一个正常的过渡，我们的目标都不是谈话，而是上床。想到上床我心里就有些不安，很明显，我不可能穿着鞋和她上床，如果我脱掉鞋后那个破洞势必就要暴露在光天化日之下，我觉得一个女人对一个大脚指头从袜子里伸出来的男人，印象肯定好不到哪去。这样一想，我对她的话就有点心不在焉。好几次都没听清她在说什么。

孟倩倩显然注意到了我的心不在焉，睁大眼睛疑惑地看着我说，你是不是有什么事？我确实是有事，但这事却不好和她挑明。我傻呵呵地冲她笑笑说，没事，我能有什么事。说完这句话后我想起了一个古老的谜语。天不知，地知。你不知，我知。这个谜语的答案就是袜子上的洞。

　　我们又谈了一会儿后，我发现，孟倩倩已经有些急不可待了，不时那样地冲我笑一笑，用眼睛看看卧室的门口。我明白她的意思，只要我现在走过去，拉住她的手，就可以很轻易地把她牵到床上去。我向她走了两步，正要伸出手时，那个破洞拦住了我，好像在说，你小子把我忘了吗？我停下来，很尴尬地冲孟倩倩笑了笑。孟倩倩没笑，一转身自己走进了卧室里。走出来时，身上披了一件外衣。她看看我，公事公办地说了句，对不起，我要出去一下。看来，今天我的理想是无法实现了。就这样，我和我袜子上的破洞一起被孟倩倩驱逐出门了。

　　这件事情过了几天，我一直想找个机会向孟倩倩解释一下，如果解释得好，也许一切还可以重新开始。那天，我写了一个字条偷偷放在她桌子上。字条上写着的就是那个谜语：天不知，地知。你不知，我知。（打一物）。我的想法是如果她猜出来了，我就再给她写个字条，告诉她，那天我的袜子上就有这么个洞，就是这个家伙让我心神不安的。不一会儿，我收到了她回给我的字条。上面写着三个字：神经病！

　　这似乎不是正确的答案。

［原载《微型小说月报》（原创版）2016 年第 5 期］

寻找袁大海

安　勇

几十年来，父亲一直都在找一个叫袁大海的人。

父亲和很多人都讲过他和袁大海的事，在家里时他对我们讲，在外面散步时他对一群老伙计讲。内容大致是：袁大海是他的战友，是他这辈子唯一的朋友。他们曾经都是某师某团某营某连某排某班的战士。在一次战役中，他们俩躲在一个掩体里，并肩战斗了一个月。在一个月里，他们俩不知道打退了敌人多少次进攻。也是在这一个月里，袁大海救了父亲三次命，父亲也救了袁大海两次命。每次父亲讲时，最后都会说一句，袁大海这家伙是个铁人，是个硬汉子，袁大海这家伙够朋友。战争结束时，他们俩抱在一起难分难舍，约定二十年后，一定要再见面。

但父亲已经找了袁大海二十五年，袁大海还是下落不明。当年父亲只知道袁大海的家乡在南方的某座小县城里，他写过信，打过电话，托人查找过，但始终没能和袁大海联系上。知道我要去南方出差，父亲下了死命令，告诉我这次一定要找到袁大海。

我按照父亲给的地址在那座南方小城里转了几天后，终于在民政部门找到了线索——过去，这座县城里确实有一位叫袁大海的退伍军人，但十几年前已经搬到了离此地几百公里的 A 城。我火速赶到了 A 城，很快搞清楚，袁大海已经搬到了离此地几百公里的 B 城。我赶到 B 城时，又被告知，袁大海在十年前已经搬到了 C 城。一天后，我来到了 C 城。结果又扑了一个空，袁大海已经搬离 C 城，去了 D 城。几经周折后，我搞清楚了袁大海在 F 城的确切地址。

我见到的袁大海一点也不像父亲说的是个铁人，也不像硬汉子。他的背已经驼了，耳朵也有些聋，一双老眼浑浊无光。我费了好大的劲才问清楚，他当年确实是某师某团某营某连某排某班的战士，而且有个战友叫赵一达。

赵一达就是我父亲。

让我想不到的是，袁大海住的 F 城就是我们所在的城市，更巧的是袁大海的家离我家距离不足三十米。我带着父亲去了袁大海家，父亲走在路上时很兴奋，一遍一遍地说着袁大海的名字。父亲懊悔不已，近在咫尺竟然多年未能相见。但父亲见到袁大海时突然愣住了，他绕着袁大海转了一圈儿，然后又转了一圈儿，一连转了三圈儿后，父亲才停下来。问，你叫袁大海？袁大海看着他点了点头。父亲又问，你过去是某师某团某营某连某排某班的战士？袁大海又点点头。父亲问，你有个战友叫赵一达？袁大海再次点点头。父亲问，你和他曾经在一个掩体里并肩战斗了一个月？袁大海点点头。父亲问，你三次救了赵一达的命，赵一达两次救了你的命？袁大海又点点头。我看见他发红的两只眼角上各有一块白色的眼屎。

这时，父亲离开袁大海，把我拉到一边，对我摇摇头。然后，转身走了出去。我追上父亲问，这个人到底是不是袁大海？父亲冲我摇摇头，又点点头。看见父亲走进我家的房门后，我又折回来，跑进袁大海的家里。问袁大海，你认识刚才那个人吗？袁大海像父亲一样摇摇头，然后又点点头。我说，刚才那人就是你的战友赵一达啊！你们俩曾经是最好的朋友。袁大海愣愣地看看我，好半天问了一句，你说的这个赵一达，他找我有什么事？

［原载《微型小说月报》（原创版）2016 年第 5 期］

戏中人之醋溜鱼

岑燮钧

三十六年前外滩上的那条醋溜鱼的味道，白秀文到老都不会忘记。

那时的外滩没有现在整齐，一切都是随性的。汽笛在迷离的灯光中，一波长一波短。这进进出出的轮船，演绎着多少离合悲欢。

耳边小调的旋律，从舞厅上传来，隐隐约约。她与何生对坐着。何生脱掉了戏装，他要到舟山去，明天就动身。那时，她刚夜场结束，演的是《虞美人》。剧场后门停着一辆车，姐妹们都知趣地避开了。

外面的风声时缓时紧。就像此刻的窗外，微微飘动的窗帘仿佛虞姬的流苏。可惜你没看上，白秀文说，我们明天换戏了，这是你唯一没看的一部。何生已经三个月没有留在身边，即使回来，也是匆匆见一面，即刻就走。他有公务在身。这光怪陆离的世界，已经四面楚歌。但是，她只是个唱戏的，外面的游戏，由男人们顶着。

帘幕揭起，侍应生进来。

"先生，小姐，这是你们点的醋溜鱼，请慢用。"

何生开的第一筷，只是他夹给了白秀文。

白秀文夹筷子的样子，让何生着迷。她总是握在筷子尾上，这样显得筷子特别长，就像她穿旗袍的身姿，显得下身特别婀娜修长一样。

人说，这种腰叫水蛇腰，能毁掉男人的。

"黄鱼的味道总还是一般，我倒是喜欢吃那酸酸甜甜的醋溜糊。"

醋溜糊里有香菇、嫩笋丝，要紧的是还有韭黄，吃起来不至于空落落，让人觉得藕断丝连一般，既滑溜，又有嚼头。

三十六年后在香港，何生又点了一道醋溜鱼。

这是白秀文复出后第一次来香港。来之前，团里千叮嘱万叮嘱，一遍一遍强调纪律。她出来是向团里请的假。虽说，私下逛逛走走，也算不得什么。

但是，香港毕竟不同于内地，何况何生是从台北飞来的。

第一面见到他，她怔了一下。那不是她记忆中的何生，他已是两鬓斑白，原先曲折有致的人中，在瘦挺的双颊映衬下，显得俏皮而优雅。但是，现在他一脸沧桑，那么多沟壑淹没了那一点点凹凸分明的人中。只有那鼻翼，还能看出当年模样。她抿了一下嘴唇，努力不使泪水溢出来。

窗外，能看到维多利亚港的潋滟波光，被霓虹灯染得幽昧而驳杂。比起当年外滩的夜色，这里更有海的味道。那种潮潮的气味，也许台北也如此吧。

他说，他不听剡剧有三十六年了。

何生给白秀文斟酒，白秀文用手掩了一下高脚杯。我不会喝的，你知道的。白秀文说。你还是没有变，何生给自己斟满，呷了一口，看着白秀文。这是你喜欢的醋溜鱼，你尝尝。他夹了一筷，放到白秀文的碟子里。

这种姿势，白秀文熟悉而又陌生，就仿佛他的身体，如今看来，已判若两人。

白秀文拿起筷子，在盘子里夹了少许，放到嘴里。她慢慢抿着，那滋味，到底隔着太久的时光。

"还好吃吧？"

白秀文点点头。但是，她的舌头告诉她，那不是以前的味道。她用小汤匙舀了些醋溜糊，浇在鱼肉上。

"可有当年的味道？"

"还好……"

其实是，醋溜糊的甜味压过了酸味，正好与当日反了一反。少了点韭黄，味道就有点闷腻了。

"昨晚你演的《虞美人》，让我触景生情，流了不少的泪啊。"

"没有那时好看了，老了。"

"那时我错过了你的戏。好在酒是陈的香，如今演来，更有味道。当年我与你外滩一别，也是这般光景啊。兵败如山倒，从此天各一方……"

这样的天翻地覆，谁能料得到呢？老实说，当日演《虞美人》，多少有点小孩子过家家的味道。何生没看上，倒也不甚可惜。只是在这变乱中，她小产了，后来再也没有怀上过，终使她一生萧疏——到如今不说也罢。

"我原先还以为是'春花秋月何时了'的那个《虞美人》，其实就是京剧的《霸王别姬》。不过，若是演'春花秋月何时了'，也是一样的……"何生像是跟白秀文说，又像是自言自语。

"与京戏比起来，剡剧更儿女情长些。"白秀文放下筷子。

何生拿出了一张照片："当年我们分别时，就是这般模样，还记得吗？"

白秀文一看，不由内心颤抖。她看看眼前的何生，又看看照片里的何生，不由一声长叹。为这一张照片，她受了多少苦。藏过天花板上，藏过煤炉灰里，甚至藏过马桶底下，但最终还是被搜出来了。那时，她是被作为国民党军官的小老婆看待的，能挨过来，只能说是奇迹。

　　她用手帕擦擦眼角。

　　"怎么了？"

　　"没什么，看看照片，真像做梦……"

　　临别时，何生说："我等你，说不定有一天你可以来台北演出……"

　　白秀文到底没有送何生去机场。她不想让人发现什么。

　　可惜的是，第二年何生就病殁了。

　　白秀文八十八岁才过世。临终时，她忽然说想吃醋溜鱼。等做来时，已闭了眼。学生们收拾遗物时，发现了那张照片，才知道老师就像那虞姬，也是一段传奇。

　　她们看了也动心。

（原载《文学港》2015 年第 12 期）

戏中人之葬花

岑燮钧

早先，反串的事儿是常有的。老先生们走江湖，什么都演，男男女女是不论的。

小袁长得好，身材修长，脸蛋带着娃娃气，而又英气逼人，漂亮得像女孩子。老先生带着他，就仿佛带着个如花的少女，怎会不喜欢？与阿姨们配戏，女人们疼着他，就像疼自己的儿子。

演《雷雨》时，小袁的周冲让人眼前一亮。

为了"练兵"，团里组织了一次反串大会演。那些老戏骨，真是了得，演老生的反串成了鸨儿，演小姐的成了武将，演风流小生的竟做了"奇怪刁"……排练时，自己都笑岔气。但是，一旦化装上台，就演啥像啥，没一个漏气的。

让小袁演的是《葬花》，演林妹妹，而原先的林妹妹演宝玉。小袁有点走不进去，演女人，搁不下脸。一个老先生看出点苗头，说演戏啊，要脸就是不要脸，不要脸就是要脸，你得把自己忘了。后来想出的办法是带妆排演，小袁渐渐进去了。

"小袁真俊啊！"张阿姨说。

"我看啊，还是反一反的好，你看，比小林更像黛玉！"李阿姨压着嗓子跟张阿姨咬耳朵。

不知小林听到没有。反正，小袁的黛玉惊艳了。

公演时，领导都来了。演出气氛很好，掌声一浪高过一浪，戏迷们笑得泪水都出来了。领导们平时绷着的脸也舒展开来，难得放怀一笑。上台祝贺时，领导说：演龙像龙，演虎像虎，你们演绝了！

"你真的是小袁？"一个女领导说。小袁害羞地点点头。后面的大领导握住他的手，说："祝贺你演出成功！"回头又看了他一眼，笑了笑。

小袁觉得又温暖又难为情。

一次，他们演《雷雨》招待客人，小袁依旧演周冲。他的戏不多，却博得了不少掌声。是领导先鼓的掌，领导鼓掌了，谁不跟呢？

第二晚，上面通知进"大院"演出，让他演《葬花》。

"这位是昨晚演周冲的！"

"怎么可能？"客人很是惊诧，而领导很得意。

从此，小袁成了红人，经常有机会到"大院"演出。

大家看小袁的眼神慢慢地变了，像要发现什么似的。谁也没明说，但都意会他背后有人。

但是，小袁反而变得沉默了，心事重重的样子。后来，他甚至拒绝反串演出，除非上面点将去"大院"。大家的理解是，他背靠大树好乘凉，已经今非昔比。所以，要看小袁的《葬花》，那是很不容易的。

人们对小袁最后一次反串演《葬花》记忆犹新。这是作为压轴戏推出的。出场时，落英缤纷，舞台效果极佳。以前，只是虚拟一下了事。

大家很快忘了台上的是小袁。林妹妹幽幽然出来，轻移莲步，在满地落红间自怨自叹。

　　一年三百六十日，风刀霜剑严相逼。

黛玉如此，但小袁是重点培养对象，团里的人都眼红呢。

　　未若锦囊收艳骨，一抔净土掩风流。
　　质本洁来还洁去，强于污淖陷渠沟。

那声音，渐渐有了伤感，钝钝的痛，似乎是真的。他在唱"质本洁来还洁去"时，泪水溢满了眼眶。一个小后生，能反串把戏演成这样，不得不让人由衷叹服。小林是正宗嫡传的"林妹妹"，都没他演得好——难道小袁真的具有炉火纯青的演技？

可惜，花无百日红。革命的气氛越来越高涨，反串作为"封资修"被禁了。

乌云压顶，风云突变。"大院"的斗争让人目瞪口呆，你方倒台我登场，大字报贴满了大街小巷。

团里也不闲着，老先生们一个个靠边站，进牛棚的进牛棚，隔离审查的隔离审查。他们原来是老江湖，谁没个把柄落在人手呢？

大家忽然发现，小袁不见了。各"战斗组织"都在找他，可就是找不到，不知是谁先下的手。各种消息满天飞，有一种说法是，他与大院里的一个女的不清白。"难怪，他总是上大院去演出！"有人向小林打探，小林说反正每次演出，她先来了。

　　小袁是在一个深夜被另一派抢走的。

　　当大领导被押上台时，陪斗的还是小袁。小袁的嘴角、眼角都有血痕，衣服明显被撕扯过，有一处裂开着。前襟耷拉，露出胸的一边，里面的血痕更加明显。大家的目光在小袁身上搜索着，上上下下。最后，只得逡巡在胸前的"不是男人"四字上，只恨那纸牌遮挡了要紧处。

　　这一次批斗范围不大，有种暧昧的味道，谁也不知道两个男人是怎么弄的。

　　小袁的头垂得很低很低，他的身子在簌簌发抖。不久，身下湿了一摊。

　　反戈一击的是女领导，她成了革委会主任。

　　第二天，人们发现小袁真的不见了。后来，在郊外的江里发现了一具男尸，身上也有血迹。捞上来后，摊在岸边。

　　风吹来，落花乱飞，一些落在尸体上，一些飘到江里，随水远去。

（原载《文学港》2015 年第 12 期）

罗先生的婚姻

海 飞

罗先生带着一个小女孩一起生活，那个小女孩是他的女儿。他们生活在下江东的一间普通的民房里，那房是罗先生租来的。许多人都不知道罗先生的妻子是和他离了，还是跟别人跑了，或者是已经不在世上了。许多人也不知道罗先生是什么时候开始住在下江东的，只依稀记得有一天早上，罗先生在自己家的门口刷牙，小女孩和罗先生并排站在一起，也在刷牙。

后来有人说罗先生在县城的初中教书，他是个不太爱说话的人，但是他会带着学生们一起玩，一起去桃花岭看桃花放风筝，还在江边的古城墙上跑步。罗先生对她的女儿很好，罗先生给她买好吃的，出钱送她去学画画和音乐。有许多生活在下江东的人，总是能看到罗先生露着淡淡的笑，牵着女儿的手在走，抑或是女儿骑在罗先生的肩膀上，一边走一边咯咯地笑声不断。

有好心人给罗先生做媒，罗先生的心就动了动，毕竟一个人的日子不好过。有人领来了护士，有人领来了老师，有人领来了干部，也有人领来了做生意的女人，清一色都是离过婚或丧了夫但面容姣好的。罗先生就一律给她们泡茶，和她们谈一些城里的事，比如出了西门的桃花岭上有桃花盛开。有许多女人对罗先生有意思，但是一看到小女孩，心里就不太愿意了。结果是，罗先生看了许多女人，女人们都没和他有过来往。后来再有人做媒，罗先生就对媒人说："你先告诉那个女人，说我带着一个女儿。"

罗先生的岁月就那么在平平淡淡中过去了一年，但是他的婚姻却仍然没有动一动的迹象。罗先生一点也不恼，和女儿下下棋，一起出门去散步。有一天，女儿不见了，女儿留了一张条，女儿说："爸我长大了，我离开家你就可以找一个女人一起生活，爸我不能拖累你。"当时罗先生就捏着那张字条红了眼圈，罗先生像个疯子一样在城里四处找，他的学生们知道了，也帮罗先生一起找。罗先生找了三天，还是没找到，罗先生的头发就在三天之内白了一半。后来罗先生和他的学生在西门的仓库里找到了女儿。罗先生抱住女儿，他看到女儿整张脸上都是眼泪，女儿就将脸在罗先生的脸上乱蹭，拼命叫着"爸爸，爸爸"。罗先生的脸上也是湿乎乎的。罗先生说："傻孩子，以后不许再犯傻了。"女儿说："爸，我不傻，我不会再离开你了，我永远也不要离开你了。"

罗先生的婚姻仍然没有着落，做媒的一些人也知道再这样做下去都是徒劳的，也就不再给他做媒。一年秋天，罗先生的门被敲开了，门口站着一个女人。女人说："你是不是姓罗？"罗先生说："是的，我姓罗。"女人说："你是不是叫罗某某？"罗先生就说："是的，我叫罗某某。"女人又看了看屋子里罗先生的女儿说："她长得真像她爸。"

女人说："是我抢走了她爸，我就是那个挨千刀的女人。但是她爸也真的是那么喜欢我，你能说我们做错了吗？你能说她爸仍和她妈在一起就叫作对了吗？我们都没有错，只有你罗先生错了，你赔了自己大把的青春，你把人家的女儿养大了，你却没有得到自己一直想得到的女人。"罗先生说："你不要再说了，我请你喝茶。"罗先生让女儿拿来上好的龙井，用刚烧的水为女人沏了一杯茶。然后，罗先生对女儿说："你长大了，你坐好，我要讲个故事给你听。"

女儿就坐好了，女儿就知道了生她的亲爸爸和眼前这个女人私奔了；她就知道了妈妈一病不起后来就离开了人世；她就知道了一直喜欢着妈妈的罗先生领走了还不记事的她，让她做了自己的女儿；她就知道了现在自己的亲爸爸也离开人间了，离世时才知道他欠了三个人太多的债，一个是结发妻子，一个是女儿，还有一个当然就是罗先生。女儿知道了很多事后，好像一下子长大了。女儿后来和罗先生一起留女人吃了饭，他们喝了酒，还唱了歌，像过节一样。然后，女儿和罗先生一起目送着女人离开了下江东，这个时候，夜色已经很深了。

第二天清晨，罗先生和女儿在离下江东不远的江边散步。罗先生说："孩子，你不要怪这个世上的任何人，爱，用不着理由的，就像我爱你的妈妈。"女儿良久无语，秋风已经起了，再过几年，就是她上大学离开下江东，离开罗先生，然后开始她一生之中的恋爱的日子。女儿后来看着罗先生，轻声说："爸，我爱你。"

［原载《微型小说月报》（原创版）2016 年第 3 期］

酒匠海半仙

海 飞

海青是同山镇上最著名的酿酒师海三两的儿子，也是一个无所事事的少爷。他经常和一帮游手好闲的人鬼混，在大街上大摇大摆，吆三喝四，弄得整条街鸡飞狗跳的。人家提鹦鹉，养小狗，他却养一只鹅，还有事没事就遛鹅。每天午后，海青喜欢睡在同山镇街口大樟树下的那块一人多长的青石板上，也喜欢去海角寺的那片长草的空地练武，懂行的人都说他那武功是花架子。海青还喜欢四处掏鸟窝，没干多少坏事，但干的绝对不是正经事。所以说，他根本不像他那忠厚老实的爹海三两。海三两喜欢喝同山烧，每顿三两，雷打不动。喝完酒，他喜欢拿一块惊堂木在桌子上一拍，晒谷场上给四邻八舍的人说书。父亲不喜欢海青是因为海青一不会说书，二不会蒸烧酒，这让他后继无人。海青滴酒不沾，却经常去棋馆和别人下棋赌博。这个赌棍最漫长的一次赌，一共赌了三天三夜，输掉了他父亲的五百坛酒。

海青看中了小艾。小艾是慕江南成衣铺的，她是同山镇上著名的裁缝，她带着两个徒弟小树和小叶，经常去大户人家家里给人量体裁衣。镇上黄老爷的儿子黄奇镶是个读书人，温文尔雅得一塌糊涂。小艾在替黄奇镶量衣时，喜欢上了他，望着他挺拔的身材，小艾的心就胡乱地跳动。

海青经常去缠小艾，他就带着他的鹅，在小艾的慕江南裁缝铺里吹牛皮。他说要在城里给她开最大的裁缝铺，不仅慕江南，还慕全国，还慕全世界。小艾不理他，小树也不理他，只有小叶说，上海那边都打起来了，还慕全世界？只有那只鹅，胡乱地叫得很欢，喝醉了酒似的。

同山镇的汤江岩上有一个铜锣寨，寨主陈三炮，是个悍匪，脑门上有道疤。有一回他下山绑回来两个财神，一个是海三两，一个是小艾。陈三炮放狠话，说三天不拿三百块大洋来赎，就他娘的撕票，就他娘的撕成一百瓣。有人在赌馆对着海青嚷，说海青你爹被绑了财神，你怎么不急？海青不着急，照样跟那帮游手好闲的家伙吃酒赌博。第三天，海青上山了，带着那帮浑蛋兄弟给他凑来的三百块大洋。海青站在寨口对喽啰说，别给你海爷爷弄错，我要赎的不是海三两，是小艾。后来陈三炮从山上传下话来，让他进了山寨。海青看到海三两在一片空地上帮陈三炮蒸烧酒，那一小缕酒顺着一根小管涌下来，喷香喷香。海三两生气地说，你不赎老爹你赎艾裁缝？你的良心长歪了。海青吸了吸那股酒香说，陈三炮绑你就是想让你蒸烧酒给他喝，你以为他敢撕票？这时候陈三炮被两个小匪从聚义厅扶了过来，他已经喝得东倒西歪了，不停地打着香喷喷的酒嗝。陈三炮在第三天酒醒的时候，赎金交上了，小艾已经被小树、小叶领回家了。陈三炮看到海青却没走，在他山寨里玩得正欢，竟然向山匪们学打枪，还想在山寨留下来。海青兴奋地对刚刚醒过来的陈三炮说，我觉得我特别适合住在山上。陈三炮笑了，笑着笑着突然收起笑容，沉着脸说，做梦！海青说，你到底收不收？陈三炮咬着嘴唇，一字一顿，不收！

海青灰溜溜下山，把那帮游手好闲的兄弟叫到了镇外那一大片的粟米地，他身边还是那只大白鹅，依然嘎嘎地叫。海青说，谢谢兄弟们给我凑三百块。海青又说，陈三炮不给面子，不肯收我，总有一天，我们统统上山去赌博。那铜锣寨里，真是太好玩了。接着海青带着这帮二流子去裁缝铺找小艾给自己提亲，敲锣打鼓的。海青说，你要是嫁给我，那可是吃香喝辣一辈子。小艾倚在裁缝铺的门框上说，三百块大洋会还给你，提亲没门，你还是回去吧。小艾心里喜欢的，其实只有镇上最雅致的黄奇镶。看到黄奇镶坐着黄包车从慕江南成衣铺门前经过，她的两眼就能放出光来。

日军侵略诸暨途经同山镇。因为遇到游击队抵抗，日军损失了一个小分队。于是日军割茅草一样割掉了一批人，其中就有海三两。日军是黄奇镶带来的，他竟然当上了皇军的翻译。有一天黄奇镶带着日军小分队从同山镇去枫桥镇，经过大片的粟米地时，突然看到海青在和大白鹅下棋。黄奇镶大笑，说你这个人是不是癫掉了，你和一只大白鹅下棋？突然一声枪响，从粟米地里钻出来一堆人，都是平常和海青玩的那些浑蛋朋友。那天这帮混子杀了敌，杀得红了眼，最后自己也一个个倒在血泊中。

受伤的海青一身的血，抱着他唯一的大白鹅上了铜锣寨，对陈三炮说，你到底收不收？陈三炮咬着嘴唇说，收！海青脸上就浮起了笑意，他想起杀死了小分队的日军后，他一把火把粟米地烧了。火映红了半边天。海青后来对陈三炮说，可惜让黄奇镶溜了，但是，老古话不会错。

陈三炮问，什么老古话？

海青说，逃得了初一，逃不过十五。海青说完，咕咚一声晕倒在了地上。

海青就在铜锣寨住了下来，在山上搭棚给土匪们蒸烧酒。蒸出第一批酒的时候，是惊蛰，一个春雷滚滚的日子。山匪们狂喝了一下午，最后醉倒了一大片，像地里被割翻的高粱粟。谁都没有想到，海青竟然会蒸烧酒。不仅会蒸酒，海青还会说书。原来从小到大，他一直偷偷在练说书。那天下着雨，山寨空地上搭起了棚子，海青就在这儿惊堂木一拍给山匪们说书。海青先说，爹，你听好，你儿子可是会说书的。海青接着说，哗啦啦三声炮响……小艾和小树、小叶也上山来了，小艾站在那片空地边上，对眉飞色舞的海青说，我们在山上不走了，你娶我。海青不理她，继续说书。说完书的时候，海青说，我那帮游手好闲的兄弟和日本兵拼命，都死在粟米地里了。小艾说，你什么意思？你娶还是不娶？

我不娶。

为什么？

因为我得先替我那些兄弟报仇。

铜锣寨的山匪，从此下山杀敌时，腰间都会挂着一壶酒，上面写着三个字：海半仙。有一天半夜，海半仙带人下山，蹿进黄家，不仅抢了他家的粮，还割了黄奇镶的头。消息传到铜锣寨，小艾正为山匪们赶冬衣。她没有高兴，也没有不高兴，一直等到海半仙走到她的面前，她才流下了两行泪。海半仙说，你哭什么？小艾说，我没有哭黄奇镶，我哭我偷偷爱着他的那几年光阴。

（原载《百花园》2016 年第 6 期）

小　暑

于心亮

杏树这东西，挺皮实，不馋也不懒，不像有些果树，修剪施肥要费很多工夫。房前屋后随便挖个窝儿，种下，就用不着费心了。杏树自个开花，自个结果，到了夏日，黄澄澄的杏子约好了似的从绿叶间呼啦冒出来……才逗得庄户人一拍脑袋：哟，俺还种棵杏树咧！

果子摘下来，就拿小瓢儿盛着，这家给几个，那户分几个。惹得人家说，哎哟，俺家也有啊。这下就说您家是您家的，俺家是俺家的，先尝尝俺家的呗！果子走进屋子里，小孩子就不稀得吃了，他们总是爬上树亲手摘了吃，酸得龇牙咧嘴，大人就说吊着骨骨来！

摘完了果子，再看杏树，就感觉到了歉然，想着哟，怎么都摘没了？于是想着要浇浇水、施施肥、捉捉虫……可一掉腔儿走开，就忘脑脖后去了，剩下杏树在阳光下悠闲自在挪着自己的影子玩儿。树荫下常跑来三两个小孩子，聚脑袋嘀咕点啥，又莫名其妙跑了。

下地干活的男人回家，爱在树荫下待会儿，消消汗。女人来叫，就回屋吃饭，吃完了再来树荫下待会儿，再消消汗。平日里女人们也爱聚在树荫下，聊点天、拉点呱、做点手工活儿，有时候呼啦一声哈哈大笑，有时候又咬着耳朵窃窃私语，内容却全都写在了脸上！

孙田收割完麦子，种上秋庄稼，他就又要出门了。他跟孩子说："爹走啦！"又跟妻子说："我走啦！"说完就挂起锄头，转过身走了。孩子将眼睛凑到门缝里看爹，嘴里却小雀般叫："娘，我爹真走啦！"做娘的说："走就走呗，以前又不是没走过！"

做孩子的，做娘的，做街坊的，都知道孙田在外做买卖。

大嵩卫城的总捕头赵笋也知道。赵笋坐在树荫下吃杏，有点酸，酸得赵笋龇牙咧嘴。赵笋怕酸，因此当孙田走过来，他就招手说："你来，尝尝杏酸不酸?"孙田看看四周,四周三三两两站着人,就叹口气,走过来,认真地尝了一颗杏子,然后说:"还行。"

赵笋没有难为孙田。他跟孙田聊了家里的妻儿、聊了庄稼地里的收成、聊了其乐融融的田园生活……看到孙田的脑袋一点一点垂下去,眼角里还闪出了晶莹的光亮,赵笋就轻轻叹口气说:"孙田,你说你干啥不好,为何偏偏要去做刀口上舔血的买卖呢?"

孙田伸出手去:"我知道跑不了啦,要杀要剐,随你啦!"

赵笋往孙田的手里放了一包杏子。赵笋说:"这是从你家杏树上摘的,你走得匆忙,我就替你带来了,回山里空着手不好,捎点杏子给兄弟们尝尝,也算是个心意不是?"

赵笋说完笑了笑,拍了拍孙田的肩膀,就转过身走了。孙田感觉像做了个梦。

孙田原本做好了拼杀的准备。没想到赵笋递来的是软刀子。伤口不流血,却疼。

带着丝丝缕缕的疼,孙田回到招虎山,看到兄弟们也都零零碎碎回山了。大家捎来了杏子、桑葚、草莓、桃子、黄瓜、甜瓜、大樱桃……大家吃得开心,笑声却低。孙田想,下山的兄弟们在路上,是不是也遇到了赵笋,而且也坐在一起聊过天、拉过呱儿?

夜晚里,孙田就想家了,想孩子,想老婆,想院墙外的老杏树。

坐在山寨外的大石头上瞅星星,有人走过来,是大当家李猛。李猛也睡不着,他问孙田为啥入了这行当?孙田说我租了地主两亩地,遇上荒年,地主来逼"驴打滚"地租,实在没办法就跑到山上入了伙。李猛叹口气,看了会儿星星,又叹了一口气。

到了"小暑"节气,天儿就热了。孙田擦着汗,找到李猛,说想下山。孙田还说想家,想孩子,想老婆,还想院墙外的老杏树……庄户人的生活真好啊!

李猛点了头,孙田就下了山。在路上,遇到赵笋。赵笋很开心,他说我知道你会回来的,浪子回头金不换,回来就好,以后安分守己过你的好日子吧!

赵笋坐在树荫下,他知道陆陆续续,从招虎山上,还会下来更多的人。赵笋觉得很有成就感,能不开心吗?

做孩子的,做娘的,做街坊的,都知道孙田不再外出做买卖了。

于是就有人登门了。首先是地主,拿着算盘子一通狠扒拉,说孙田啊,欠下的地租可不能再拖啦……钱不够,你可以拿房子顶啊,实在不行,你也可以拿老婆来抵债……你要去告官吗？呵呵，去吧去吧，你就是告到皇帝老儿那里去，这地租也非交不可啊！

孙田去找赵笋，赵笋很为难，说地主做得没错，我没法干涉啊。

孙田去找李猛。李猛带上几个人，一脚踹开地主的门。地主忙说李大当家的，有话好说，我跟孙田兄弟是开玩笑哪，欠下的地租咱一笔勾销，以后我要是再敢逼租，我就是狗娘养的，您大人不记小人过……孙田好兄弟，你赶紧帮我跟大当家的说句好话儿啊！

李猛回山的时候，看到孙田跟在后头。李猛就叹了一口气。

跟在后头的孙田也叹了一口气。

（原载《天池小小说》2016 年第 6 期）

一　个　梦

于心亮

我不习惯做梦，即使做了，梦也很浅，记不住……

马桑跟我说话。我坐在茶楼喝茶。马桑看见我，就坐过来。我不喜欢马桑坐过来，因为我正在思考。马桑问我思考什么，我说思考一个梦。马桑就说他不习惯做梦……

我正思考一个梦，我想写下来。我只是喝茶。有饥饿感，思维才会敏捷。喝完一杯茶，很快有了憋胀感，上完洗手间出来，重新坐下，我看窗外，看到一个女孩子。

茶楼依着一条河。河的名字叫白河。女孩子站在河边，手里撑着一把伞，满腹惆怅的样子。我问马桑那是谁，马桑说那是王小燕，可她已经死了，掉进河里淹死了！

我吃了一惊。急忙再去看，果然看见王小燕掉在河里挣扎，我从茶楼窗口跳下去，我拉住王小燕，喊马桑来帮忙。马桑却朝我狠狠踹了一脚。于是我没入水中，我呛了几口水，我挣扎着浮上水面。我看到马桑和王小燕站在岸边朝我笑……

我大叫了一声。

我醒了，竟是做了一个梦。我掐掐胳膊，疼。我看看四周，茶楼喝茶的人都在看我。我认真想了想，断定的确是做了一个梦，梦里没有颜色，就连马桑和王小燕的笑容，看上去也像戴了面具一样。我看看窗外的白河，河里盛开着红色的睡莲，我说：结账。

我想着我的梦。我走在路上。我想，怎么会做这样一个梦？

有人喊我。我看看，是马桑。马桑朝我笑，我没搭理他。马桑说看到白河里的睡莲了吧，我说看到了。马桑说咋样，我说还行。马桑说晚上吃个饭，我说没空。

我继续梦的思考，我想写下来。可王小燕来电话，说晚上吃个饭，别说没空。

挂上电话，我就不思考梦了。我开始想王小燕。王小燕，怎么会嫁给马桑？

我梳理一下关系。我、马桑、王小燕，打小在一起耍。后来慢慢长大，我和马桑都有点喜欢王小燕——这样的情节很庸俗，但没办法，事实是这样。马桑喜欢王小燕的表达方式就是天天惹王小燕生气。我喜欢王小燕的表达方式是对王小燕爱答不理的。

后来我和王小燕考上了大学。马桑进入社会开始闯荡。

我和王小燕大学毕业了。马桑也小有成就，他办起了一个小化工厂。

后来王小燕嫁给了马桑。我问王小燕为什么。王小燕只是哭，说她要嫁给马桑。

嫁了就嫁了吧，肥水不流外人田。记得当时我这样说。

梳理完了，也就到了晚上，我去吃王小燕的饭。马桑当然也在，咧着嘴哈哈笑。

吃饭当然也要说话，马桑就说他的化工厂，还说邀我入股。我说没钱。马桑说没钱算球，我只要说入多少股，到了年底给我分红就是了。我转移话题，说污水处理的事儿。

"你没见白河的睡莲吗？要是受了污染，能开那么好吗？"马桑说。我问谁的主意。

"小燕啊，打小就聪明。"马桑看着王小燕笑。我也笑，我说小时候白河的水多清啊，能洗澡能摸鱼能摸虾，有一回小燕差点淹着，是马桑给救了上来……

王小燕朝我笑："是你救的我，我和马桑都是旱鸭子，你忘了？"

吃完了饭，我去看睡莲，月色下，睡莲依旧盛开着。我疑惑睡莲在晚间怎么不入睡呢。我探头去看。马桑劝我，王小燕也说危险。可我还要看，结果我跌入水里了……

在水里，我看清了睡莲，没想到竟然是假的。我恼怒极了。

我要上岸。可我上不来，马桑朝我狠狠踹了一脚。于是我没入水中，我呛了几口水，我挣扎着浮上水面，伸出手让王小燕救我。可王小燕被马桑拽走了，他们越走越远！

我大叫了一声。

王小燕抱住我，亲吻我："亲爱的，又做噩梦了吗？"我狠狠揪了自己一把，疼。我让王小燕也揪我的肉，的确是疼。难道我真的是做了一个梦吗？

王小燕说是的，不过现在醒了。

王小燕要去白河，她说："趁天没亮，我去看马桑是不是在偷着排污。"

我说："不可能，你没看见河里长满了睡莲花吗？"

王小燕说："可我总觉得那些睡莲是假的。"说完，我的妻子王小燕，就悄悄地出门了。

我想继续睡会儿，可睡不着，我在想怎么会做这样的梦。

我想了半天也没想通，直到马桑打电话给我："王小燕落水了，死了！"

我跑到白河边，果然看到王小燕躺在河岸上，她真的死了。马桑很悲伤，他说王小燕被发现时，人就漂在河面上，安静得像是一朵美丽的睡莲花。

我想我是在做梦。我掏出小刀，朝腿扎了一下，出血了，滴下来。王小燕还是静静地躺着。我恼怒了，我说，我的梦，怎么还不醒呢？于是我又挥起刀。

马桑惊恐地看着我。

［原载《短篇小说》（原创作品版）2015 年第 11 期］

对　饮

非　鱼

突然就想起那年冬天的故事。

眼前出现了一幅晶莹剔透的画面。麦草搭的饭棚上，垂下一排长长的冰挂，掰下来一根，锥子一样，在手心里扎一下，凉凉的，痒痒的，咬在嘴里，嘎嘣嘎嘣，还有一股烟熏火燎的麦草味。

大哥就是在这时候被父亲撵回家的。他从院门外跑进来，黑色的棉袄敞开着，露出精瘦凹陷的胸脯，棉裤弄湿了，哩哩啦啦甩着水珠，他跑起来的样子像被敲了腿的狗，两条腿一撇一撇的。我大笑着喊娘：你哩亲狗娃又闯祸了。父亲拎着一根棍子，呼哧喘着粗气：三天不打，你皮又发痒了不是？

大哥已经撇着腿钻进了他的西屋，并牢牢地堵上了门。父亲把那扇四处走风的破窗敲得咣咣响：有本事你死里面。

娘站在檐下，看到父亲的棍子没打到大哥，她呵儿呵儿地笑：又咋了？你们爷俩就是反贴的门神。

父亲没打到大哥，一肚子火气冲着娘：惯吧，你就惯吧，早晚把他惯到监狱里去。大冬天跳水库，棉裤湿半截，看不冻死他。

娘一听棉裤湿了，不笑了，立马换了哭腔：老天爷呀，我的亲狗娃啊，棉裤湿了看你光屁股上学，这败家的娃啊。

于是，那天下午，大哥一直躲在西屋一声不吭，父亲在门外怒吼，母亲配合着吟唱。我一直玩着冰挂，弄湿了棉袄袖子和前襟，被母亲捎带着戳了几指头。

这样的场景，像演电影一样，过几天就要演一次，只不过，大哥幸运的时候并不多。他经常会吃上父亲几拳头，或者挨上几鞭子、几棍子。父亲手边有啥，抄起来就向大哥抡过去。我有时候真怕他把大哥打死了，因为大哥在外面挂了彩，回来还要再受二次伤。父亲每次打他都会凶狠地说：打死你。

娘看着父亲打大哥，她除了流泪，毫无意义地喊着让父亲住手，也无能为力。她说：狗娃是你前世冤家啊，你非要他命，又何必生他。

大哥在父亲的棍棒下，并没有成长为他希望的乖娃，而是长得和他越来越像。从脸上浓密的胡须，到宽厚的手掌，甚至说话的声音。最重要的是，大哥的脾气越来越暴躁，像父亲一样容易发怒，敢跟父亲叫板了。但父亲动手的时候却越来越少，取而代之的是争吵。两个声若洪钟的男人，在屋里对吼起来，其他人就完全被忽视了，整个世界都是他们的。娘的规劝，就像落在他们肩膀上的一只蚊子，手一扬，就被扇飞了。

我的记忆力就是这么好，想起这些故事，总要拿出来讲一讲，让那些孩子笑笑。

阳光从落地窗户上照进来，新打扫过的屋子散发着清新的味道。再有一天，就是除夕了。我给父亲送过年要穿的新衣服，大大小小十几口人提前聚在大哥家，有一种喧嚣的幸福。

我问父亲：你怎么从小只打大哥，不打二哥三哥？

父亲背对着阳光，我看不清他确切的表情。他好像没听见我的话，一声不吭。

我想问大哥，他说：好了，爹该洗澡了。

大哥把父亲从沙发上搀起来，我看着两个背身一模一样的男人，慢慢地走向浴室。

这个场景，如同饭棚麦草上一排排的冰挂，在阳光的照射下，光芒四射，让我想哭。从什么时候起，这两个暴躁易怒的父子变得如此沉默寡言，我竟没有发现。也许是从娘去世后，也许是从大哥成家后，也许更早。

我站在浴室门口，看着玻璃花纹上映出的橘黄的灯光，还有蒸腾缭绕的水雾。我特别想知道，六十多岁的大哥给八十三岁的父亲洗澡，是一种什么样的场景。大哥刚做完心脏手术三个月，父亲也同样在心脏的位置，放置过起搏器。

水声停了。大哥说：搓搓背吧，省得背痒。

父亲没有回答，浴室里安静下来。一会儿，我听见搓澡巾擦过皮肤的声音，很慢，沙沙沙的，像叶子落在地上，或者像细小的雨落在脸上。

大哥问：重不重？

父亲说：还行。

浴室里重新安静下来。父亲咳嗽了一声，似乎想说什么，迟疑了一下，又咳嗽了几声。大哥说：是不是太热了，不舒服？

父亲说：你，伤口，还疼不疼？

大哥说：不疼了。

父亲说：有病了，就注意点儿。

听着他们的对话，我眼前出现的却是他们挥舞着手臂，瞪大眼睛，大吼着，谁也不听谁的吵架的情景。

门开了，两个一模一样的男人又搀扶着出来。

父亲的胡子刮得干干净净，脸色红润。他眯着眼睛，说：四妞，今年拿的啥酒？

我说：三十年西凤。

他说：晚上打开，我和你大哥少喝点儿。

那个晚上，餐桌上出现了多年前熟悉的一幕。

父亲和大哥，他们几乎不说一句话，两个人默默地倒一点儿酒，轻轻一碰，玻璃杯发出清脆的声音，然后一饮而尽。我们完全被忽视了，好像整个世界都是他们的。

（原载《小说月刊》2016 年第 2 期）

甘　草

非　鱼

"妮儿啊，爷走咧。"

"爷，慢着先，领着我。"

薄雾还没有完全散去，草尖上的露珠颤抖着，绵软的阳光丝丝清新，穿过麦秸垛，穿过玉米的叶子，穿过南瓜蔓上的花朵，叫醒了沉睡的村庄。学勤爷已经喝过一碗开水泡馍，准备上山。

妮儿刚从炕上爬起来，两只小辫儿东扭一个西歪一个，慌里慌张地跑出屋，拉着爷的衣角。

学勤爷摸摸妮儿的头："不急啊，瞧这头发，快成鸡窝了，去梳梳，爷等着你哩。"

妮儿去找娘梳头，学勤爷蹲在屋檐下抽烟，老黄狗卧在脚边等着他们。

上山的路很长。妮儿跑在前面，揪一把花，扯几根草。学勤爷走得很慢，他走着看着，时不时还要坐下来歇会儿。背后的大提兜里，装着他的小镬头，短短的枣木把磨得绛红发亮。

"妮儿，来看看，这是什么？"

妮儿从草窝里站起来，跑到爷跟前："黄芪。"

"那棵呢？"

"党参。爷，你不用考我，都认得。"

学勤爷是这个村里的大夫。村子不大，但也有两个大夫，学勤爷是中医，另外一个是西医。不同的是，学勤爷用的药材，都是自己上山采的，叫春来的西医用的药，是从县城进的。

两眼窑洞，是村子的药铺，学勤爷和他的药柜、药碾、铁臼、大簸箩占了左边的一眼窑洞，春来占了右边的。学勤爷的窑洞上，挂着蓝色棉布门帘，掀开是浓浓的草药香味；春来的，挂着雪白的白布门帘，上面印一个大大的红十字，很远就能闻到酒精的味道。

春来脖子上挂着闪亮的听诊器，穿着白大褂，戴着厚厚的口罩。他从护校进修过三个月，回来后就像个城里的大夫一样，腰板挺直，把消毒、打针挂在嘴上，小孩子老远看见他，就哇哇大哭。

学勤爷从不穿白大褂，无论冬夏，他都是一身黑，对襟的布褂子、盘扣的棉衣裤，脖子上挂的，是那杆黄铜烟袋，瓦蓝的烟布袋上绣着一对水红的鸳鸯。有人来瞧病，学勤爷不慌不忙地抽完那袋烟，在鞋底上磕干净烟灰，握握烟锅凉了，把烟布袋一扔，烟袋就挂在脖子上了，这才搭脉瞧病。

春来说："王大夫，你手都不消毒，会得传染病的。"他从来不叫学勤爷。

学勤爷侧着头眯着眼睛，并不搭理春来，许久，手从病人腕上下来，再问几句，就在身后的药柜里取药，黄铜白玉杆的小秤称了分开倒在黄草纸上，用细麻绳扎紧，交给病人，然后细细交代了所使的药引子，才让走。

找春来看病的人并不多，他经常站在门口看学勤爷瞧病抓药。春来说："王大夫，你就会使甘草，啥病都用。"

学勤爷说："甘草，甘草，和事佬，君臣佐使团结好，你不懂。"

春来是高中毕业生，又是支书的儿子，穿着干净的白大褂，经常背着小药箱神气活现地在村里穿梭，给村民发打虫药，发土霉素，听学勤爷说他不懂，他就不服气。"我不懂？你懂，你知道啥是青霉素？一针见效。老古董。"

学勤爷挥挥手："走，走，小毛孩子。"

慢慢地，妮儿跟着学勤爷，已经能认识几十种草药了。这天，爷孙俩去捡毛栗子，一个个毛茸茸的果子掉到地上，裂开了，露出里面红色的栗子。妮儿捡着捡着，就上了树，抱着一根树枝晃，边晃边喊："爷，看我摇下来的多不？"

学勤爷呵呵一笑："慢着先，别跌下来。"

话刚说完，咔嚓一声，接着就听见妮儿在地上哭。树枝断了，妮儿掉下来了。

学勤爷把妮儿抱回家，擦去脸上、身上的泥土，捏捏胳膊腿，没伤，放心了，让妮儿去院里玩去。谁知到了晚上，妮儿突然发起烧来，小脸通红，浑身滚烫。学勤爷让妮儿娘用温水擦了又擦，熬了汤药服了，烧还是不退。

第二天早上，妮儿娘急哭了："爹，这还烧着，水米不进，咋办啊？"

学勤爷蹲在地上，烟布袋紧紧攥在手里。最后，他说："要不，送去让春来看看，打一针吧。"

妮儿娘迟疑了一下，她知道一辈子行医的爹，心里的疙瘩。但妮儿丝毫没有退烧的迹象，她也顾不了那么多，抱起孩子就走。

春来给妮儿打了青霉素，到下午慢慢烧就退了。其实，春来自己也不清楚妮儿到底得了什么病，他的方法就那么多、青霉素、链霉素、土霉素、头疼粉、止痛片……不管怎么说，妮儿的烧是退了，又能到处跑了。

学勤爷从笸箩上给妮儿抓了一把毛栗子，也递给春来几颗。

春来剥着毛栗子，嘴不饶人："王大夫，青霉素就是比甘草管用吧？"

学勤爷鼻子里哼一声，不理他，只对妮儿说："要好好学，这瞧病的学问大着呢。"

妮儿正在研究窑洞门上的对联，她说："爷，这上面几个字是不是药——生——尘？"

（原载《小说月刊》2016 年第 3 期）

辑三

亲爱的二姑

安石榴

　　祖母拿出一块布来，打算给两岁的儿子，也就是我父亲，做件小衣服。她在炕上比量来比量去，就是不敢下剪子。我二姑在旁边看着看着，实在看不下去了，一把夺过来，喊里咔嚓剪了，一上午的工夫就缝好，给我父亲穿身上了。二姑那年十四岁，比祖母小十二岁。祖母是她继母，我父亲是她同父异母的弟弟。

　　二姑一边给我父亲穿新衣服，一边悄声嘀咕：多大个事儿啊，费那些劲还……我可怜的弟弟，将来非遭罪不可……二姑的嘴也是不饶人的。

　　祖母没说啥，笑了。祖母针线活不好，但人好，宅心仁厚，不记恨不记仇。她还很会说话，为人大方。亲戚家有事都请她参与，住得远的亲戚套大车来接祖母，用现在的话说，祖母是个场面人耶！

　　祖母嫁给祖父时，祖父带着四个没娘的丫头，祖母没给她们一点儿气受，还让她们都念了几年书。祖母不是个场面人嘛，信息多，她听说东兴县有个慈善机构，免费提供食宿开办女子学堂，于是就把四个姑姑都送去了。祖母还"贿赂"老师，她采下山丁子，蒸下团成一个一个的团，再晾个半干，给老师送去。祖母说，虽不是好东西，城里还真没有，算是稀罕物儿。掰下一小块儿当茶泡水，可好喝了。

我的四个姑姑挺争气，认了不少字。尤其二姑，有灰姑娘逆袭的意思，回到家之后，那更是不一样了。大姑出嫁了，二姑成了老大，三姑四姑有点差错都轮不到祖母说话，二姑抓起笤帚疙瘩照着她们的脑袋就是一顿削——"嘎巴嘎巴"的，祖母这样学二姑笤帚落在三姑四姑脑袋上的动静。

这样的姑娘嫁出去也不屃。我父亲到了上学的年龄，二姑把他接到东兴县城去了，在县城念书，吃住在二姑的婆家。人家也是一大家子人呢，兄弟好几个，妯娌一大把。二姑做这件事真的不容易。光靠厉害可能用处不大，在大家庭中她必是舍得付出，也一定付出很多，而且是个能担当的女人。不然人家凭啥容忍呢？

二姑的公公有抽大烟的毛病，这一年县城官府惩治得严厉，他就跑到乡下我们家躲事儿。他指着自己的新蓝士林布缅裆裤对我祖母说：瞧瞧，这就是你家丫头的手艺，十二尺布做条裤子，一猫腰露屁沟子！

话是糙了些，有点夸张，不过人家不是爱扒瞎的人，是正经人，他的话不会空穴来风。祖母就笑了，说：我瞧着挺好，不见得小啊。再说，你身量魁梧，个子高，费布料呢。

等祖母见到了我父亲就明白了。父亲穿了一条新裤子，那条新裤子虽说是一块蓝士林布缝的，颜色均匀一致，可是，细看由各种大大小小的布片拼制而成，长条的、正方的，甚至还有螺旋的。多亏做工好，用细密的倒固针法缝得又漂亮又结实。二姑生生从公公的布料里赚出一条弟弟的裤子来。

我还没见过二姑的时候，这个故事就听过很多遍了。祖母想二姑了，便絮絮讲起来，连说带笑地讲，我们都乐够呛，觉得二姑真是太可爱了。祖母讲的次数多了，竟勾起了父亲的回忆，并自觉加入成年人回溯与反观的感悟，说：在二姐家时，我不是小嘛，不懂事，和他们家的几个差不多大的孩子一样淘气作祸，不知深浅。二姐要脸儿，不能打我骂我，那样动静太大，怕婆婆妯娌笑话。有一次她把我堵在炕上，掐我大腿根儿，使劲使劲掐呀，可疼了。我们听了又笑得不行，父亲也笑了，是那种甜蜜的笑。

祖母八十岁时，二姑来看望祖母。这是我第一次也是最后一次见她，一个瘦小干净利索的老太太。二姑在我家住了半个月吧。每天晚饭过后，桌子都来不及撤，就聊开了，都是从前的事儿和父亲带着祖母母亲离开东兴之后的事情。有一天父亲就说起来那件事了，结束时仍然是：二姐使劲使劲掐呀，可疼了！我们又大笑起来了。可是二姑却哭了，很伤心，说：我的好你记不住，掐你倒是记得真真儿的。

二姑一哭，把我们吓一跳，父亲可能有点害羞或者尴尬，竟躲出去了。祖母和母亲劝慰二姑。可是几天后二姑还是走了，到家也没来信。父亲去过几次信她也不回，竟然从此断了消息，不再来往。

我父亲八十八岁去世，年长父亲十几岁的二姑想来也早就不在人世了。她却不知道她的侄女们个个都是爱她喜欢她尊敬她的。有时候我想，当她临终的时候，侄女们围在她床前，握着她的手，她会多么安慰，我们又是多么安慰呢。可是这一切可以发生的场景却终究没有发生。看来，有始有终，无论对于爱情、友情还是亲情，都不是容易的事情。这是不是人类最大的悲哀呢？偶尔在夜深人静的时候，我会因为这个，感觉在深不可测之处涌来巨大而沉重的孤独与凄凉，将我团团围困于人类最大的悲哀之中了。

好在是偶尔哦。

（原载《天池小小说》2016 年第 5 期）

小　职　员

安石榴

　　七楼住着一位每天在窗口边给别人数钱的银行职员，静悄悄生活了二十多年。他妻子的母亲去世了，给他们夫妻留下一套私人产权的单位集资房。他们先把老太太的房子卖了，再把自己的房子卖掉，两股钱合在一起又添上两口子二十年的积蓄，在江边一"高尚小区"买了一间江景房。

　　他搬家时很潇洒，像一位性格演员那样完全颠覆了以往的角色，他将囚牢在心中的另一个自己释放出来，于是，老邻居最后看见他的时候，他没在地面上，他骑在院子里一棵长了二十多年的老柳树上，手中握着一把闪亮的小钢锯。

　　银行职员骑在一棵二十年多的柳树上，手拿一把闪亮的小钢锯。那正是一个料峭的东北早春，柳树还在沉睡，树干和枝条都黑魆魆的。一身深色衣服的银行职员骑在树干上，就像一只超现实的乌鸦。他要修剪这棵树，比照江滨公园里的大柳树，把它的树冠修剪成一只巨大的华盖，从此让这棵柳树与小区里别的柳树区别开来，而且更美。他这么做，是因为心中有个秘密，他想把自己在这个老旧小区二十多年悄无声息的卑微的存在，于临别之际以与以往迥异的格调镌刻在邻居们的记忆上，并让这记忆接近永恒——只要这棵树存在，这棵树美的形式存在。于是，他开始动作。

　　"干哈呢？"过往的邻居停下来，警惕地问。

　　"修剪。"银行职员说，"你们没看到它已经长得太不像样子了吗？乱糟糟、张牙舞爪的。我要把它修剪成江滨公园里那些大柳树的样子！"

　　"哦，那挺好哇！"邻居们回应之后走过去了。

　　由于兴奋和激动，这只超现实的乌鸦出了一身汗，他修剪完成，笨拙地垂落下来，离开住了二十多年的小区。他在拐过墙角的时候回望了最后一眼，他似乎看到了那只巨大的绿色华盖，以及下面三五乘凉或来来往往的人，他们即便不是每次，也总会想起他、提起他。而且，一眼望去，树和人，都生机勃勃。

真正的春天开始了，夏天也到了，银行职员的愿望终于实现了。他成功地留在了邻居们的记忆里，非常牢固。只是，每次从这棵枯树旁边经过，邻居们都在心里骂他一句，从来没有漏过一次。

（原载《大观·东京文学》2016 年第 5 期）

呼　吸

陈　毓

在茫茫黄土间穿行，一世界的黄土，看得人眼仁子似乎都添了黄。鲁子玉心上的惆怅像唇上的焦渴，喝再多水，都难消退。

鲁子玉从来都不是个果敢的人，这一次，第一次，她说走就走，还选择自驾，完全忘了常常被人嘲笑为路盲。她唯一确定只要沿着 G70 走，就能走到一直的故乡。旧地情深我又来。鲁子玉说，我去，我看见。看见了或许就放下了。

唉，除了爱情，还有什么能使一个扬眉女子黯然神伤？

鲁子玉飞蛾扑火般地爱上一个人。她纠缠、困苦，在每一个夜晚醒来，她用幻想把十年婚姻中的丈夫用阿拉伯飞毯载到另一颗星星上，再把爱人那个在她的想象里千娇百媚的新娘做主嫁给上帝。蓝色地球上就只留下梦中的两个自由心，热烈身。

认识鲁子玉的人多会说她是一个能给人愉快感的人，鲁子玉就不止一次听人说她"快乐的味道四处漫溢"。鲁子玉每回听见，都在心里发一声怪叫。她倒是喜欢给人留下这样的印象，哪怕是错觉。想这个世界，如果人人都有看进你内心的本领，倒是可怕。

用笑容做糖衣，和人保持适度的距离，是鲁子玉想要的。

和一直不是一见钟情。一见钟情很难出现在鲁子玉身上。她太习惯在情感上考量彼此，因此骨子里她对爱情保有本质上的怀疑，她渴望爱，但她很难确信爱的存在。和一直从遇见到不久前鲁子玉在电话里火山爆发般地喊出那句"我爱你"时间跨度一年半。一年半，如果爱情可以开花结果，那爱情的新生儿都出生了，会笑了。鲁子玉在喊出那句使自己赤裸的"我爱你"之后，无限悲哀地想。

语言上的你来我往，一年半的文火慢炖，鲁子玉内心的情感饱满深沉，香气馥郁，守着这样一锅珍贵无比的汤汁却忍受着焦渴，是什么逻辑啊？鲁子玉苦笑，莫名想到那只想喝到瓶中水的乌鸦，那个下午，鲁子玉在屋里走来走去，不断念叨：一只乌鸦口渴了。同时收拾行囊，上路。

鲁子玉开车在路上。慢慢走，慢慢回想。

回忆的力量剥开了糖衣，苦味粘黏在舌根。

是哪天开始的？鲁子玉习惯了和丈夫的冷脸相对，他们早上前后出门，晚上总有一方很晚才回来，回来也是立即钻进自己的空间，两人竟可以早晚不相遇。

某天丈夫收拾了箱子，来和鲁子玉告辞，说他要走了，再不回来了。鲁子玉听见自己说：好啊，那你多保重。冷静地看着丈夫离开，心里浮上淡淡的释然和轻松。鲁子玉带着淡淡的释然和轻松醒来，方知是梦。鲁子玉坐在床上回味梦境，心里一片荒凉。

现在那片荒凉漫溢开，浸漫到眼前无边的黄土地。偶尔一片庄子闪过鲁子玉眼前，那些低矮的房屋，似乎在诞生之日，就已显示了废墟的某种气息。鲁子玉很想走进某个庄子，看看那在灼人骄阳下显得格外低矮的屋檐下的生活，但村子总和鲁子玉隔着一条沟、一道梁，看似咫尺，却远如天涯。

终于有一间黄色土坯房出现在鲁子玉眼前，她果断把车拐进那窄的土路上，停稳车子，向屋子走去。鲁子玉和一个边戴头巾边向外走的妇人迎面相遇，子玉一时不知该说什么，倒是妇人反应快，周到地询问眼前陌生人：屋里歇歇？

鲁子玉顺水推舟，嗯，那就谢谢你了。

在后来的回忆里，鲁子玉想这可能是上帝安排的一次遇见，但是，于遇见的双方，这样的相遇与分离，又有什么特别的意义？

随妇人踏进门槛，妇人连声向外呼唤，告诉鲁子玉被唤的是她女儿。但那个女儿只在门口应一声，再无声息。妇人开始诉说女儿，诉说女儿得了癌症，皮肤癌，脸面上不好看，羞于见人。从眼前呼喊不应的女儿到接连死去的长子和长女，妇人开始给鲁子玉讲她半生的苦难，使鲁子玉大为惊讶，使这个阳光晃花人眼的午后在鲁子玉眼里魔咒了一般。

十八年前，妇人一向好脾气的丈夫失手打死了人，进监狱了，丈夫进监狱的那年，他们的小女儿，眼前这个母亲呼唤不来的女儿还在妇人腹中。妇人独自养大了他们的一儿两女，其间有什么艰难吗？妇人没给鲁子玉说，妇人一直重复一个细节，她那把生命定格在二十一岁的儿子常常把母亲给他的一块钱从柜缝里再塞回到柜子，儿子说，母亲太苦，他能为母亲省下就省下。努力要为母亲承担生活重担的儿子却死了，绝症，病因不明；接着她的大女儿也死了，相似的病状，一样模糊的理由。现在，挣扎在死神门槛边的是她的小女儿，十八岁的少女在看过哥姐的死亡后，有宿命般的平静，等死，如待宰的羔羊。

阳光爬过门槛照在鲁子玉的蓝色牛仔裤上，照耀出一片白光，鲁子玉呆呆看着妇人那欲哭无泪的眼睛，觉得身处梦魇。直到她看见妇人的嘴唇不再翕动，才想到是告辞的时候了，她感觉脚挪出了那道门槛，炽白的太阳下她微闭眼睛，确信很久不犯的偏头痛又犯了，她按压着太阳穴，趔趄着向外走。

妇人匆匆从身后赶来，在鲁子玉手里塞进什么。

直到坐进车子很久，鲁子玉才看清自己的两腿间，卧着一只香瓜，让她恍然想起，被妇人追来塞在手中的，就是这只瓜。

她依稀回忆起，妇人说多谢她这个陌生人的来访，使她的门槛有人来踩，她感谢她能来听她诉说，她是真主派来的。妇人还说，客人进屋，却没招待客人一杯水，好在这瓜是熟了。

瓜的香从鲁子玉手上弥散开来，漫在车子里，鲁子玉的手指划过瓜皮，她感到细细的沙子在瓜和她的手指间摩擦。

鲁子玉伏在方向盘上，泪眼婆娑。

（原载《文学港》2015 年第 10 期）

柰　子

陈　毓

　　把一天的需用在早上收拾停当，柰子要到篱笆边站一会儿，看绣球花，看花树下的江水。瀛湖在下游十五公里处，瀛湖蓄水放水很有规律，瀛湖不开闸的日子汉江水涨起来，湮没到森林边的那条最低线，这个时候，柰子眼前的江面显得格外平阔，雾气迷蒙，水涨船高，好看。瀛湖开闸放水的时候，江水浅下去，这时候眼前的江心，露出两片沙洲，一个太阳般圆朗，一个似新月一弯。客人等待饭菜上桌，或吃饱了之后又不着急赶路，就会站在柰子此刻站立的位置，立即被自己的发现鼓舞，手舞足蹈，开心议论，纷纷拍照留念。这让柰子想起她第一次看到江心风景的情状。

　　柰子还发现，来的女客多会对她和小柯的生活充满好奇，说小柯脾气好，人又长得帅，有手艺，还安心待在家里，说现在这样的男人就是个宝贝；说柰子能干，有明星相，有福气，等等。停一会儿，继续追问，她和小柯，吵不吵架？

　　柰子就笑一笑。起初柰子的笑在脸上停留得长，在心里漫漶得开。柰子在那些停留与漫漶里想，她和小柯是真的还没吵过架，有啥要吵的呢？干吗吵架啊，那多费力气！再说日子也不允许他们吵架，有次眼看他们要吵起来，她忍住了，但不可思议的是，在她引而不发的那两天里，她发现绣球花的花色是一色的白，没了早上正午和夜晚的区别，像是染上了灰尘。多奇怪啊。客人少的时候柰子和小柯闲了，就看微信、发微信，有一次一个客人加了小柯的微信，却嫌小柯的微信太少山庄的内容，问能否把她在农庄吃的几道菜的做法写上去，这让柰子和小柯惊讶。有两道菜小柯荣获过市里举办的烹饪大赛一等奖，还有道菜获得了丝绸之路美食大赛一等奖，是一道蒸盆子，这道菜内容丰富得很，有本地出产的闻名远近的红心莲、猪脚、小排骨、水白萝卜……汤中暗隐十味不可见的名贵中药，汤皮子上浮着几枚金黄蛋饺。没获奖前小柯称这道菜为旋涡蒸盆子，获奖之后这道菜被市里美食协会命名为丝路汇。这道获奖的菜也是全菜入图，却没有做法。

那个加了小柯微信的女人回去后一直和小柯联系，女人说她在西安开着一家饭店，想请小柯去她的饭店做厨师长。

奈子问小柯，你去不去？小柯很奇怪奈子会这样问，小柯说，我去西安干什么？奈子想一想，笑了。

奈子的微信呢，除了当初山庄刚建成的时候她站在山庄前面指着江心拍的那张照片，还有一张是她坐在饭桌前，面前一碗一碟一筷，和一大窝热气蒸腾的旋涡蒸盆子。奈子喜欢吃蒸盆子里的红藕，还有泛着金黄色的蛋饺，所以小柯每次做这道菜给自家吃，总要多放几块红藕、几枚蛋饺。

一天结束，他们会在竹篱笆边坐下，在傍晚微凉的空气里，听江涛声不急不缓在耳边响，慢慢吃掉小柯随手搭配，临时发挥，随心意烹制的菜饭。

但是，这个女人发给小柯的微信给了奈子一个新的启发，她和小柯会一直在农家乐住着吗？他们的孩子会长大，要上学，之后呢？她想起自己很久都没有出过门了，即便生意不忙，她也是不能出门的，因为你不知道客人啥时候就会推开那道比邻公路的栅栏门，喊一声，老板在吗？

老板在吗？开店的人，老板如何能不在呀？于是她总是要在那一声喊发出的时候立即给予回应。就是一年中生意最冷淡的十一月、十二月和一月，奈子也要在店里，店就是家。

这个下午奈子回顾自己的微信，微信呈现的全是外面的世界，太平洋上的小岛、中国台湾、日本、韩国，丽江、黄山……奈子一个也没去过，却全心全意如亲临般地忠诚转发。奈子一边翻微信，一边问小柯，他们什么时候也去外面旅行一次，也体会吃别人做的饭菜的滋味。小柯说这有何难，容易得很。说过之后，他们却还是很久没出发，原因是想象不出把店门关上的时候要在门口竖一个什么样的告示牌合适。

但这一天，小柯和奈子还是出发了，他们租了辆汽车，把孩子托给父母，锁紧前面的门，把后边的栅栏门虚掩上，走了。

他们计划用三天时间往来张家界。汽车开出两个半小时，他们遇见一片美丽的林子，于是停下来休息，他们意外看见一片桃林，桃花早已开过落了，青桃也已变成了眼前的红桃，红桃看来一直没人采摘，所以掉落了一地，掉落一地多么可惜，他们看看树上，看看树下，把红裂了的桃子掰开尝一尝，说，酸甜适中，味道醇厚，是好山桃该有的味道。

奈子和小柯站在树下，尝一口桃子，发一声议论，最后一致觉得这么好的桃子掉在地上烂掉，实在可惜。他们希望此刻能有吃桃的动物赶来，但他们低头细看细查，除了几只黑蚁过来，闻一闻，又走开，像是刚刚吃饱没有食欲的样子。这让小柯奈子更觉遗憾，望着树上摇摇欲坠的红桃更加心急。

小柯和奈子后来把车上能找来盛装桃子的东西都找出来，装满摘下来的红艳的桃子，他们说要把桃子晒干，会是多么好的桃干，桃干可以做冬天的水果，也可以在冬天做果脯饭。

带着那么多新鲜的桃子，他们重新上路。等他们反应过来的时候，车子已经停在金农山庄的后门，那道他们几小时前刚刚离开的，虚掩着的栅栏门边。

他们吃了一惊，面面相觑，忍不住地哈哈大笑起来。

（原载《天池小小说》2016 年第 2 期）

红　灯

聂兰锋

　　大厅里很干净，地板明晃晃的，看上去比我家的床舒服，我毫不犹豫地在地板上打了个滚儿。想再打一个，立马就被爷爷粗硬的手抄了起来。快，快，四号，四号，你爸在四号。我顺着爷爷的手把头抬得老高，高处有一个黑窗子，里面一串红色的字——李全在四号窗口。这些字会走，排着队一个一个消失在窗子右边，又一个一个从窗子左边钻出来。

　　我说，爷爷，李全走了，李全又回来了！爷爷说别咋呼，那是电子屏幕。

　　我两岁学写字，写下很多李全，但一个也不会走，我突然好想有个电子屏幕。

　　快点。爷爷拽着我的手小跑起来。爷爷的跛脚一上一下，我的身体也跟着一上一下。我跟着爷爷向四号窗口奔去。

　　我第一次见李全，爷爷说李全是我爸，现在他在四号窗口里，我看见他了，听见他了，他叫我宝宝。我的手几次伸出去，几次被玻璃挡住。玻璃冰凉冰凉的。

　　爷爷抱着我，坐在高凳上。爷爷把话筒放在我耳朵边。

　　我跟李全爸爸讲了很多话，非常开心，李全爸爸让我听爷爷的话。爷爷老是抹泪。

　　那天，我对着很多窗口喊了爸爸，窗口里的人冲我笑，还对我摆手。我听见自己的声音又甜又脆，在宽敞的大厅里回响，好听得很。

　　爷爷，你为什么哭啊？走在马路上我问爷爷。爷爷擦擦眼，没事宝宝，爷爷眼花了，见风就流泪。

　　那天，爷爷带我吃了鸡肉馄饨，吃馄饨的时候我看见马路上的车都停了，就想过去看看，刚跑到马路中间，那些车又都开动了，我慌了，大声哭起来。从车上下来一位阿姨，抱起我说宝贝儿，过马路要走斑马线，红灯了要停下来。我觉得那位阿姨又香又温暖，立马就不哭了。惊慌失措的爷爷赶来，啥也没说，猛揍我一顿，那是往死里揍的，不过我没哭，爷爷哭了。我回想着阿姨的香和温暖，竟没觉得疼。爷爷揍完了我又抱紧我。

就是那年，四岁的我读了一年级。爷爷说他是一个泥腿子，我是棵好苗子，他不懂得教育，让我提前进学校。

学习上我一路狂奔，十六岁考进重点大学。

这期间，李全爸爸从四号窗口回到我跟爷爷的生活中。我只去了那一次，后来爷爷不带我去了，说马路上车太多。不过我时常想起马路上抱我的阿姨，又香又温暖，童年的记忆里那是我的唯一，那感觉应该是妈妈。五年级的时候，李全爸爸跟我讲了他的一些事情，因为他开车闯红灯酿成车祸，所以他去服刑，他还说很感谢我在服刑期间去看他。我说我们是父子，何必客气。李全爸爸摸摸我的头说，好小子，不过父子有可能是仇敌。我说怎么可能呢。

我们没再讨论父子是否是仇敌的话题，直到我要去念大学了。临行，年迈的爷爷和李全爸爸跟我讲了那起车祸的细节。爷爷指着李全对我说，宝宝，这个人是你的仇敌。当年他闯红灯犯下大错，使你失去了亲人。你爸爸叫孙泽凯，妈妈叫赵丽玲，他们都是文化人，你爸留下话不让李全赔钱，让李全把你抚养成人。李全是我的儿子，但他一直是我的仇敌，从小他不听我的话，荒废了学业，没有驾驶本就去开车，闯下大祸，他是我的仇敌啊，我上辈子欠他的……

爷爷又哭了，不停地流泪。我说爷爷你不要老是流泪，眼睛会坏的。我给爷爷擦泪，新的泪又涌出来。爷爷就攥住了我的手，爷爷的手更粗硬了。一旁的李全爸爸低垂着头，不言语。

真相对我无疑是晴天霹雳了。我的父母是文化人，他们死在李全的手里，李全父子把我抚养大，从祸起时，抚养我成了李全父子活着的使命。他们不吃好的，不添衣服，不娶媳妇，靠着三间屋把我养大了。而我，应有尽有。小学时我还上过书法课、国画课，那可是花钱的营生，也不知李全父子从哪里搞的钱。

第二天天不亮，我提着行李悄悄走到院子里，想悄无声息地去念我的大学。没想到爷爷在灶屋里等着我，李全爸爸也在，桌子上煮好的面冒着热气，面上卧着两个荷包蛋。我二话没说，端起面就吃。爷爷说慢点慢点，等放了假回来咱包饺子吃。吃完了，我说爷爷、爸爸，孙泽凯是我的仇敌。说完我就走了，泪蛋子砸在清晨的小院里。

（原载《百花园》2016 年第 2 期）

蚕　豆

聂兰锋

　　蚕豆迈着碎步，踩着清晨的阳光，白色板鞋穿过沂州路的青石板，辘轳把巷的青砖瓦房是她今天要去的地方，那是奶奶留给她的。

　　青石板路是奶奶的，多年前，年轻的奶奶坐在花轿里，在青石板路上颤悠颤悠地被几个壮汉抬着，走两步退一步，走两步退一步，喜喜庆庆地嫁给了辘轳把巷青砖瓦房里的爷爷。

　　奶奶第一次见这样的青石板路，第一次见爷爷，奶奶先是喜欢青石板路，之后才喜欢爷爷。奶奶的推理是，能在这样的路上生活的人一定错不了。后来爷爷英年早逝，青石板路陪奶奶度过余生。

　　现在蚕豆的板鞋踩着的是沥青路，奶奶管这叫臭油路。当年的青石板早没了踪影，扒路的时候奶奶直哭，一边哭一边骂，骂那些败家的货哟败家的货，多好的青石，就不比那些臭油？奶奶从大襟褂子里扯出白手巾，捂了鼻子，拧着金莲，哭得昏天黑地，无济于事。奶奶在臭油路上走了没几年，就离世了。可惜奶奶才活了102岁，离她180岁的目标很远。奶奶说我倒要活到180岁看看，看看这些败家的货能折腾出啥名堂。

　　奶奶，如今蚕豆也是败家的货。这房子蚕豆保不住了，蚕豆连自己的婚姻都没保住。蚕豆进了青砖瓦房，在奶奶的照片前跪下，磕头，将奶奶的相片拂尘装箱。

　　蚕豆在青砖瓦房里出生，长大，结婚，生子。今天蚕豆就来处理结婚时的家具。房子卖了，家具是板式的，人家不要，说若是老木头的就要。老木头家具是有的，陪嫁给了小姑。蚕豆联系了巷口做豆腐的老李，老李说你自己砸吧，砸了能烧火。所以蚕豆准备好了铁锤。在砸衣橱的抽屉时，蚕豆发现了彩色金箔碎纸，阳光下闪着熠熠的光，红的依然红，绿的依旧绿。那是结婚时候掺着麸皮撒在家具里的，每一层的隔板上，抽屉里都是。奶奶说的，福不能扫，尤其衣橱。

就留着，一留就是 14 年，两个七年之痒。象牙婚，解释为时间越久，越晶莹美丽。鞭炮齐鸣时那些晶莹美丽的东西撒了新郎新娘一身，撒在头上，黏黏的，因为头上打了发胶。晚上你帮我弄，我帮你弄，还是弄不干净，一边还埋怨着邻家女孩，干吗撒头上呀讨厌，新郎说幸福从头到脚都是呢，你看脚底下，多着呢，三天不准扫地，新郎学着奶奶的腔调。然后他们就咯咯地笑奶奶老古董，笑着笑着就都蒙在大红锦缎的被子下面。

婚姻的耐久度敌不过一些碎纸片。蚕豆摇摇头，一锤敲下去，碎纸片在空中飞舞，红红绿绿，像一群嘲笑她的小人儿。

就在这抽屉里，蚕豆发现了证据，那是一张银行转账单。他没找任何借口，马上承认下来，对，就是给外面的她了，她比你贴心。然后是一副要杀要剐随你便的样子，蚕豆无法忍受他那副铁骨铮铮的样子。离，蚕豆说，但 50 万必须追回。他说，离就离。早受够了你这副强势的样子，即使离婚是药，也治不了你这强势的病，没一点小鸟依人的味儿，抗药性太强。

蚕豆一拳捅在衣橱的镜子上，镜碎手破，殷红的血流出来。

你犯了事儿去坐牢，就算我是小鸟能依得上？靠卖奶奶的首饰生活。奶奶 21 岁守寡守家，拉扯一双儿女。奶奶行我也行！硬挺过来，办企业开厂子……日子好了就败家呀……

他哪里听蚕豆的哭诉，大张旗鼓地与他的小鸟过起日子来。

蚕豆三锤两锤下去，抽屉就变成了柴火。蚕豆锤起锤落，旧家具一样一样变成老李的锅底货。蚕豆想，这回老李可满意了。蚕豆的眼前就有一团火，毕毕剥剥欢快地舔着老李家的锅底。

也有说蚕豆的不是的，说蚕豆跟她奶奶一样命硬，奶奶克当家的克儿子，克媳妇改嫁；蚕豆克男人进监狱搞外遇，全是女人福浅，不怪男人。

福浅福深，命薄命厚，都是说辞，亮堂堂地活着才是硬道理。这是蚕豆的哲学。拿到胜诉的终审判决书，蚕豆心里亮堂堂的，她追回了属于她的财产，之后蚕豆提起离婚诉讼。男人的小鸟飞走了，男人求蚕豆给他一个机会。蚕豆说机会和尊严，我希望你选择后者，垂死的东西就让它死吧。

像往常一样，蚕豆将钥匙放在门洞里，新房东会在某个清晨或午后取了钥匙在这里开始新的生活。

蚕豆迈着碎步，踩着正午的阳光，白色板鞋穿过沂州路的青石板，辘轳把巷的青砖瓦房离她越来越远，奶奶躺在蚕豆的手提箱里。蚕豆又听见了奶奶的声音：我倒要活到 180 岁看看，看看这些败家的货能折腾出啥名堂。

蚕豆笑了，一滴清泪滑下，砸在树影斑驳的青石板上，那是奶奶的青石板。

（原载《天池小小说》2016 年第 8 期）

老 柿 树

陈　敏

外爷家的院落前，长着一棵三人合抱粗的老柿树，高十丈余，树身硕大，傲立挺拔，遮住了一片天。没人知道它的年龄，据我外爷说，他记事时，它就那么高、那么大。

我的童年在外婆家度过，老柿树是我儿时的伙伴，柿树叶子圆润油亮，层层叠叠，唯一把巨大的油纸伞，遮住了半个院子。我们坐在树荫下编织草帽、剥土豆，躲在树后吓唬暮归的大人小孩。古树给我们带来无限快乐的同时，也带来过不少的麻烦，于是，我外爷总说它像一个淘气的孩子，让人既爱怜又痛惜。

单说这爱吧，从夏到秋，柿树便舔欢着每一个行走在树下的人。仅那些从树上落下来的红艳艳的灰包蛋柿子就解了不少人的饥渴。

老柿树从不歇枝，年年枝繁叶茂。秋季柿子成熟时，外爷就慷慨地唤来左邻右舍，让他们随便摘、随便拿。生活在大树周围的邻家都得了树的恩惠，门前房后挂着一串串红红的柿饼、柿皮、柿辘轳，而我外爷则在最后才收拾残局，将那些碰烂了的没人要的柿子统统压进一口大瓮，开始预备酿制春节的"年酒"。柿子酿出的酒浓郁、醇香，是逢年过节招待贵客的"家宴陈酿"。

但它同时又是一棵烦恼树。老树除了招来各种鸟儿在上面筑巢外，也招来了猫头鹰。猫头鹰向来被视为"凶鸟"，只要它一叫，村里定有人驾鹤西归。这几乎很灵验，为此，我外爷经常在冬夜里，披衣下床，扛着竹竿出门，驱赶停留在树枝间叫声沉闷恐怖的猫头鹰。老柿树因此也披上了一层神秘的外衣。说谁在夜间从树下过，朝树根浇了一泡尿，结果闹了一夜肚子；谁将坠落在树下的鸟窝捡回家煨了炕，没过几天房子便着了火。更为不幸的是有一回，一个男孩上树摘柿子，惹怒了隐藏在枝叶间的一个马蜂窝，被蜂蜇得坠下了树，摔得不轻。他刁蛮的爹带羞人马，锯子、刀斧恶狠狠赶来伐树。一村人都来看热闹，我外爷搂着树身说：要砍就把我也砍了吧！记忆中，那些大人因树吵吵嚷嚷了一个下午，我外爷外婆给那个小孩送了半年的饭。

不过，也有不少美好的传说：情窦初开的男女碰巧在树下相遇，他们的爱情便能生根发芽，修成正果；花开时节，从树下经过的准妈妈被柿花击中了头，定会生出个漂亮的女娃娃，被落下的柿子击中，一定能生个男娃娃……

这些传说让人们对老树更多了几分敬畏。

树木不老，人易老，人亦变。家乡在外爷外婆去世后一夜巨变。村里有劳动能力的人全都外出或打工或安家，只有为数不多的老人留了下来和古树一起见证着世间的沧桑。老树上的柿子也不再为人稀罕，一到秋天，成熟的柿子随着落叶铺满泥泞的小路，树下一片狼藉。

外爷的家也换了主人。新主人是我的一个远房舅舅，他对老树还一无所知，一搬进去就扬言要砍掉遮住了院子阳光的老树。他给树列出了五大罪状，消息传到我耳朵，我的心犹如针锥。我在哀伤的同时又默默地在心里为树祈祷了一番。

半年后，出差路过家门，忐忑地将头伸出车外，将目光落在老树的地方，心突突地跳，想偷偷看一眼那棵长在我心中的古树是否还尚在人世。

大树依然昂首挺立在那里。我顿时乐坏了。哪路神仙保佑啊，我儿时的伙伴没有被砍。它还在。我像拥抱久别的亲人一样，冲出车门，奔向树，紧紧搂抱，隐约瞥见舅舅一步步向我走来。

我用诺诺的声音询问老树没有被伐的原因，听到的却是舅舅做的一个梦。

老树被砍伐的前一天晚上，舅舅做了一个梦。在梦中，他看见黑色的天空闪出一道光，顿时狂风大作，树干和树枝摇摇欲坠，仿佛在与风暴对话，他听不懂它们的对话。

突然，一声巨响，古树倒向一边，强风吹来，异常剧烈，整幢房子摇摇欲坠。

他在里面吓坏了。天哪，如果大树倒向他的房子，家毁人亡就在眼前。

他赤身裸体奔出门，向大树喊：别倒下去，挺住，你会挺住的，你不会倒的。他伸出双臂将其抱住，设法将它立稳……树枝在风中摇摆，呜呜咽咽的，像在哭泣。突然，树干剧烈摇晃，脚下的大地在抖动。此时，梦醒了。

以为是地震，舅舅从床上爬起，直奔窗户，推窗望去，外面风平浪静，老树依然安静地站在晨光中，他的心才缓缓放了下来。

舅舅说，他砍树的念头在梦醒之后就断了。

说话间，一个小小的东西落下来，轻轻地掉在我肩头，凉凉的，带着一丝甜意。侧眼细看，是一朵柿子花。

（原载《小说月刊》2016 年第 7 期）

兰 花 香

陈 敏

刚入春，扶贫攻坚战打响了。领导说给我觅了个"对象"，叫老懒，让我先去认识一下。

我去时，老懒眯着眼，正卧在麦草垛里晒暖暖。他的脸年久日晒，成了绛紫色，黑红中透出光亮，像一块腌制多年的腊肉。

据邻居俩老姊妹讲：老懒懒得很，给他往脖子上挂个锅盔，他都懒得动手去掰；老鸹往他嘴里屙屎，他都懒得张口。他本来手脚齐全，完全可以自食其力，可有一次，他偷公家的电线，被电击中，摔了下来，断了两根手指头，从此，老懒变得更懒了。

但这丝毫没有影响他的生存。一到冬天，政府就把他圈养起来保护，一些志愿者四时八节为他献礼。他的生活比那些起早贪黑的勤劳者自在得多。

这些在我一进他家就看出来了。他住的那间床和锅灶相连的屋子尽管被厚厚的灰尘蒙着，墙角边却堆着从城里运来的很新鲜的方便面、奶粉和罐头。

老姊妹七嘴八舌，说：这老光棍不老实，年轻时总往别的女人家里钻，让人把脸都打烂了，你一个刚从大学毕业的女娃娃最好不要单独靠近他。她俩的话让我后背凉飕飕的，于是，再来时，我身边就多了一个男伴——镇长。

镇长对老懒说：我们给你买两只小羊，你养着，到年底我们再帮你将羊卖掉，卖下的羊钱全部归你。另外，我们每月再付你50元的补助，你看这样行吗？镇长语重心长，几乎在乞求。

老懒将头高高仰起，抬眼看了一会儿太阳，犹豫了半天才说：那羊吃啥呀？两只羊要吃很多东西呢，我都没吃的，哪有东西给羊吃？

我忍不住哈哈大笑，镇长火气冲了上来：活该你受穷！镇长挥舞着拳头，想找个地方砸下去。他气得在原地跺脚，打转转。

回来的路上，镇长不语。他一直在生闷气。我安慰镇长说，万一完不成任务，年底，我自己掏腰包把事情摆平，决不让镇长为难。镇长说，上面有政策，让我们帮这类人脱贫，扶把手让他立起来，而不是一味地给予，"授之以渔"，而非"授之以鱼"。看来，这家伙真是又蠢又懒，是个烫手的山芋，你既然接到了手，就该多想想办法。

我默默点头。

再来时，老懒依旧在麦草垛里晒暖暖，看我一人，还破例起身，搬来一个小木凳让我坐。

我问他愿不愿意种兰草，这种植物好活，只需动动镢头，把它栽进土里，浇点水就行了。这是我来时的路上想出的主意。老懒家住秦岭南坡，山大沟深，植被丰茂，山谷溪畔生长着成片成片的高山兰和吉祥草，因种植高山兰发财致富的农民屡见不鲜。我想培养他的劳动意识，先让他学会动手，再慢慢医治他懒到骨头里的老顽疾。我耐心地说：你看，坡上那么多兰草，你只需移动一下它们的位置，将兰草栽在那片空地上。他不答。我想，他连羊吃啥都不知道，肯定更不知道什么是兰草。

果然，他摇头说他不知道。

这一次，轮到我动怒了。我指着山坡附近一丛丛兰草，说：你睁眼看看，那些就是兰草，你不会蠢到连兰草都不认识的地步吧？

一下午又对牛弹琴了，我沮丧地想。

这样的人还值得同情吗？政府凭什么要养这类蠢货？真是咎由自取，让他自生自灭好了。

我转身离开，不想多看他一眼。刚走几步，身后传来老懒的喊声：哎，同志，你能给我扶贫一个媳妇吗？

那声音像一枚炮弹，炸住了我的脚步，让我很久都没缓过来。

能！只要你栽种出的兰草开了花，我们就给你扶贫一个媳妇。我随口撂给他一句。他嘎嘎地笑了两声，像驴在叫。那眉眼，那眼神，透出狡黠的光。

夏天时，扶贫攻坚进入了精准扶贫。领导又催促我再一次拜访我的"对象"。

老懒门前空出的地方果真栽种了一片兰草，两道竹篱笆把周围圈出了个半圆状。篱笆内的兰草绿油油的，散发着幽幽的清香。老懒撸胳膊挽袖子，在小溪边聚水。他记住了我上次留给他的那句话，把我随口许给他的愿当成合同了。

老懒肯动手了，他有救了。我心里生出一丝生机，接着又不安起来，老懒栽种的兰花迟早会开出花的，那时，我能兑现我只图一时嘴快，给他一个媳妇的承诺吗？

（原载《小说月刊》2016 年第 6 期）

渠

高沧海

李家庄跟姜家村，相隔不过二里路。

修建水渠时，盘算好走两个村的边界，渠水共用。

李家庄掐指一算，这要占多少地，少打多少粮食，还要搭上多少人工？不算不知道，一算吓一跳。李家庄不干了，李家庄毁约。

姜家村认了，但姜家村有言在先，从此以后，你李家庄就是说破天，着了火，也莫念叨渠里一滴水！

李家庄很是不屑，老天饿不死瞎老鹰，这么些年没有水渠，庄稼不是照样年年有收成？不用，不用！

冬过春脖子长，李家庄人手掐脚脖子坐地上仰脸看天，天际呈现的太阳，雄伟壮观，没有一丝风，没有一片云彩，庄稼哭丧着脸，像李家庄人顶着日头回家的背影，耷拉着头，弯弯着腰。

姜家村人在唱歌，老龟哟，晒壳哟，一跟头翻下坡坡哟……伴随着清亮亮的笑声，还有清亮亮的渠水，姜家村的庄稼挺腰凸肚，肥实得像有孕的妇人。

当夜，月亮沉下去，李家庄人干了一件十分不地道的事，镢头铁锹齐上阵，把姜家村的水渠掘了一个口子，看着水汩汩流向他们的庄稼地，李家庄人扛着家什心满意足地回家了。李家庄的村长李大头扛着家什也回家，剩下的事情就是睡觉，睡大觉，做梦，做美梦，大水自己冲豁了水渠，你姜家村还能有什么说道？

且慢，那是谁，深更半夜的，翻我李大头家的院墙？贼呀，早不早晚不晚，落在咱手里，还能叫你跑了！

李大头说，拍死你这个贼！

李大头放这话时，手里正高举着铁锹。

黑影才从李大头家墙头上翻出来，猛不丁劈头盖脸挨了打，爬起身没命地跑，庄稼枝枝叶叶、藤藤蔓蔓，唰唰地割着脸和胳膊，水渠哗啦啦地横在前面，身后，李大头的铁锹闪闪发光，黑影像一只蛙弹过水渠，稳稳落下，黑影竟然恶作剧般地冲李大头打个敬礼，然后才一猫腰，消失在姜家村黑压压的浓郁的庄稼地里。

李大头在水渠边截住脚，他捂住怦怦跳的胸口，浑蛋！

天放明，姜家村人一眼就看穿了李家庄的伎俩，或者说姜家村村长老姜一眼就看穿了李大头的伎俩，那满地杂乱的脚印，欲盖弥彰。他没有吱声，默默地又放开两个水闸门，激流瞬时湍湍不息，从豁口涌入李家庄。

李家庄低洼地里的庄稼全淹了。

李大头发誓，有女不嫁姜家村。

老姜训斥他的儿子小姜，再往李家庄闺女堆里扎，打腿！

李家庄的人，弓腰撅腚给洼地排水时，眼睛始终也没闲着，他们无比吃惊地发现，李大头闺女的腰，好像也被水灌足了，就那么明目张胆、旁若无人地，鼓鼓地，膨胀起来。

未出阁闺女家家的腰身，就好像是庙里塑身的娘娘，受万人瞩目，娘娘的腰猛不丁地粗了，那可逃不过众人的眼。李大头这脸面，岂止丢到地上，还要受千人踩万人踏，唉，不说他的脸了，这李大头的腰，就像低洼地里水淹了的庄稼，耷拉了，弯了，再也直不起了。

闺女出出进进，显山又显水，李大头想跳进渠早淹死一百回的心都有。

重阳里逢菊花会，花花朵朵浓浓淡淡，花色从李家庄一直销到姜家村，李大头唉声叹气，关门闭户。

菊花会上出现了一拉溜可俊的后生，挑担的，挎篮的，红红绿绿，满满当当，为首的是姜家村的老姜小姜父子，老姜手里端着大烟袋，四平八稳。菊花会上的人忍不住停下脚步问，老爹，这彩，是要送往哪家里头？

李家庄大槐树下，李大头！

菊花会上的人笑了，咱就说嘛，人家李大头闺女，可端庄。

李大头抄起手边的铁锹，猛不丁地向小姜拍去。

小姜突然劈头盖脸挨了打，爬起身没命地跑，收割过的田野一览无余，水渠哗啦啦地横在前面，身后，李大头的铁锹闪闪发光，小姜像一只蛙弹过水渠，稳稳落下。李大头在水渠边截住脚，水渠那边，小姜恶作剧般地冲李大头打个敬礼。

李大头笑了。

李大头满满抽一口老姜递过来的大黄烟叶子，可辣，够劲！

李大头招手说，女婿，再跳回来，咱回家，喝酒吃饭！

（原载《金山》2016 年第 7 期）

约　会

高沧海

　　他在前面，迈着中年男人中规中矩的步伐，不紧不慢，四平八稳，一如他的官场，一如他的人生。

　　走着，他会不经意地回过头，越过无数陌生的人，看着青姿在人群里，她像一只年轻的蜻蜓，若有若无掠过他涨潮的眼睛，风姿茂盛。青姿有时会捉了他的目光浅浅一笑，那一刻，他的眼镜片如池塘里的水波闪闪发光。

　　青姿喜欢这样的一刻，在潮水一样的人流中，享受干净明朗的男人的眼神，简直就是一场巨大喜悦的盛宴，像夜晚城堡里的灯火通明，亮在她对这个男人缠绵悱恻的想象里。

　　转过公园的草坪，男人两手扶膝端坐青藤架下的长廊，眼睛宁静直视远方，像是一位在此小憩的游客。青姿像是和他不相干的人，在他身边，给美人蕉温暖的花朵一张张拍照。美人如花花似梦，闪闪的镜片后面，男人的眼里便结满了缠缠绕绕的藤萝，他隔着一片花问她，丫头，想过没有哦，终要寻一个山清水秀的地方，咱们一起去种草？青姿的眼瞳立即亮晶晶了，抛了美人蕉，她跳到他的膝边来，你要戴一顶大草帽，我要穿一件布裙……到了晚上，城堡的灯光亮起来，灯火通明，你探出头来，你喊道，丫头，上楼睡觉，是这样吗？

　　青姿的神情像美人蕉温暖的花朵，青姿的气息如美人蕉花朵的温暖，男人怦然心动。

　　男人手捂住怦怦乱跳的胸膛，他说，老天，这真是初恋的感觉！

　　青姿很有想坐到男人膝上的感觉，如风行水上，云挂天上，老天，他在他的笑靥里盛满宝石！

　　男人也很激动，家里的那位从里到外好像一开始就老去了。这是什么样的区别——怎么能仅仅说是玫瑰花与狗尾巴草的区别呢，那分明就是仙女与夜叉的区别，更是钻石与土坷垃的区别。可恨的是，那狗尾巴草竟然拥有闪闪发光的钻石一样目空一切的穿透力，什么她都瞧得清楚，什么她都看得明白，害得自己与青春只好经常分道扬镳。好在青春还不曾走远，本来也不曾走远，它一直被藏在一个秘密的地方。男人火热的唇是多么渴望亲近眼前这枝玫瑰的芬芳。

青姿最终没能够坐到男人的膝上去，不是男人的膝不承重，是男人的心大庭广众之下不敢承重。纵然他的心因为炽热燃烧怦怦乱跳，却依然能够保持清醒，一如他的官场，一如他的人生，青姿坐在男人一侧仅仅一分钟之后，一行人转过草坪迎面而来，为首的人惊喜地喊道，G总，您也在这里！

男人为刚才的英明举措激灵出了一身的冷汗，他热情洋溢地站起身来，挨个儿握手。为首的说，G总，这么巧，今天怎么有时间逛公园，陪女儿？男人说，呃，呃，人家小姑娘啊，迷路了，向我打听公园出口哩。

青姿像一尾躲闪不及的鱼，被众人的眼光打捞出水，又兀自扔在了河滩上，她站起身来对着男人说，大叔，真是谢谢你，再见！

再见哦，再见。男人笑眯眯的。

那个午后，风就涌来一些悲伤。

男人的笑圈一层层缩至眼角，眼角便被殷红浸染，声音就有些许哽咽了，他说，我老娘，她生前最喜欢来这里，她活到了九十岁哦……祭日快到了，我到这里来啊，怀怀旧。

众人说，于公于私，都无妨，无妨，您节哀……

男人的嘴角微微上扬，一时风收雨住，他也笑说，无妨，无妨哦！

男人辗转向那紫陌红尘里望去，他的目光越过灌木丛的内心低语，越过美人蕉的旧事韶光，青姿已全然没了踪影。

他拨打她的电话，无人接听。

天色渐晚，男人感到自己成了一尾退潮后被弃在滩上的鱼，花与灯以及青芜芬芳的爱情，已随潮水退却，了无影踪。电话丁零丁零地响起来，是那熟悉得不能再熟悉甚至没有了性别的声音，我煎了你最爱吃的小黄花鱼，怎么还没到家？

青姿站在暗影里，她看着男人的车渐行渐远。

直至华灯初上，城堡里的灯光渐渐熄灭。

（原载《大观·东京文学》2016 年第 8 期）

辑 四

菩　提

于德北

　　有很多事情就是这样，不想算了，想一想
会心酸。而天下能引起人心酸的，莫过一个情
字：亲情、爱情、友情，种种情愫纠缠在一
起，织补着每一种踉跄的人生。

　　这个妹妹生前像个瓷娃娃，死的时候亦无
所谓脱相之变化。她家和妹夫家住得不远，结
婚前却不认识；莫说结婚前，就是读书的时候
也未见过面，小学、中学，都在一个学校，却
一次也未见过。这在我们东北乡下，也是罕见
的一种事情。

　　但他们还是有缘分的。

　　他们各自上了大学，最终分配到同一个城
市工作。经人介绍相识，很快结婚生子。后来
其中一个去了日本，在那边打工。另一个在家
里带孩子，等孩子上幼儿园了，便也去了日
本，孩子住在爷爷奶奶那里。

　　就是这个过程。

　　要说的是妹妹死后的一些事情。时过境迁，

我此时下笔，眼中也含着泪水。

按照妹夫家的规矩，媳妇先于丈夫早亡，是不能提前入祖坟的，必暂时另行安置，等并骨之日，才能双双葬入自家的坟地。

妹夫征求他父亲的意见。

父亲说："哪有那么多规矩！很多规矩都改了，咱的规矩也能改，你想葬在老坟就葬在老坟吧，我们也好照料。"

这是父亲的话，让妹夫一下子安了心。

他又说："我得种树。"

"种树？"这话父亲没有听说过。

"对！种树，大娟和我说过，有一天，我们死了，得躺在有树的地方。我答应她了。"

我这个妹妹叫大娟。

父亲听了再没有犹疑，只一个字："种！"

妹妹死的时候是冬天，调动钩机打墓的同时，就把三十个树坑也挖了。

转瞬到了第二年春天，妹夫特意请假从日本回来，带着儿子给大娟种了三十棵树。

种树回来，我们在一起吃饭。聊家常的时候，我小心地探问妹夫坚持种树的原因。妹夫沉默了一会儿，说："是大娟喜欢！她上学的时候，学的就是林业，可惜没用上。如果当年不是我坚持要去日本，大娟没准是个好的林业工程师呢。"停了一下，又说，"我欠她的。"

当时，我的心头便一震。

我不知道他们夫妻当时许下过怎样的诺言。但是，妹妹死后，妹夫尚能践诺，可见是一个有情有义的人。

第二年开春，妹夫回来圆坟，又种了三十棵树。

今年是第三年了。

刚过完年，妹夫就回来了。今年回来得早，是因为要和屯邻协商串地。何谓串地？在坟地周边种树，如果想种出个匀称的规模，势必要占屯邻的地了。在自己的地里如何种都可以，可是，涉及屯邻，就得商量，用自家的地和人家串。按说不好商量，可是妹夫家的地是岗地，农村里的好地；屯邻家的地是洼地，好涝。所以，事情商量得很顺利。

串完地，妹夫和儿子一起种树，谁也不让插手，就两个人，一棵一棵地种，一种就是一整天。

妹夫要走了，母亲做了一桌他爱吃的菜，一家人围坐下来，施酒布菜。除了儿子，谁都话少，好像话一出，就会打破这平静的气氛。

终于，母亲有点儿沉不住气了，问："明年还回来不？"

"回来啊。"妹夫抬头笑了笑。

"还种树吧？"母亲问。

"种！"

有这话，母亲安心了似的，长出了一口气，脸上终于有了一丝笑意。

母亲说："咱明年还商量着串地。"

"串。"妹夫说。

父亲愠怒地咳了一声。

咳声不大，除了母亲噤了口，妹夫并未当回事，吃了饭，收拾行囊，往火车站赶。

妹夫走了，母亲像做错了什么事似的，顺着眉看父亲。

父亲说："咋？串地心疼了？"

母亲落了泪，说："我心疼？我是害怕他不让串呢。"

父亲走过去，拉着母亲的手，说："放心吧，我把明年的地已经串完了。"

母亲又得了安慰似的，破涕为笑，笑了又哭，说："我知道你怕我说错话，怕他多心。我盼着串呢，串了地，他就能回来种树。咱年年串，他年年就都能回来。"

这话怎么说呢？

年年串，年年都能回来，一片树，一片心，哪颗心不是菩提？

（原载《小小说选刊》2016 年第 10 期）

三　爷

于德北

多少次有这样的冲动，想写一写三爷——也就是我爷的弟弟，一个老实巴交的会点儿木匠活儿的农民。他年轻的时候就不好务农，一心想学点儿手艺，可是，在外人看来，他是一个心窍不通的人，能把地侍弄明白就不错了，怎么可能去学手艺呢。

结果呢？他还是去了，学木匠，一学就是三年。三年了，师兄弟们都满徒走了，可以自己走乡串县打橱柜了，只有他，依然对木匠的精细技艺似是而非，手里的家伙事儿长偏了心眼儿一样，不是左三寸歪，就是右四寸斜，气得师傅哭笑不得，点着脑门儿骂他："我怎么也能教出一个大眼儿木匠？！"

大眼儿木匠干不了细木工，只能帮人盖盖房子——说白了，凿大眼儿还行，凿小眼儿，永远不在行。

就是这样一个人，不紧不慢地也活到了八十。八十岁那天，我的叔叔婶婶们给他做了一碗面，这碗面他吃得稀里呼噜的，吃完了一抹嘴，说："我要打张桌子。"

叔叔婶子们纳闷儿，他为什么突然要打一张桌子？

他老了，闲着也没事干，愿意折腾就折腾吧。

于是，叔叔婶子们给他找来一些破方子破板子，一股脑地丢在外屋地上，那意思很明白，你就在这儿干吧。

三爷很笃定地翻出自己的刨子、斧子、凿子、锯，吱吱啦啦地开工大吉。

他要打一张什么样的桌子呢？

儿女们谁也不知道。

从春天到秋天，从秋天到冬天，冬天外屋地儿冷，三爷只好进到里屋去。他每天锯呀刨呀，那些破板子破方子竟然被他一天天地收拾得油光水滑。

三爷打桌子的过程中，我曾经回过一次老家，大抵是哪个叔叔家办事儿，我受父母委托回去随份子。父母给三爷捎上了老式的四合礼，千叮咛万嘱咐，让我交到三爷的手里。

我见了三爷，他的眼光已经完全浑浊，他伏在我的脸上看了半天，才恍然大悟般地笑了，说："是北子呀？你爹挺好的？"

我管我爸叫爸，从来不叫爹。

但三爷一直坚持把我"爸"的称谓置换成了"爹"。在他的概念里，"爹"还是实实诚诚的"爹"，而"爸"就过于虚浮了。

我说："挺好的。"

他就咧开嘴笑，露出了不多的几颗牙。

转回来，我问他："三爷，你这是干啥呀？"

他说："他妈的我想做（zuo）个小桌子。"

我又问："做桌子干啥呀？"

他说："用。"

叔叔婶子们在一边看着，忍不住笑，纷纷告诉我，不用问他，他已经老糊涂了。

就这么着，三爷的桌子像一个模糊不清的谜。

寒来暑往，一晃三年过去了，在大家的不经意中，三爷的桌子完成了，小圆桌，可以折叠的，用的时候打开，不用的时候合起来，往墙边一靠，一点儿不占地方。

三爷组装桌子的那几天可算是大热闹！

他拼桌面的板子大大小小有几十块，以前，谁也不清楚这些积木般的方块究竟能派上什么用场，现在好了，三爷像变戏法似的把那些拼图碎片一样的木板拼接在一起，眨眼之间就变成了一个规整的圆形桌面。这个桌面像老和尚的百衲衣，但零碎之中带着不可忽视的和谐。那些木头有榆木，有柳木，有枣木，有梨木，有桃木，有松木，五花八门，各呈其祥，色彩缤纷，笑意盈盈。

别的不说，就说这个桌面吧，让每一个见到它的人都啧啧称奇。

见到这个桌面，谁还能说三爷是一个大眼儿木匠呢？

桌子做好，三爷亲自把它搬到炕上，桌子没有漆油，完全地散发着木质的芬芳。

恰饭菜好了。

三爷喜滋滋地冲着外屋喊："快点儿喊你妈，叫她吃饭！"

一句话，把大家都喊蒙了。

好半晌，我大叔才小心翼翼地说："爹，我妈都死好几年了。"

"死了？"三爷一脸的疑惑。

"死了好几年了。"大叔又说，声音里已经有了凄惶。

"死了，是呀，死了好几年了，到了儿也没用上我给她做（zou）的桌子。"

到这时，叔叔婶子们的心里才算明白，三奶活着的时候，就常抱怨，说自己被三爷骗了，他答应给自己做一张新桌子，可一辈子也没见着新桌子啥样。

三爷死了，带着他的新桌子。我穷极想象企图复制三爷和三奶初见时的模样。他们定情了，三奶一定是这样说："我要一个新桌子。"三爷拼命点头。

那是三爷学木匠之前呢还是之后？

不管怎么说，对一辈人来说，那是一个美丽的故事。

（原载《小小说选刊》2016 年第 1 期）

艾叶飘香

刘国芳

快过节了，艾叶婆婆的儿子打电话过来，儿子说："快过节了，你来城里吧？"

艾叶婆婆说："不来。"

儿子说："村里都没人了，你怎么还愿待在那里。"

艾叶婆婆说："谁说村里没人，禾崽还在村里。"

儿子说："禾崽是残疾人，他没办法离开乡下，当然还得待在村里。"

艾叶婆婆说："三公和吴家婆也没走，他们都在村里。"

儿子说："整个村里看来也就你们几个人了，你还是到城里来过节吧，要不我现在就开车来接你？"

艾叶婆婆说："你不要浪费油，你来了，我也不会走。"

儿子说："真搞不明白，你怎么就不愿到城里来？"

艾叶婆婆说："我喜欢乡下。"

儿子说："那你好好照顾自己。"

艾叶婆婆："我知道。"

通完电话，艾叶婆出来了，村里真的没什么人，一个人也见不到，很寂静。一个人走在村里，艾叶婆婆心里也会觉得孤单。记得以前，也不是很久以前，两三年前，村里还热热闹闹，到处是人。只过去了几年，村里人都搬了，一个村一下子就冷落了，看不到人了。艾叶婆婆从村东走到村西，也没看到一个人，包括禾崽、三公、吴家婆也不晓得到哪儿去了。不过，后来艾叶婆婆看到人了，几个人开车来了，他们把车停在村里，然后在村里边走边看。艾叶婆婆当时回家了，但艾叶婆婆还是从窗户看到几个人，还听到他们说话，一个人说："这个村真的是无人了。"

另一个人说："一个人也没有。"

艾叶婆婆这时出来了，艾叶婆婆说："谁说村里没有一个人？"

突然地冒出一个人，几个人好像很意外，一个人说："村里还有人，不是无人村呀？"

艾叶婆婆说："当然不是无人村。"

一个人还问着艾叶婆婆说："村里还有多少人没搬呢？"

艾叶婆婆说："多着哩。"

一个人说："我怎么没看到，看到的房子都锁着。"

他们说的是事实，艾叶婆婆不知道怎么回答他们。

几个人走了，但不一会儿，又有几个人开车来了。近来，艾叶婆婆看到很多人来村里玩，艾婆婆开始不知道他们为什么会开很远的车，来这个山角角的村里，后来知道了，就因为村里没人，几乎是无人村，才惹人来。这几个人也在村里边走边看，艾叶婆婆出现在他们跟前，他们明明看见艾叶婆婆了，还问："老婆婆，村里怎么没人呀？"

艾叶婆婆说："我不是人吗？"

问的人就笑一下，又说："但村里人很少，他们为什么要搬走呢？"

艾叶婆婆说："这是山角角里，生活不方便。"

那人又问："都搬到哪里去了？"

艾叶婆婆说："搬到县城去了，也有搬到抚州去的，甚至有人搬到南昌去了。"

一个人说："都搬了，这个村将消失了。"

听了这话，艾叶婆婆心里很有些难受。

过节这天，艾叶婆婆一早在门口挂了艾叶。这是过节的习俗，说是在门口挂艾叶，可以驱邪避祸。会不会驱邪避祸，艾叶婆婆不知道，但艾叶味重，可以起到驱蚊虫的作用。一到过节，家家户户都去拔艾叶和菖蒲，然后用红纸把它们粘在一起，挂在门口。艾叶婆婆今年早早地拔了艾叶和菖蒲，而且还帮禾崽、三公、吴家婆也拔了。在自己门口挂好，艾叶婆婆就拿着艾叶去跟禾崽、三公、吴家婆挂，但到三公门口时，艾叶婆婆看到三公门口已经挂好了艾叶，还有禾崽、吴家婆门口，也挂好了。三公坐在门口，便笑着说："你也来帮我们挂艾叶呀，我帮他们挂好了。"

艾叶婆婆手里拿着艾叶，不知道怎么办好。但很快，艾叶婆婆有主意了，她把手里几挂艾叶挂在别人家门口了，尽管那些门锁着，但艾叶一挂，就好像屋里住着人，有生气了。

挂好，艾叶婆婆走了，但艾叶婆婆没回家，艾叶婆婆又去山坡上拔艾叶和菖蒲了，差不多一上午，艾叶婆婆拔了一大捆艾叶和菖蒲回来，用红纸粘好，艾叶婆婆把这些艾叶一一挂在别人家门上。三公、吴家婆和禾崽后来发现了，他们看着艾叶婆婆说："艾叶一挂，村里就有过节的样子了。"

又说："我们闻到艾叶香了。"

（原载《百花园》2015 年第 11 期）

以前的作物

刘国芳

　　春天的时候，女人地里的灯芯草便一寸一寸长起来了，嫩嫩的，绿绿的。灯芯草不要每天都照料，但女人也会三天两头下到地里去，去施肥，去浇水，有时候看见地里有杂草，女人也会把草拔掉。渐渐地，灯芯草有一尺多高了，一块地里，密匝匝的。女人看着灯芯草，喜滋滋的。很多人从女人地边走过，都不认识灯芯草，他们问女人："这是什么呀？"

　　女人说："灯芯草。"

　　他们说："我们还以为是荸荠。"

　　女人说："不是荸荠。"

　　也有人问："灯芯草好做什么？"

　　女人说："做灯芯。"

　　又问："灯芯有什么用？"

　　女人说："以前用青油点灯，里面的芯子就是灯芯，我们点的蜡烛，里面的芯子也是灯芯。灯芯还可入药，清热解毒。"

　　这一席话就让人很明白了，但有人说："现在到处用电灯，哪有人点青油灯和蜡烛呢？"

　　女人说："所以现在很少有人栽灯芯草呀，以前我们荣山，到处都栽着灯芯草。"

　　女人说着，就把眼睛往远处看，要是在以前，女人眼里看到的，都是灯芯草。现在，除了女人这一块地，其他地里，都栽别的东西了。起风了，灯芯草被风吹得窸窸窣窣地响，它是不是在说它很孤独呢？

　　到七月，灯芯草就长到两尺多高了，长一些的，有一米多，这时候灯芯草就算成熟了。女人于是拿了一把刀去割灯芯草。那刀，就是割禾的镰刀。女人也像割禾一样一把一把灯芯草割下来。割好，女人把灯芯草晒干，晒干了，又放水里浸。再从水里拿出来，女人就开始抽灯芯了。也是一把刀，很锋利，但很小，刀片在两片竹片里。女人把灯芯草放竹片里，一拉，灯芯就出来了。灯芯草有多长，拉出的灯芯就有多长。灯芯草很轻，轻飘飘的，拿在手里，好像没重量，女人抽一个上午，也抽不到半斤，抽一天，也抽不到一斤。女人的丈夫在抚州打工，丈夫晚上回来，看见女人还在抽灯芯，就说："明年别栽灯芯草了，一天累到晚，还不如出去打一天工。"

女人没作声，但手一扬，一根灯芯草抽了出来。

每天，女人都坐在门口抽灯芯。

这天来了几个人，他们手里拿着照相机，见一个女人坐门口抽灯芯草，他们过来了，还问："这是什么呀？"

女人说："灯芯草。"

几个拿着老照相机的人，毕竟有些见识，他们说："这就是灯芯草呀，很少见了。"

女人说："现在栽的人不多了。"

一个人说："以前用青油点灯，里面的芯子就是灯芯，还有蜡烛，里面的芯子也是灯芯。"

另一个人说："灯芯还可入药，清热解毒。"

有一个人，拿着相机对着女人拍，咔嚓咔嚓拍了很多张后，这人说："现在到处用电灯，哪有人点青油灯和蜡烛呢？"

一个人问："你这一天抽到多少灯芯呢？"

女人回答："一天到晚，最多一斤。"

"一斤多少钱？"

"五十块吧！"

几个人听了，一起说："这怎么划得来，一天到晚才赚五十块钱，还要在地里栽，不如出去打工，男的一天两三百块，女的一天至少也能赚一百多块。"

女人丈夫这时出来了，女人丈夫说："是不划算，叫她别栽，她不听。"

女人说："怎么大家都这么说？"

女人丈夫说："事实摆在那里。"

女人又没作声，但一扬手，又抽出一根灯芯来。

那几个人热心，后来还把照片送了来，照片上女人坐在门口，边上是抽出的一大把灯芯。不仅如此，一个人还把女人抽灯芯的照片发在他的微信上，上面，有这样一段文字：

灯芯草，多年生草本水生植物，抚州河埠、荣山乡有栽种，荣山乡栽种较多。这位妇女在抽灯芯，据她介绍，她一天还抽不到一斤灯芯，一斤灯芯五十块钱，这就是说，这位农妇一天忙到晚，只能赚五十块钱，这里面还不算灯芯草栽种花去的时间。从这里，我们可以看出农副产品是多么廉价。我想，如果灯芯草价格不上去，恐怕以后没人会栽灯芯草了。

还真被这则微信说准了，后来河埠、荣山几乎没人栽灯芯草，包括女人，也没栽。

若干年后，女人的外孙都六七岁了，这天外孙翻出几张照片，照片上他外婆在抽灯芯，但外孙左看右看，也看不懂照片上外婆在做什么，外孙于是指着照片问道："外婆，你在做什么呀？"

女人说："抽灯芯。"

外孙说："灯芯是什么？"

女人不想解释，女人说："灯芯就是灯芯，以前的一种农作物。"

（原载《百花园》2016 年第 7 期）

密　林

邓洪卫

　　厂区里有一片密林，就在办公楼下面不远。穿过密林，可以抵达一片草坪。草坪的边上，是一条常年流动不息的小河。

　　如果你在办公楼上，推窗远望，一片忽高忽低的绿色扑面而来，还会有一些花儿缤纷绽放。那是散步的好去处。早些时候，刚进厂的年轻员工，喜欢到密林中散步，喜欢到草地上坐坐，还可以在夜色的掩护下，做些青春萌动的事儿。当然，也会有些已婚男女，偷偷在那骚动几回。

　　密林中、草坪上，到底有多少成年的秘密？没有人知道，但是树知道，草知道，还有夜风知道。

　　也只是几年的光景，那片密林和草坪便少有人去了。都被生活撵得跟头趔趄的，准还有心思去那里散步？

　　再后来，老姜出现在那片草坪上。

　　我这里写老姜的时候，老姜已经死了。但那时，老姜确实每天早上都出现在那片草坪上，打太极。

　　打太极的老姜，一身雪白的绸衣绸裤，远远看去，衣袂飘飘，确有一股仙风道骨之气，更像一幅画。

　　老姜是厂里办公室主任。不过那时候，他已经不上班了。他有病，很严重的肝病。

　　老姜，瘦高个，脸黄黄的，颧骨高，两颊都陷下去了，表情冷冷的，很少见笑。

　　那会儿，还没人喊他老姜，因为他还很年轻。大家都喊他姜主任。还没到喊他老姜的时候，他就没了。他没了之后，称呼就不那么重要了，人们说起他，会有意无意地说，那个老姜呀，如果活到现在，也有五十多喽。

　　如果活到现在，五十，可不就是老姜了。

来厂里之前，老姜是计经委的小科员。那时候，我们厂刚筹建，形势一片大好。好些机关单位的小科员都觉得自己工资低，都托门子找关系，跑到我们厂里当领导。以至于我们厂存在很多机关单位的作风，根深蒂固，无法剪除，弄得工人牢骚满腹，却又无可奈何。老姜刚来时，还很年轻，三十刚出头吧，一口东北口音的普通话，说话沙沙的，嗓门却不小，字正腔圆，一张口就很引人注目。

据说，他在东北当过兵，带回个东北老婆，还把老丈人也带了过来，给我们厂看浴室。

老姜一到我们厂，就做了办公室主任。那时候，厂刚筹建起来，还有许多关系要跑，还有很多手续要办。老总每天都带着老姜在外面奔跑。

不能干跑呀，得吃饭呀。不能干吃呀，得喝酒呀。老总很爱惜自己的身体，杯子端端，嘴抿抿，意思意思就得了。办公室主任责无旁贷，冲锋在前，得喝，往死里喝。喝来喝去，肝就喝出问题来了。如果那时候保养保养，不喝酒了，也不至于那么严重。可是老姜只弄了点药吃吃，停了个把月，觉得差不多了，又开始喝上了。有一回喝酒，一杯酒下肚，紧跟着吐出一大碗血。

不能再喝了，赶紧住院，频繁地住院。间隙到厂里来看看。先是到办公室，后来，就不来办公室了，直接到草坪上打太极拳，打完直接回家。

后来，老姜的病情恶化。医生说，得换肝。

老姜问，换肝能活下去吗？

医生说，这可说不准，换了肝还有可能有排异反应，但不换肝肯定没什么指望了。

老姜问，多少钱呢？

医生说了一个数字。老姜半天没说出话来。

那是很大一笔钱。老姜虽然当了十来年办公室主任，可是，确实拿不出那么多钱。

老姜决定不换肝。

老姜说，把换肝的钱留给儿子吧。

那时候，他儿子才十几岁，正是用钱的时候。

很多人都是为了孩子宁愿把命舍掉，老姜也是这样的。大概他觉得自己没什么希望了，命保不住，还是保住钱吧。

果然，没过多久，老姜就死了。临死时，吐了一大盆血。

一大盆血，就是这么一说吧。估计吐血是真的，吐好多血也是真的，有没有一大盆就不知道了。

老姜死的时候才三十九岁。三十九岁是一道坎啊。

老姜死后不久，厂里搞改革，浴室也改给外人承包了。他看浴室的老丈人就下岗了。

再后来，就听说老婆带着孩子，还有那个老头，回东北去了。

现在，如果你站在厂区办公楼上，临窗伫立，你能看到那片树林更加茂盛，能看到铺着如地毯一般的树冠，树冠上活跃着各种各样的鸟儿，它们在清晨以及黄昏，不停地说唱着、飞舞着。

这些鸟儿，还是先前的那拨鸟吗？也许是，也许不是。

也许，它们一直在死亡与新生中不断更替，一拨拨死去，又有新的鲜嫩的生命加入其中。

于是，我们听到办公楼的某个窗口，传来这样的对话：

我怎么感觉草坪上有个人在打太极拳呢？

嗨，你眼花了，现在树长得太高了，你已经看不到那片草坪啦。

是的呢，再说，老姜都死去十几年了。

老姜的肝火太旺了，他的精血都在一个女人身上耗尽啦。

是吗？他不是死于肝病吗？

肝病只是一方面，你知道老姜死后，谁哭得最伤心吗？

他老婆呀！

错，是李兰花。

噢——

（原载《小说月刊》2016 年第 5 期）

大厂往事之街花

邓洪卫

厂里数杨燕最漂亮，但他们不叫她"厂花"，而叫"街花"。

为啥呢？因为她爱逛街。走在街上，整条街都是春天。

"街花"是很闲，在家很少做事，只是看看电视，听听音乐。据说，都十来岁了，衣服都是父亲洗的，外衣也罢了，内衣也是。"街花"的母亲呢？嗯，也是一位"街花"。

家务活都由父亲承包了，娘儿俩没啥事，就一起去逛街，买衣服，逛累了，大包小包的，就近找一个利净的小饭店，吃。兴致来了，还喝上两口。

吃饱喝足了，就提着大包小包，牵着手回家了。

都说娘儿俩像姐妹。身量脸型都差不多，虽然母亲皮肤要比女儿"老"一点，但化化妆，离远还真看不出来。娘儿俩的衣服都换着穿。可不就像个姐妹？

女人一漂亮，惦想的人就多。男人惦想的是身体，女人惦想的是谈资。

比如"街花"的母亲，就在外面有了人。生活起了变化。

起初，"街花"妈妈在肠衣厂工作，天天和一群妇女一起洗肠衣。肠衣厂领导看"街花"妈妈年轻漂亮活泼可爱，哪里忍心她做这么脏的活？安排她到厂办幼儿园当老师。这是透亮的事。"街花"的父亲能不察觉？能甘受其辱？拳脚相加，大打出手。

那时住的是平房，闹这么大动静，哪有什么隐私？小小的平房常常里三层外三层围满了看热闹的人，叽叽喳喳指手画脚对"街花"的妈妈说三道四。那时"街花"还小呢。"街花"被父亲撵到外面了。她扒着门缝，看着父亲打母亲，听着外人议论。

"街花"流泪了。邻居们都笑了。

"街花"长大了，比她母亲还漂亮。"街花"能逃得了被惦记？

"街花"职校毕业进了厂，厂里有男有女。男的身体闲不住，女的嘴闲不住。尽管，"街花"已经有了男朋友，职校同学，叫吴兵，高大帅气，两人走在一块，跟电影里的明星一样。

"街花"很快和吴兵结了婚。

但这不影响厂里男人的惦记，结了婚怕啥？你的男人高大帅气有啥？我们也不是想和你结婚，我们也不是想和你大白天走在一起。

男人们一旦色心起，色胆就大，无所顾忌，争先恐后。想方设法接近、讨好"街花"。送些小礼物，请唱歌，请吃饭。他们没想到，"街花"一概拒绝。越拒绝，越疯狂，居然有人半夜三更打电话去人家里骚扰。闹得"街花"家里面都觉得"街花"有问题。

但"街花"确实什么问题都没有。"街花"说，我不能跟我妈一样。

这是对最好的闺密说的，闺密一转脸就说出来了。

男人失望，女人失望，都觉得不可思议，都觉得"街花"心眼太死。

不可思议，这脸都抹下来。心眼太死，没得啥指望，就懒得理她了。往往是一天班下来，没一个人和"街花"说半句话。

"街花"不在乎，自己做自己的事，闲下来听听音乐，下班后逛自己的街，每天上班，仍然光光鲜鲜，保持"街花"本色。

忽一日，"街花"失了颜色，整个人都委顿了。

一打听，原来，吴兵豪赌欠下两百多万巨债，击垮了"街花"。

"街花"确实垮了。精神失了常，常一人自言自语，自说自笑，或呆怔怔半日无语，或忽来忽去，不知所终，或在林中半天静坐，或在河边久久徘徊。

"街花"离婚了。吴兵不同意。起诉离。

离了又结。新婚老公也是离了婚的，虽年长"街花"十多岁，却家财万贯，据说，待"街花"又是极好，将一套房产划归"街花"名下，虽小，位置且偏远，但好歹是套房子，另给"街花"买了近十万的保险，钱也是尽着"街花"花的。"街花"的母亲逢人便说新女婿如何有钱如何好。女儿终于嫁了个有钱的，"街花"的母亲扬眉吐气。

不想，没到两年，又传来"街花"离婚，回归吴兵的消息。

"街花"说，她对不起老张。

老张就是她的后夫。为什么对不起老张呢？因为老张对她太好了，她配不上他的好。

"街花"还说，她喜欢的还是吴兵，心里还是放不下吴兵。

"街花"信了佛，每日打坐诵经抄经，饮食上也一如佛家弟子，不沾荤腥。"街花"说，我们信佛之人，应该虔诚，不能沾荤腥的，那是对佛的亵渎。

但"街花"仍酷爱打扮，每天都收拾得光光鲜鲜。每月工资都要拿出一部分来买衣服，买化妆品，剩下的给吴兵还债。

"街花"说，我们信佛之人，不能邋邋遢遢，这是对佛的尊重。

吴兵也已浪子回头，除了上班外，还兼开出租车，挣钱还债。

他们的女儿打小成绩就不好，跟头把式地，初中毕业后读了技校，学的是食品专业。毕业后到咖啡厅当服务生，辛辛苦苦，每月一千七百块钱。

有一回，孩子和"街花"说，妈，我才十七岁呢。

"街花"低下头，看着女儿清秀的面庞，自己曾经也有的美丽青涩。她悄声对女儿说，心眼也别太死，活络点吧。

那一刻，"街花"的心一颤，泪水夺眶而出。

（原载《鸭绿江》2016 年第 7 期）

寻　车

安　谅

　　说好晚上几位老同学聚聊的，葛君下午给明人来电话，说今天有要事，就不过来了。明人问："你有什么要事？留校做了老师，就忙得屁颠屁颠的啦？""真的是要事，待我这几天事完之后，一定做东请各位。"说得言辞恳切，明人也就不好意思坚持了。不过，当晚他和老同学们聚聊时，还惦记着葛君，悄悄发了他一条微信："究竟碰到什么事了？"葛君回复很迅疾："丢了一辆车！"

　　这回复倒让明人疑窦顿生：这小子什么时候有车了？怎么又会丢了呢？丢车赶紧报警就是了，自己能够折腾出什么事来呢。他想了想，压下了心里想说的话，只发了一个问号，还有一张头上冒汗的脸谱，表示关切。葛君没再回复，明人也不便打扰他。

　　周末那晚，也就是两天后，明人又发了葛君一条微信，葛君回道，车还没找着，自己这两天，包括周末，都在校园里仔细寻找。东片校园的自行车停放点都搜寻了一遍，现在转移到西片区了。这番回答把明人彻底搞糊涂了："你在找什么车？要到自行车库去找？""我找的就是自行车呀！"葛君的回答毫不含糊。"一辆自行车就让你丢了魂似的，你怎么回事呀！"明人的责问，也毫不含糊。"这是一辆十分重要的自行车，过几天我再与你面叙。"手机上跳出这一行字后，葛君那边就沉默了。也许，他正在心急如焚地寻找着那辆重要的自行车吧？

　　对葛君来说，做教师的收入虽不高，但一辆自行车总不至于把他压趴下吧？现在一门心思都系于那辆自行车了，这让明人多少觉得不可思议，也猜测不出一个结果来。

　　又过了两天，葛君自己打来电话了，说他还是没能找到那辆自行车，他请明人过来，帮他一起想办法。

见到葛君，才发觉他这些天明显憔悴，原本一直油光发亮，一丝不乱的头发，现在竟像一个鸡窝。眼睛里也是血丝满布，原先的抖擞劲儿，也荡然无存。一辆什么样的自行车，竟然把他急成这般模样？

葛君说，这辆自行车还是半年前从别人手上转买的。转卖给他的人温文尔雅，戴着一副眼镜，显示出不俗的修养来。他大概也是一所学校的老师，在临近校门口的修车铺，他说他正想出手这辆车，因为单位与家就在一块，用不着了。他开价也不算太高，葛君正想买一辆自行车，闻之心里未免一动，注视着这辆八成新的自行车。也就三四分钟光景，他一点也没还价，就把钱给了那位儒雅男子，捡了宝似的乐滋滋地走了。

上周他也想把车卖了，还在校园里贴了好几天卖车启事。谁想买车的主儿还没见着，搁在楼底下的自行车却没影了。他一下子紧张起来，放下手上所有的活儿去寻找那辆车，但至今一无所获。他急得脸廓似乎都小了一圈。

"不就一辆自行车吗？丢就丢了，何必这样着急？"明人劝慰道。

"你不知道，这辆车事关我的心理底线和人品。"葛君一脸严肃地说道。"有这么严重吗？"明人纳闷。

"那辆车是个危险品，是颗定时炸弹。"葛君一字一句地道出。明人投向葛君的目光，满是疑惑。

"我上次去书店回来的路上，等候绿灯时感觉不对劲，再拨弄了一下龙头，车前轴突然脱落了，车身整个就像散了架。我赶紧连推带拉地把车子送到修车铺。修车的师傅仔细一瞧，便指着那根钢轴断裂处说，这是旧伤，是焊接过的。我这才明白自己是被那位看似斯文的男子给骗了，那钢轴是套着细管里的，不拆开检查，无论如何是看不出的。修车铺的师傅说我命算大了，要是骑在路上突然又断裂了，不是摔个半死，就是被马路上的车辆轧死。我一听冷汗就直冒，想想后怕。"

"所以，你决定把这辆车卖了？"明人明察秋毫。

"是呀，不瞒你说，我当时真是这么想的。找那家伙想想也太费神，不如把它卖了，我不损失，也不会有此危险。"葛君坦诚地说道。

"你也够缺德呀，把危险转嫁给别人。"明人嘲讽。

"你这么说我，我心服口服。我当时确实是这么想和这么做的。我想，我为何要做这冤大头呀！可是，我说实话，当这辆车被偷走之后，我突然紧张害怕起来。我担心哪位大学生把它偷了骑了，某一天，突然车毁人亡，那我的罪过不是太大了吗？"葛君说着，脸上愧疚、悔恨交杂。

"你所以开始了寻车行动？"明人问。

"是的，不这样，我心神不安。可几天下来，毫无结果，接下去又是长假了，我怕哪位愣头青骑着去郊游，那就麻烦大了。"葛君的焦虑是真诚的。

明人不免也沉思起来。

翌日，又一张寻车启事出现在校园的好多处公告栏上，上面写明这辆灰色的永久牌自行车，车轴是断裂的，焊接也是脆弱的，承受不起颠覆，危险重重。启事提醒借用者小心为上，要么将车还给主人，主人一定酬谢；要么将它送到修车铺，去好好修理一番，以防范于未然。

应该说，明人与葛君共同拟写的启事真诚真情，用意也是明明白白的。可几天过去，依然音讯全无。另有一张启事上，有人用钢笔涂抹了一行字："别蒙人了！"

明人与葛君面面相觑。

不得已，明人与葛君又开始了一场地毯式的搜寻活动。把重点锁定在校园大学生活动的主要场所，对着那里停放的自行车，一辆一辆地去辨认。

这天浓雾，他们在食堂门口发现了这辆车。葛君几乎是扑身过去，一把抓住了自行车的龙头。他上下打量着，眼睛发直，嘴唇不断在嚅动："是这辆，就是这辆。"

这时，三位毛头小伙子从食堂里奔跑出来，堵住了他们的去路，神情是不屈不挠的。

明人和他们说了几句，又将寻车启事塞进他们手里，他们漠然视之、一脸敌意。

正尴尬间，葛君突然一使劲，车前轴被提出了钢圈，断裂焊接处裸露在眼前。葛君再稍稍使了一点力，车轴在原伤口断裂了，车身顷刻倒在了地上。

明人看呆了，那些毛头小伙子也惊呆了。此时葛君终于笑出声来，那笑声干净、爽快，仿佛能穿透无尽的雾霾。

（原载《小说界》2016 年第 1 期）

那天巧遇……

安　谅

　　小乔是在那个周末巧遇领导的。他对明人说，那天下午还刚下过一阵雷阵雨，雨后的空气里还飘着一丝甜润的气息，他记得很清晰。可那天巧遇之后，他开始了夜夜失眠。

　　他瞥见领导时，心顿时揪紧了。他想转身离开，却已来不及了，领导的目光正向他扫来，那是不经意的扫视，却让小乔有一种浑身凝住了似的震撼。事后，在夜不成寐时，他无数次地回想并反复咀嚼这一目光，总觉得那里有洞穿他人心的力量，让他无法自在和安神。

　　他记得目光对视之后，领导只是朝他点了点头，以示招呼，随即又微微一笑，便甩给他一个宽阔的背影。那微笑，他认定是意味深长的，他相信，领导是真真切切地看到了自己身旁的女同学的。

　　怪也怪事情这么巧合，也怪那位女同学过于重情。在书展上邂逅这位当年的中学同窗，距离他们毕业已有十多年了。十多年来，他们毫无音讯往来，自然连面也未见过，今天居然在书展上同为顾客而邂逅。站在人来人往的过道上，他们竟然交谈了约半小时，说的内容多半是同学们的情况，还夹带着一种致青春般的回忆。女同学谈性颇浓，当年显得有点木讷的她，经历了十多年的风雨时光，似乎灵魂通透了，并不好看的细眼睛也亮闪闪的，展示着一种率真和豪爽。

　　是她硬要小乔共进晚餐的。她说她请客，请他吃一顿西餐。这家著名的西餐馆，就在附近，何况又到了吃晚饭的点了，两人的交谈也意犹未尽。小乔随她走出了书展，沿街走了一会儿，便进了餐馆。

　　那时雷阵雨已过，空气显得潮湿而甜润。西餐馆人气聚集。一进门，小乔就有点后悔了，怎么就与一位女生相偕踏进这门呢？这里多半是成双结对的男女情侣，自己也曾与妻子在恋爱时来过，现在与这女同学这般进入，总觉得不大自在。他有点心虚地用目光扫视着餐馆，偏偏这时，他的目光撞见了领导。很快，又撞见了领导的目光。他真想地上有个洞可以迅速钻进去，表现在脸上，目光是闪躲的，脸色是红白变化的。

后来一想，领导似乎是刚巧吃好了，随即离开餐馆的。他那天在餐馆与女同学面对面坐，品尝着女同学殷勤热诚地点上的一道道美味佳肴，整个大约两小时的光景，他是芒刺在背似的，心神不定，浑身发烧似的。心里催着快快快，吃在嘴里的美食，也味同嚼蜡。

当晚他就失眠了。领导的目光和微笑，在黑夜里时不时地闪现，把他折腾得胡思乱想、声声叹息。幸好老婆出差了，否则与她注定同床异梦，也无法交代了。

他知道领导是见过自己老婆的。小乔也见过领导的太太。单位曾经组织过一个家庭联谊活动，这回看到他身边的另一位女孩，领导会作何感想，不会认定他这个快四十岁的男人，也是一棵花心大萝卜，是个靠不住的人吧？他翻来覆去地思量着、后悔着，也深深担忧着。早就传说，他要提任部门正职了，这是事业成功的一个象征。在这节骨眼上，让领导遭遇了这一场景，那不是等于找死吗？

一天中午在食堂门口碰见领导时，他见周围无人，就想向领导主动解释一下。可刚开口，他只说了一句："领导，那天巧遇……"后面就有几位同事款款走近，他赶紧停住话。他发觉领导的眉头皱了皱，他的心更是忐忑不安了。

他决心要向领导尽快讲明白，不能让领导这么误解下去。他心里盘算了很多次，始终没机会接近领导，在单位聊一会儿。

那天在厕所里，他解手。领导也在解手。他又刚吐了一句："领导，那天在西餐厅巧遇……"领导双手正捧着那玩意儿，专心致志地在排泄，听他一说，突然就扭头看了看后面，那里有几个隔间，此刻门说不清是关着还是虚掩。领导瞪了他一眼，再也不理睬他。小乔蓦然感到自己真傻，此时此刻怎么能开口说话呢？他的脸色唰地就白了，尿也忽然凝住了似的，站在便器前，缓了好一会儿。

又是几个难眠之夜。小乔几近崩溃了。思前想后，他准备直接去到领导的办公室了。

他敲了敲领导的办公室，说要向领导汇报一下工作，秘书让他进了门。领导端坐在意大利办公桌前，带着平常不苟言笑的神情朝他点了点头。小乔叫了一声领导，见秘书退出房门了，才走近领导，说："领导，那次周末，那天巧遇……"他还没说完，只见领导面部忽然凝固了，眉头又皱了皱，眼珠子也暴突出来，像要剜了小乔一口似的。小乔此时浑身一抖，但他决心要把自己的话倾吐出来。他继续嗫嚅道："那天巧遇，真是巧遇……"

忽然，他发现领导的脸色由阴转晴，是的，领导笑了，笑得很分明、很温和，还有，很释然。是的，小乔真切地捕捉到了这一点。

领导说："是呀，那天，真是很巧，我碰上了多年的老邻居，就是我边上的那个女同胞。我们一起喝了个咖啡，很难得呀。"

小乔怔住了。他一时不明白领导所言何意，舌头像是打了结，半天吐不出一个字。领导笑得更亲切、更爽朗了，他走到小乔面前，拍了拍小乔的肩膀："你工作很不错，好好努力，会有前途的。"

他不知道是怎么走出领导办公室的，他后来见到明人，提及这一事，却是有一点神经兮兮的。后来，他对明人说，那个周末，那天巧遇，他似乎看到领导身旁的那个情影，有点模糊，但千真万确的。

他再也放不下心了。

（原载《金山》2016 年第 5 期）

洁　癖

胡　炎

老杨是个寂寞的人。

火化工这份工作，对老杨来说，不如说是一门手艺。再难烧的尸体，在他手下都服服帖帖，清一色细灰，不给亡魂留下一点尘世眷恋。

每次下班，老杨都会干呕一阵。脏，脑子里就这一个字。老杨在澡堂的大池子里泡，再到淋浴下冲，肥皂打了一遍又一遍，皮都差点搓破了，可怎么都洗不掉身上的死人味儿。

因了这脏，老杨有洁癖。

老杨的家很俭朴，但干净得一尘不染。这是他一个人的家，不会有第二个人带进来一丝风尘。每到子夜，老杨用酒精把自己擦洗一遍，对着镜子，悄悄地说心里话。他觉得，镜子里的人不是那个现实中的自己，而是他的灵魂。那个灵魂圣洁而高贵，超越了俗世的龌龊和卑微，让他双目潮润。

一个和灵魂对话的人，又怎能不寂寞呢？

但在这世上，寂寞的人不止老杨一个。有这么一个女人，总是穿一身白大褂，也常常和死人打交道，还用刀子切割那些死人，给一帮忐忑不安的学生讲生理解剖。没错，她是卫校的老师。女人叫江月，老公是政府部门一个不大不小的领导。在她四十岁那年，老公把不为人知的情人变成了老婆。江月眼含泪水，问："为什么？"老公淡淡地答："我闻不惯你身上的来苏味儿。"江月咬碎了牙，在课堂上竟第一次失了手，刀子走偏了。她对不起面前的那个死人。她觉得自己也是一个死人——她的心死了。

后来，她想到了老杨。

"你好吗？"电话里，她问。

"好……好着咧。"老杨有些发呆，这个号码已有多年沉睡在手机通信录里了。

"能见个面吗?"

"有……有事?"

"没事,就想说说话。"

"哦……"老杨竟有些心跳,沉吟半晌,说,"不见了吧?你好……就好。"

"我不好!"江月的声音高起来,连她自己都吓了一跳,她凭什么冲老杨发火?不可理喻!她挂了电话,眼泪却莫名其妙地下来了。

老杨的耳朵被震疼了,心也被震疼了。多年前的记忆,像一只冬眠的青蛙跳了出来。那时还是上高中的时候,两个人默默相爱了。可是,老杨的家很穷,娘早早没了,父亲是个大字不识的矿工。江月的家不算富裕,但还殷实,关键是她做教师的父亲,说什么也看不上一个文盲的家庭。自然,他们的爱情无疾而终。本来,两人已再无交集,但前几年江月的母亲去世,是老杨亲手送的。那天江月哭得死去活来,老杨的心像被刀戳着一样,竟也落了好多泪。老杨骗不了自己,他心里有个小屋,里面住着江月。锁住了岁月,又怎能锁住记忆呢?

"我在河边等你。"老杨重新拨通了江月的电话。

河边,桥畔,他们几乎同时到达。对望了一眼,眼神又躲开了。默默地走,距离不远不近,没有牵手,没有语言。月亮弯弯的,静静地待在天上,晃晃地荡在水里。不知过了多久,夜似乎也睡去了,老杨说:"不早了。"

"以后,还能一起走走吗?"江月看着他,眼神里颤着两弯月牙儿。

老杨点点头。

江月伸出手,老杨犹豫了下,很有分寸地握了握。江月的手很热,老杨的手很凉。

老杨一夜未眠。此后的许多个夜晚,老杨常常失眠。江月想和他牵手了,牵一辈子。老杨知道,那是个干净的女人,是一个月亮一样的女人。他曾经很想摘下这个月亮,可他现在不了,他习惯了一个人,习惯了一尘不染的宁静。月亮应该待在天上,或者游在水里,那里才是圣洁的,才是一个女人应该待的地方。他觉得自己这双每天接触死人的手,只要碰到那轮月亮,月亮就脏了,他自己也脏了。

那就让心牵手吧,只有心永远是干净的。

日子就这么过着,两个人守着自己的世界,静默着,牵绊着,心却暖了。

这年初冬,老杨的身体开始不适,一检查,肺癌。老杨才五十出头,阎王爷的死亡通知单,不是下错了,就是下早了。但老杨不怕死,或者说,他对死早已麻木了。唯一让老杨纠结的,就是怎么个死法。他厌恶自己一辈子为死人送行的火化炉，他不想让自己也从这里走出去，变成黑烟，变成灰，和无数肮脏的灵魂搅在一起，做鬼也不干净。他没有办法选择活着，但他想为一个干净的死亡做一次主。

病危时，他拉着江月的手："我的……月亮，现在，我把我交给你了。"

江月的泪滴在了老杨的额头上，半晌，只说了两个字："放心。"

不久，卫校的玻璃容器内，新增了一些泡在药水里的人体器官，很干净，那是死去的老杨。

（原载《百花园》2016 年第 3 期）

风　语

胡　炎

风，卷着梦的香气，一阵一阵，撩得人难受。

村头老杨树下，他蹲着，目光铸在密密匝匝的枝叶间。叶片上，昨夜的梦还在跳荡，金光灿灿，晃得人眼晕。抬手捋一把，那叶子全是钱，新崭崭香喷喷，揣进怀里，平素蔫软的腰杆硬是生生挺得笔直。

身前，烟屁股滚了一地。最后一支抽尽，再把烟屁股捡起来，点燃，狠狠地补几口。

心，也给灼得火烧火燎：这财，别人发得，我怎就发不得？

"爹！"进家，他叫。

"弄啥？"爹不看他，手里的锤子起起落落，顾自加固他的锄头。

"钱……我得用。"

爹的手停了，翻他一眼："那是留着给你娶媳妇的。"

"媳妇不急，钱急。"他给爹敬支烟。

"到底弄啥？"

"正事，别问！"他把字咬得很重。

爹不再言语。这是他唯一的儿。儿一贯是老实本分的，他不能不依他。

叔、伯、舅、姑……挨个借了个遍。然后村西的、村东的，南头的、北头的，挨门槛进，讨好地笑，把一张脸都给拉伤了。

"就你，也做白日梦？"村人的眼里，满是鄙夷和不屑。

他依旧笑，心里却骂："狗眼看人低，等着瞧！"

购置设备、联系货商、组织人手……第一批成品终于出炉。没想到，事儿来了。

一块黑砖，拍晕了他："敢跟老子抢生意？"

他摸索着爬起来，捂着流血的后脑勺："疤哥，我不懂事，您老人家大人大量，抬抬手，给兄弟条生路。"

疤哥叉着腰："这砖，挨得亏不亏？"

"不亏。"

"想不想再挨一砖？"

"疤哥，您说笑。"

"识相点，拜老子的山头，有钱大家赚。"

"懂了，疤哥，您是爷。"

"好孙子。"疤哥又朝他后脑勺拍了两下，这次不是砖，是手。

有了疤哥，生意竟出奇地红火。

人前人后，他便再也不是从前那个"老实蛋子"，好烟潇洒地掷过去，说话便有了十足的底气。

村人的眼光，也把他托了起来。

唯有爹，一张瘦瘦的黑脸平静得像十月的秋空，怎么也拧不出个表情。或许在他心中，只有锄头、泥土和庄稼，那是他生命的全部。

这晚，他置了好酒、好菜，硬把爹从牛棚子里拉到餐桌旁。

"爹，喝一口解解乏，咱爷儿俩好好说说话。"他捧起酒碗，敬爹。

爹的手粘满泥土，接过碗，却没喝。沉吟一会儿，爹说："带上酒菜，跟爹走。"

他不知爹葫芦里卖的什么药，只好拾掇了酒菜，跟着走。

月光下，爹的身影更显瘦削，那是日晒的、风吹的、雨淋的。他不由心痛，日后，是得让爹好好歇歇，可劲享一把清福了。

出村向北，穿过一片树林，半山坡上，是自家的祖坟。

墓碑前，摆好酒菜。爹拉他一把："给先人跪下。"

四周静得出奇，唯有虫声唧唧。

爹说："儿呀，当着先人的面，你要说实话。"

"嗯。"

"你干的，是正经营生吧？"

"是……"他低着头，不敢看碑。

"那就好，咱家世世代代没啥本事，可都是老实人、正经人，你爷走时跟我说，种好田，养好儿，吃安稳饭是大福。可别辱没了祖宗。"

"……"他哑然，心底被一只手狠狠掏了一把，底气全给掏光了。然而，一阵风吹过，底气一下子又回来了。

订单越来越多，运气来了，山都挡不住。

车买了，楼盖了，漂亮媳妇娶了，四面都是风光。唯有爹，照样耕他的田，犁他的地，侍弄他的庄稼。地是他的命，随他吧。

然而有一日，他从风声里，听到了异样。

风很猛，揪下了叶片上的梦。脊骨一软，腰杆儿竟再也挺不起了。

两月后，一条新闻充斥大街小巷：全国特大地沟油案主犯被判无期徒刑……

这天，荒草萋萋的祖坟前，爹长跪不起。末了，一头撞在墓碑上。

风，依旧卷着梦的香气，撩着很多汉子的心。一张张焦裂的嘴，吐出一团团墨蓝的烟雾，在风中飘呀飘，飘呀飘……

（原载《百花园》2016 年第 1 期）

辑五

我为什么会笑

游　睿

　　一开始，是两个男人在打架。一个男人高大，一个男人矮小。高大的戴眼镜，矮小的没戴眼镜。高大的拧住矮小的头发，矮小的扯住高大的衣服。拳头和拳头，胳膊和大腿，谩骂和叫嚣，唾沫和血珠，你死我活。

　　自然，就有围观的人。停了车，驻了足，扭了头。男人和女人，老人和小孩。一个个，一圈圈，一层层。

　　笑声就在这时响起。最初很小，像破土的种子，继而发芽、生枝、开花。很快就郁郁葱葱，漫山遍野。笑得变调，夸张。

　　众人扭头，搜索，只闻其声不见其人。

　　"谁？笑什么？"

　　"谁不重要，太好笑了，不能不笑。"一个声音回答。

　　"打得你死我活，你还笑？"又有人问。

　　"不笑不行，不信你们看看，看了就知道了。"

众人回头，两个男人仍在打架，你死我活，誓不罢休。

忽然一道白光闪过。高个子丢开了矮个子的头发，矮个子松开了高个子的衣领。矮个子开始奔跑，高个子开始追逐。一前一后，一步紧跟一步。高个子扔掉了眼镜，矮个子抛掉了外衣。高个子越跑越矮，矮个子越跑更矮。手变短，皮变白，胡须开始褪去，皱纹开始舒展，两个男人变成两个少年。两个少年继续奔跑，继而双膝着地，牙齿开始脱落，双脚换作四肢，奔跑变成爬行，一前一后，一快一慢。之后，两个婴儿趴在地上，艰难地翻身，拳头粉嫩。

忽然，又一道白光闪过。两个婴儿迅速从地上站起，一前一后，摇摇晃晃，步履蹒跚。越走越快，由走变跑，由跑变追。幼儿由小变大，两个少年身着长衫，微风扬起头巾，毛笔着墨竹简。竹简化作利剑，少年变成青年。青年紧紧追逐，胡须在空中飘扬，长发罩进长帽，靴子绣满花纹。两个青年弯腰，长衫变成灰袍，菊花盛开在脸上，白雪飘落在发梢，蚯蚓爬上手臂，拐杖长在了掌心。两根拐杖轻敲路面，先后落在地上。拐杖旋转，翻滚，变大变粗变长，裂开口子，黑色，深邃，伸出舌头，两个佝偻的身体被吞噬，被掩盖。两口棺材，搁在地上一动不动。

忽然，一声巨响。棺材裂开口子，探出两颗蓬乱的头颅，两根草绳分别系在发梢。两具古铜色的躯体开始跳跃，树皮穿在上身，兽皮系在腰间。弓已上弦，箭已磨尖，赤脚踩断荆棘，猛兽已被驱赶。风在吹，雪在下，树皮褪去，兽皮脱落。两具身体蹲在木头前，手在转动，烟在起，火在燃烧。雷在响，电在闪，大雨浇灭了火焰，两个赤裸的身体开始变小，两块石头在手中挥舞，一个核桃被砸开。头发在变长，嘴巴在凸起，眼睛在深陷，两个浑身是毛的婴儿躺到了地上。

忽然又是一声巨响。两只大猩猩猛然跃起，黑的毛，黑的眼。它们龇着牙，拍着胸，一前一后，一高一矮，越过草地，跃上树梢，长臂翻飞，身轻如燕，树被扔开，山被扔开，无数线条，无数颗粒，无数影像，看不清来不及。

一道白光再次闪过。两只小猴跌落在地上，翻滚，撕咬，尖叫，龇牙。它们跃上树梢，钩住树枝，倒挂，摇荡，几粒野果簌簌而落，两只小猴悄然落下。

风往上，脸朝下，两声闷响，一道白光。两只乌龟把头缩进了龟甲，两条鳄鱼愣愣地趴在地上。两只飞鸟盘旋在上空，两朵浪花摇曳在前方。浪花变成巨手，森林、乌龟、鳄鱼、飞鸟统统揽入怀中。两只对虾追逐着两个椭圆形生物，海藻在水中来回荡漾。海浪一波接着一波，从沙滩上退回，从巨大的岩石上退回。海在收缩，越来越小，小到干涸、裂口。一条河的水在飞快倒流，从岩石的缝隙，从瀑布的底端，从草的根部到草尖。草的上方，两根倒挂的冰柱晶莹剔透，两滴水迅速从草尖分别飞到冰柱的尖端。阳光下，这两滴水一大一小，透明，修长，闪光。欲上，也欲下。

这时，笑声再次响起："你们看清楚了吗?"

围观的人们一阵哆嗦："两滴水，你笑什么!"

"对，两滴水打架，不好笑吗? 一大群人看两滴水打架，不好笑吗?"

我捂住肚子，迅速从人群中退出，越过许多文字，越过电脑屏幕，回到我的书桌前。我轻击鼠标，关上电脑，狂笑不止。

（原载《小说界》2016 年第 3 期）

如　蜜

游　睿

送走市领导，他心情大好。上任以来，他第一次感到前所未有的轻松。

就在几小时前，市委主要领导到他这里来调研，听取他的汇报之后，对他的工作赞赏有加，给予了高度肯定。他十分清楚，这个结果除了自身实实在在地努力工作外，还跟他手里精心准备的汇报稿有关。这个汇报稿，前前后后准备了近两个星期，研究室主任小孙下了很大的功夫。

下午，他决定下乡调研，把手头那些烦心的工作往后推一推，到农村去呼吸一下新鲜空气。做副职的时候，他分管过农业，对农村这块特别有感情。

轻车简行，就一辆车，由办公室主任陪着就出发了。到了镇上，镇长推荐说本镇有个养殖大户很不错，专门养蜜蜂，生产的天然蜂蜜颇具品牌效益，成了本市特产。

他侧身问办公室主任，刚才送给领导的蜂蜜，就是这个？办公室主任点头说是的。他立刻就来了兴趣，欣然前往。

不一会儿，在镇长的带领下，车开到了一座大山脚下。远远地，就能听到嗡嗡的蜂鸣声，待车逐渐走近，就有越来越多的蜜蜂开始萦绕。车最终停了下来，只见山脚下呈梯次摆放着三排蜂桶，每排均由上百个蜂桶组成，阵容十分壮观。而天上黑压压的一片，全是来来往往的蜜蜂。

下了车，养殖场的主人老杨早已经迎在了门口。他热情地与老杨握手，并称赞老杨这里规模很大。老杨很激动，带着他在大大小小的蜂桶边查看了一番。在这个过程中，总有许多蜜蜂在眼前飞来飞去。老杨提议到屋里坐一坐，顺便尝一尝刚刚采下来的蜂蜜。

他点头，跟随老杨进屋。

你这里大概有多少只蜜蜂？他问。

老杨笑着说，大概300万只。

比咱们县的总人口还多两倍，你可比我管得多啊。他打趣道。随即他又问，我见你这周围并没有多少花，蜜蜂到哪里采蜜？

老杨说，蜜蜂就是种勤劳的虫子，这山的花少，它们就往那山飞，我采的每一滴蜜，都是它们辛辛苦苦衔回来的。说话间，老杨停住脚步说，您当心脚下。

他低头一看，地上铺了一层密密麻麻的蜜蜂。有的四脚朝天一动不动，有的虽然在爬但行动十分迟缓。老杨蹲下身子，从旁边拉出一个盒子，然后迅速用手将地上的蜜蜂捧到盒子里，算是腾出一条道来。

他不解地看着老杨，老杨起身解释说，每天都有一些蜜蜂累死或累倒。我们都用盒子收起来，然后集中埋掉，也算是对它们的一种尊重吧。

他点头说，看来你养蜜蜂还养出了感情。

老杨嘿嘿地笑了。

几个人随后进了屋。坐下之后，老杨朝里屋喊了声闺女，把蜂蜜端上来。随后便出来一个女子，用茶盘端出几杯黄澄澄的蜂蜜。

看着女子，他立刻愣住了。你不是小孙的夫人吗？他问。

女子莞尔一笑，说梅县长，谢谢你记得我。

当然记得，有个周末，小孙加班，你送饭过来，我遇到了你。对了对了，还有一个周末，我看到你和小孙一起逛公园。你怎么会在这里呢？

老杨立刻补充道，这是我二闺女，她回娘家来看看的。

就你一个人啊，小孙怎么没来？他问。

女子动了动嘴，老杨碰了她一下。女子就低下了头。他立刻反应过来说，你看，我都忘记了，小孙昨天还在加班呢，肯定来不了。

他不加班也不会来了，我们俩已经离了。女子说。老杨赶紧咳嗽了一声。女子又低下了头。

怎么会呢？怎么没听小孙说？他有什么地方做得不好，我帮你批评他！他说。

别。女子说，别批评他，他很好。只是他太忙，而我需要一个正常的家。

你赶紧去忙吧。老杨夺过女子手里的茶盘，忙一脸歉意地对他说，她刚回来，情绪不稳定，您别介意。来来来，尝尝新鲜的蜂蜜。老杨把蜂蜜递到他手上。

女子低着头，默默转身出门。但她并没有离开，而是蹲下身子，用手将地面上的蜜蜂一只一只捡起来，那些蜜蜂或已死亡，或微微颤动。

他端着蜂蜜，将目光移向了远处。远处，铺天盖地的蜜蜂正在漫天飞舞，那些蜜蜂或进或出，却似一行行跳跃的文字。他忽然想起，今天上午市领导高度赞扬的汇报稿，不就是小孙辛苦了两个星期的成果吗？而自己汇报的那些工作，又是多少个小孙辛苦了多少天的成果呢？这些成果，就如眼前这杯黄澄澄的蜂蜜，自己只习惯了饮取，而往往忽略了背后的艰辛，自己又何曾去捡一捡那些掉在地上的蜜蜂呢？

您尝尝呀，这可是新鲜的蜂蜜，很甜的。老杨脸上堆满笑，再次提醒道。

他赶紧笑了一下，象征性地尝了一口，却怎么也感觉不到甜味。

（原载《小说月刊》2016 年第 6 期）

秦琼卖马

陈振林

江州自古繁华，有长江为天然屏障，好几场战火也没能烧到这里。百姓安居乐业，要是遇上集市的日子，那这江州城里的人可是摩肩接踵了。

进到江州城的人，有一处是必去无疑的。这一处，乃是书场，就在集市东边，一溜儿五间不大的屋子，里边几根粗木柱立着，全是串通的，宽敞明亮。屋子里的正北方，用砖石砌成八仙桌大小的台子，高有尺许。台上立一桌，小，宽不过七八寸，长约三尺。四只桌腿像刚出生牛犊的小腿，细，摇摇欲坠，随时会散架倒下的样子。这便是说书人的舞台了。屋子外立一对联，联曰：

汉萧何追韩信闻香下马

周文王访子牙知味停车

上无横批，只悬着匾额，三个字：铁嘴刘。

铁嘴刘正是屋子的主人，江州城里妇孺皆知的大名人。其实，"铁嘴刘"这名号已传下来三代人了。铁嘴刘屋子里说书，也有规矩，白天休息加学习，晚上方才登场。如今的铁嘴刘也不过刚过不惑之年，因其喜好蓄须，倒似有了些仙风道骨。娶妻李氏，育有独子，名刘天。

这几日，书场里正说《秦琼卖马》。这是个老本子了，那情节人物大家伙儿早烂熟于胸，但，人们仍然喜欢听铁嘴刘说这《秦琼卖马》一出戏。这出戏听过三四遍的人不下百人，但他们仍来捧场。快八十岁的张老太爷说，又听一回，就像吃一道新菜，味道大不同呢。谁家有小孩子哭，就会说："走，走，带你去听铁嘴刘。"小孩子一下子就会止住哭声，也等着去听书了。

这日，铁嘴刘正开讲，抚尺一拍，全场静息。长须一捋，大声叫道："且说秦琼秦叔宝解配军至潞州天堂县投文，只因知县不发回文，困居客店……"

他口里在说，目光一移，瞟至屋子最东的座椅上，只见那里端坐一人，五十上下年纪，青衣小帽，正聚精会神，口微张，耳微侧，入迷一般。铁嘴刘见这阵势，嘴上更是卖力，出口的字句如珠玑一般，诗文对句，句句相连。

"要知秦叔宝黄骠马命运，且听明日分解。"铁嘴刘按住了抚尺。子夜散场，听客散去，铁嘴刘与夫人正收拾屋子。一抬眼，青衣小帽者还在，还未开口，似有难言之隐。

"欢迎客官光临……"铁嘴刘客套说。

来人欠了欠身，轻声说："久闻大名，今日果然。但明日为老母寿辰，在下得回楚州老家探母。三日之后，再来相扰。只怕听不到黄骠马之结局也。"说完，一步一回头，消失在黑夜之中。

白日无话，第一晚到来，听客照样满场。不想，才听到开场几句，听客顿觉大不同。铁嘴刘说的人还是秦叔宝，事儿却新鲜了。铁嘴刘说到店主索房饭钱，秦叔宝与店主周旋，这一节足足说了这一晚。将人情世故，穿插在情节之中。

暮色又合，是第二晚了。听客更多，听客们听说了《秦琼卖马》中的新事儿，都来了。铁嘴刘这晚开口便说黄骠马：黄骠马膘肥体壮，乃是匹宝马……再说秦琼痛哭黄骠马。这黄骠马，铁嘴刘说了一晚上的工夫。

到了第三晚了，铁嘴刘轻拍抚尺，道："前边说，要知秦叔宝黄骠马命运，且听今日分解，我今日继续卖嘴啦……"

众人一惊，知道这是接上了大前天晚上的故事。那昨晚"黄骠马"和前天晚上的"人情世故"，不都是在原地转圈儿吗？众人再看屋子最东边的座椅，椅上端坐着的那人，正是那晚的青衣小帽人。

铁嘴刘的声音更响："店主带过了黄骠马，不由得秦叔宝两泪如麻。提起了此马来头大，兵部堂黄大人相赠与咱。遭不幸困至在天堂下，还你的店饭钱无奈何只得来卖它。摆一摆手儿你就牵去了吧……"

子夜散场，《秦琼卖马》一书说完，听客散去。青衣小帽人对着铁嘴刘深鞠一躬，铁嘴刘回躬相敬。没有言语，青衣小帽人骑马疾驰而去。

第二日晌午，热闹的江州城传出消息。说，前两回进入铁嘴刘屋子听书的青衣小帽者为荆州知府蒋大人。

又说，荆州知府蒋大人有意请铁嘴刘入幕府任职。

但这些消息没有谁来证实。铁嘴刘每晚照样说书，《秦琼卖马》照样是他的拿手好戏。倒是有一回，夫人轻轻地问了一句："铁嘴啊，你当初咋就知道是荆州知府蒋大人？"

铁嘴刘轻轻地捋了捋长须："天下清廉知府，谁人不知蒋大人？天下孝心知府，谁人不知蒋大人？天下爱听评书知府，当然首推蒋大人！青衣小帽，且无随从，乃其行事风格……"

夫人也轻轻一笑："难得你这么用心，等着蒋大人的那两晚，你说书，编造了那么多的情节。"

一年之后，有人看见，荆州知府蒋大人身旁多了个十三四岁的书童，名唤刘天，据说是铁嘴刘家的独子。

（原载《百花园》2016 年第 4 期）

枫 叶 红

陈振林

这真是一次愉快的野游。

公司策划了好几个月，最终将游玩的地点确定在这座枫叶山。正是秋日，漫山遍野的枫叶像一袭巨大的红袍子，严严实实地穿在山的躯体上。更让人兴奋的是，这枫叶山有一半还没有被完全开发出来。

这可真值得我们好好地去探幽啦。几个年轻的同事子超、张凯、苇子高兴地说。

其实出来游玩的人，男男女女，也不过二十多人。一个中巴车，将他们带到了山脚下，然后这二十多人，各自背着行李包，三五成群地进山了。

计划游玩两天。第一天大家在公司人事经理张天的指引下，愉快地在东边的半座山里穿行。山里遍地都是景，除了惹人眼的红枫叶，还有青翠的竹子、清澈的小溪、清香的花儿，还有知名不知名的小动物跑来跑去。按计划，当晚在东山的小山头仙人耳上宿营。这小山头，是东山的最高处，远远望去，就像一只仙人的耳朵呢。

半夜，居然下起了雨。雨越下越大，没有停下的意思。这山里的天气，真是说变就变，公司的组织者这之前也做过调查，不想，这次还是遇上了雨。雨下得更大了，耳边的声响也更大了。有人提醒说："是不是有山洪暴发了？"这一说，大家觉得脚下的山头开始动摇了。有过野外露营经验的张天大声叫道："大家三两人一组分散避开，选择有利地势落脚。"

大家开始分散，三三两两地寻找着有利的地方站立。有人开始拨打救援电话。也有人向山的更深处走去，也许更安全。

也不知怎样地慌不择路，子超和苇子落在了一块。他们是向着山的北边走，和自己的小组人员走散了，却走在了一起。

"你是子超？"

"你是苇子？"

黑暗中，两人大声地叫着，算是打招呼。苇子害怕，伸出了自己的左手，碰到了子超正伸出的右手。苇子紧紧地抓住子超的手，像抓住了一根救命稻草一样。

在公司里，子超和苇子虽说没有处过男女朋友，但两人是认识的，碰面了，偶尔两人也会打打招呼。三年前，子超找到了自己的另一半，苇子也将自己嫁给了心仪的男人。如今，两人年龄都快到三十岁了，各自有着自己幸福的家。

"你冷吗？"子超拉了拉苇子的手，轻声地说。

苇子没有说话，但在暗夜里子超感觉苇子的身体在哆嗦。她应该是冷的，他想。

两人站在一块大石头上，都穿上了雨衣。同事们也不知避到哪儿去了，一点声响也听不到，耳边只剩下风雨声。

一阵剧烈的轰响，像是一座山倒塌一样。

"子超，我怕，我们是不是要牺牲在这儿了啊？"苇子颤抖着说。

子超又用手拉了拉苇子，两人更近了些，他说："不会的，不会的，我们不会牺牲在这儿的。"其实，子超心里明白，在这黑夜里，要是真的山洪暴发，他们两人就可能永远地留在这儿了。

子超和苇子拉起了家常："苇子，不用怕啊，工作中你那样坚强，一定要挺住啊。"苇子用力地点了点头，她觉得子超真细心。子超看不到苇子点头，就又说："说话啊，苇子，一定要说话。"子超知道在这时能够说话，对于生存下去的重要性。

苇子的身体向子超这边靠了靠，子超轻轻地拥着苇子。苇子打开了话匣，子超和苇子不停地说着话。

两人说到了结婚之前，谈朋友的那阵子。

"你那时总穿着一件黑色的风衣，像一位侠客。"苇子说。

"你呢，成天笑嘻嘻的，像个快乐的小天使。"子超说。

"你啊，每天上班比别人早几分钟，一来了就开始做公共区域的清洁，是学雷锋吧？"她又说。

"我不是学雷锋，我是一种习惯呢。有一次，我因为来得着急，早餐是你帮我买的，是一碗香喷喷的牛肉面条。"他有些幸福地说。

她的身体向他又靠了靠，他将她拥得更紧了一些。

"其实，我的心里是有你的。"子超想不到这一句话从自己口里迸了出来。他说出来，似乎有些后悔了。

一会儿，苇子的声音轻轻地传了过来："子超，那时你为什么不追求我呢？我心里也喜欢着你呢。"有风雨声，但子超听得明明白白。

他抱紧了她。

山里的声音更响了，似乎有山洪暴发。

第二天下午，救援队在枫叶山北山深处找到了子超和苇子。两人奄奄一息，紧紧地拥抱在一起。他们的身旁，枫叶红得通透，像正在燃烧的火焰。

值得庆幸，由于救援及时，这次野游没有人员伤亡。经过几天的体力恢复，公司的同事们陆续上班了。

苇子远远地看见子超，赶快避开了。

子超路过苇子的办公桌，头也没有回。

苇子和子超，没有再说过一句话。

（原载《百花园》2016 年第 1 期）

老 两 口

韦如辉

西关街是一片嘈杂且多事的地方。

一个自发的蔬菜批发市场，凌晨三四点钟就苏醒了。先有几声马达的响动，渐渐有了人与人的对话，接着人车混杂的声音，一直持续到太阳升到文庙广场的上空。到了晚饭后，提前准备第二天生意的忙碌人，又像陀螺一样地转起来。

好多人受不了。失眠，烦躁，健忘。尤其是家里有正在上学的孩子或者老人生病的，更是苦不堪言。有人不断向有关部门反映情况，答复说快了快了，等物流大市场建好，就让他们搬过去。物流大市场什么时候建好？谁也不知道，因为已经建三年了，还没有建好。

好多人选择搬出去。即使这里有房子，有祖产祖业，也狠狠心租出去。得了，将自己的生活让出去，还能咋着。

老两口就是在这个时候，从风景如画的城南新区过来，租了房子，住下。

房东是个老西关，热心人。他多有不解，问老两口，二老真要在这里住下来？得到老两口的首肯后，说了一件刚刚在西关街发生的事儿。

事儿不小，轰动了整个城市。一个上高二的女学生，认为这里人多眼多，安全。同时，自以为定力好，不怕干扰，也在西关街租了房子。可是，前不久出事了，被一对歹徒劫财劫色。

老太太疑惑地瞅瞅房东，眼里仿佛在说，怎么？不想租拉倒。转身又瞅瞅老头儿，老头儿一脸镇静，伸出一只胳膊摆摆手，嘴里说，没事没事。

房东才舒一口气，收了房租走人，免得惹老两口不高兴。

老头儿每天起得很早，天不亮，手里拎个布兜儿，晃荡在菜市场。

老头儿一个个菜摊子看，看得很仔细。有时，会从口袋里掏出一个放大镜，往菜根菜叶上照来照去，仿佛公安搞刑侦似的，生怕漏掉丁点儿的蛛丝马迹。老头儿大多时候只买一种菜，芹菜。芹菜要小叶，细根，短茎，且水灵，绿色足。

批发菜的贩子，性子差，脾气坏，嗓门高。老头儿挑好一把两把，问一句，今天多少钱一斤？菜贩子回答，一块五。老头儿收了放大镜，嘴里咦了一声，刚才不是七毛五吗？菜贩子又说，人家是批发，你是零售。老头儿又咦了一声，这一声长了些，显然加些不满的成分在里面。菜摊子前面围着一圈子人，他们等着批发蔬菜哩。老头儿不说话，也不走，只气哼哼地站在菜摊子前。有人打圆场，叫老人家拿走吧，算他的。菜贩子不好再说什么，和气生财嘛，为了一两把芹菜较劲，没意思。他说，好吧好吧，七毛五就七毛五吧。

老头儿回家将生芹菜用细纱布裹起来，拧里面的菜汁。芹菜虽然水灵，汁水并不多。老头儿出了一身汗，喘气也粗了许多。芹菜是降血压的，中医书上说功效明显。老太太血压高，老头儿煮芹菜汁给她喝，一年四季，从不间断。

下午，阳光从街西头，照到街东头。这个时候，对西关街来说，是一天中的黄金时期。人相对少，车相对少。筒子似的不拐弯的街道，可以慢慢地散散步。

老头儿跟老太太出来，老两口并排走，很慢，像蜗牛一样。老太太脸色红润，精神头很好，不像有病缠身的样子。

说老太太有福，一点儿也不假。有老头儿无微不至地照顾着，能说没有福？老太太之前患高血压，还有脑梗塞。听说都坐轮椅了，愣是让老头儿给拽了下来。

老太太能走了，膘却没减，仍然肥头大脸的。

老头儿也有福，儿孙福。而老头儿没去享清福。

老头儿的儿子在上海定居，一家人的日子红红火火。儿子在外企，年薪四十万。媳妇在电视台做节目主持，长得天仙一样。小孙子更牛，在美国留学。

儿子曾经接老头儿过去，老头儿不习惯，三个月不到，又回来了。老头儿回来后，儿子一家子就没回来过，逢年过节也没回来过。

都是因为老太太。老头儿是儿子的亲爹，老太太却不是儿子的亲娘。

老太太脾气坏，动不动就生气。老太太生气的时候，撵老头儿滚，滚得越远越好。老头儿滚是滚了，但没滚远。一使劲儿滚到大街上，回来还拎一两把水灵灵的芹菜。老太太的怒气已经消了，脸色恢复了平常的红润。

有一天，下着小雨，刮着北风。老头儿照例起个大早，准备到菜市场买些芹菜。没料到一块石头躲在暗处，绊住了老头儿的脚。冷不防的东西很可怕，老头儿紧跑了几步，还是跌倒在巷口的水泥地上。这一跌，跌得不轻，老头儿被120救护车风风火火地拉进了医院。

老头儿没抢救过来，闭着的眼睛再也没睁开。

奇怪的是，老太太当天夜里也走了。她躺在出租屋里自己的床上，盖着被子，脸色依然红润。

儿子一家子回来料理老头儿的后事，场面很是热闹。老头儿的墓地，被安排在城南高档小区的旁边，小桥流水，风景如画。

过了大约一个星期，老太太才被社区的干部处理掉，安放在一个偏僻的地方。

老头儿若是去看老太太，得换乘三次车，再步行四公里。对老头儿来说，是一件十分困难的事儿。

（选自《北京日报》2016年1月7日）

碰　瓷

韦如辉

这件事其实很简单，可是用一两句话儿，断然是说不清楚的。

如果要理清其中的来龙去脉，还要从我父亲那里说起。

我父亲是一名小公务员，整天忙忙碌碌的，工资却拿不了几个。而他的确是一个称职的工作人员，整天趴在办公桌上，给领导写讲话材料。

也许因为忙碌，我父亲的身体一直很好，喝酒时的外号叫一瓶不倒。

有一天，他却倒下了，而且倒得不是地方。

他正走在回家的路上，突然觉得天也转地也转，路上的行人车辆也跟着转。抬头看看天空，那个火盆转了又转。还算机警的我父亲，顺势抱住了路边的一棵梧桐树，倒在了刚浇过水的树窝里。

过来一个好心人，在我父亲的指导下，拨通了我母亲的电话。

我母亲哭哭啼啼赶来时，120车也叽里呱啦地赶来了。

好在我父亲没有什么大碍，颈椎病，一个见怪不怪的职业病。

医生叮嘱说，没啥，吊两天水就可以出院了。不过呢，平时要注意，改掉一些不良习惯。如果坚持倒着走路，效果会更好一些。

我父亲遵照医嘱，尝试着倒着走路。

一开始，我父亲觉得很别扭，反其道而行之的滋味不好受。

渐渐地，他习惯了倒着走路。渐渐地，他不仅走得很快，而且走得很稳。

一块出去散步，我母亲故意笑话他，说你啊你，又从人变成了猴。

我父亲一路倒着走过来，引起了一路的惊诧声。喇叭声和吆喝声不断响起，生怕撞着没长后眼的人。

事情的起因就是这样。

有一天，我父亲正倒着走着，身后随着哎哟一声，接着传来扑通一声。我父亲也倒在了地上，只不过在我父亲的身体与地面之间，还隔着一个人。

当我父亲惊慌失措地起来时，那个人没有起来，还躺在地上妈啊妈地叫唤。一辆漂亮的女式自行车，倒在了她的旁边，后车轮还在由快到慢地运转着。

我父亲打了120，将她送到了医院。

我母亲赶到医院时，我父亲正在手术室外焦急地踱着步。我母亲忙问，他爸，你没事吧？我父亲摇摇头，一脸的无奈和痛苦。

她叫魏淑芬，32岁，右臂骨折。

我母亲主动担当了照顾魏淑芬的任务，偶尔，我父亲匆匆忙忙从单位赶来，帮帮我母亲。

中间有几天，我母亲患重感冒。我父亲请了假，全天候照顾魏淑芬。

几天后，痊愈后的我母亲炖了黑鱼汤。当她推开病房的房门时，看到了令她心惊肉跳的一幕。我父亲正端着一碗热气腾腾的黑鱼汤，用小勺子一勺一勺地往魏淑芬嘴里送。

晚上，我母亲睡不着，冷不丁地向我父亲发问，这件事，你是怎么想的？

我父亲不明白，随口说了句，啥是怎么想的？

我母亲的火气大了起来，你是真不明白，还是揣着明白装糊涂？她分明是个碰瓷的。

我母亲说的她，无疑就是魏淑芬。

我父亲不同意我母亲的说法。两个人围绕着魏淑芬，整天不停地吵来吵去。在我父亲和我母亲日益紧张的争吵中，魏淑芬已经出院，已经完全康复。

有一天中午，两个人的争吵刚刚结束，魏淑芬拎着一袋水果来了。魏淑芬那天穿得很时尚，身上还洒了香水。进门没说别的，连夸大哥大嫂，你们家真好啊。

魏淑芬一走，两个人又吵了起来。

之后，魏淑芬经常来，我父亲和我母亲经常吵。

有一天，身心疲惫的我母亲说，老张，咱们散了吧。

我母亲从此信佛，对着谁都说阿弥陀佛。之后，我父亲一直过着独居的生活。

我父亲因为与魏淑芬的传言，弄得声名狼藉，工作很苦很累，一辈子却连个股级干部都没捞到。

在我幼小的心灵里，我先恨我父亲，后恨我母亲。恨，就像一根毒草，在漫长的岁月里，生长在我的心里。

三十年过去了，我父亲跟我母亲已经作古，我终于将他们葬在了一起，心中的怀念却更加强烈起来。

上个月，在南门口，我还见到了魏淑芬。魏淑芬乍一看到我，狂喜，接着失落地走了。她还是一个人走了。她头发白了，背有点驼，但走路的脚步，干净利落。

（原载《小说月刊》2016 年第 5 期）

怪　圈

葛成石

春末夏初，天空像刚洗净晒干的被单，爽爽朗朗，是赛鸽的好季节。老甄哪懂得这个，是他的发小老田告诉他的。老田像是看出了老甄最近有心事，说，跟我出去透口气吧，鸽子起飞了，心情也会跟着飞。

赛地在北方。对老甄来说，重要的不是比赛；看到了辽邈的原野，闻到了微风中夹带着的泥土和种子的味道，他就很惬意——终于暂时逃离了让他久受折磨的怪圈。

他们找了间带露台的酒店，能远远望见灰蓝色天空下的公棚。比赛是天亮以后的事。这一晚，他们在酒店里，喝着小酒，吃着花生米和鸭脖子。几杯酒下肚，老田饶有兴味地谈起了他送赛的两对信鸽，从眼砂到羽色，从食量到站姿，如数家珍。老田还特别提到了他最喜欢的一羽，叫作雨点砂的，说它是鸽中美男子，它朱丹的眼砂沉浸在明净的眼底，像极了美丽的珊瑚礁。老甄于是特别想见到雨点砂，但最快也得明天中午，因为老田的信鸽半年前就送来公棚寄训了，昨天参加完热身赛，今天又被送去500公里之外的地方了。

那明天中午我们是不是应该去公棚迎接它们？老甄问。

不用了，咱们就在这露台上看。老田轻轻摇头，他漫不经心的样子叫老甄疑惑。

你不想第一时间看着它们钻进鸽舍？你对雨点砂也没信心？

唉。老田叹了口气。赛绩已经不重要了，不管输赢，我都能拿到主办方，也就是公棚老板的一万元钱，不过，他有办法让我的信鸽取得好成绩，甚至是冠军，巨额奖金是他的，这是我们事先说好的。

这还叫比赛?! 老甄眼瞪着老田，像个被导游欺骗了的游客。

猫腻，或叫潜规则，他能获利，我没风险，人家够看得起我了，就这么回事。

老田说完又叹气，也许他自己也觉得这样不够光彩吧？老甄垂下头去，他想，要是信鸽们知道了主人的这些事儿，会是怎样的态度呢？可是，它们什么也不知道，说不上这是它们的幸福还是悲哀。老甄突然感到胸口闷得慌。原来到处都编织着怪圈，让人无处遁形！老甄在想着心事的时候，就将一杯酒直接倒落肚里了。他重重地将酒杯蹾在桌上，有残余的酒花溅起。

你的性格一点儿没变，还是那么疾恶如仇！老田笑得有些尴尬。

是的，改不了。而你的犟脾气却一点儿都没了！大冷天的跳进水田里，忘了？

老田怎能忘了，上小学时他老爸送给老师二十个鸡蛋，希望老师给老田搞个班长"锻炼锻炼"，老师答应了，而老田死活不干，他老爸气得拿棍棒撵他，他就跳进水田里。老田不肯当班长，是不愿挤对了老甄啊！打那儿以后，他们就是一对好兄弟了。

这一夜，他们在酒精的帮助下，昏昏睡去。

第二天，他们将早餐、午餐合二为一，然后坐在露台上，等着看千鸽竞翔。灰蓝的天空尽头，连着渐渐沸腾的公棚。但从酒店的露台望过去，就像站在山顶看大江一样，是静谧的涌动。

老田从包里取出红色的旗帜，眼睛一直盯着远方。突然，灰蓝的背景衬托出一个黑点，它像滴落在宣纸上的墨色，渐渐晕开。

真能玩儿，比正常速度快了半个多钟头。老田似乎也有些愤然，不过，也许他只是在老甄面前表达一种态度而已。

信鸽近了，它以优美的姿势进行着最后的冲刺。老田拼命摇动起手中红色的旗帜来，奇怪，信鸽突然改变了方向，开始在天空盘旋。等老田累了，信鸽也就朝着露台的方向滑翔下来。

雨点砂，果然是我的雨点砂。老田的脸涨得通红。

雨点砂落在露台上，咕咕咕地向主人邀功，它朱丹的眼砂沉浸在明净的眼底，果然像极了美丽的珊瑚礁。

老甄跟着老田，取了已经收拾好的行李，带着雨点砂，匆匆离了酒店。

老甄早已蒙了圈，问，怎么不让雨点砂进鸽舍？你不要那一万元了？

我早就没打算要那一万元。我的雨点砂对红色旗帜有了条件反射，我摇动旗帜，目的就是阻止它归舍，不让它去挤对别的信鸽，就像当初不去挤对你一样。

那你早拒绝他不就得了？

不行啊，那样我可能被他加害，他知道我反对，就会提防我去外头乱说。

你的烦恼料想也不过这样吧？呵呵，你懂得。

那接下来你打算怎样？

过几天我打电话给他，谈谈领信鸽和钱的事，他一定会生气地告诉我，我的雨点砂可能短时失忆，不知去向了，那时候，我假装信他就是了，由他赖账去。

这个老田！老甄呵呵一笑，拍了拍老田的肩膀，感觉到前所未有的轻松。他们一路向南。至于千鸽竞翔的场面，只能留给那些欢呼雀跃的鸽友了——他们也如同信鸽一样不知是幸福还是悲哀。

老甄取出一张纸片，悄悄地丢到了窗外。老甄是领导，那纸片是更大的领导给的，上面写有一个名字。他想，回去以后他就放出风去，他这次外出是看病的。什么病？就说得了短时失忆症。

他们坚毅地向前驶去。布满晚霞的天空如火，亦如血。

（原载《羊城晚报》2016 年 5 月 23 日）

香烟有毒

葛成石

在科室待过的人都知道，平静掩盖之下的是多么微妙的状况，就如薇、霏和她们的科长一样。

科长说，薇，你打这份文件；霏，你将申报表送一号去。一号是他们对局长室的简称。科长吩咐工作不带一丝表情，怕浪费似的。

霏刚出门，科长的表情就奢侈了，笑且露齿地说，今晚有美国大片，你动心吗？薇其实想看，却说，没心情。科长保持着表情，他不敢奢望她答应，只希望她能多说几个字，好让自己的表情有个台阶下，不至于这么僵着。但薇埋头打文件，科长只好躲出去抽烟。

你怎么还在门口？科长出门看见了惊慌失措的霏，冷冷地问。霏支吾道，我是要走的，可听你说到美国大片我就动心了。科长，你不知道，我最爱看美国片了，特别是灾难片。科长吐出一口浓烟说，去去去，我只是随便一提。霏扭头就走，走远了，科长嘀咕道，偷听别人讲话，你自己就是别人的灾难。

霏生气地请了一天假。

科长又来讨好薇，又讨了个没趣，只好又躲在外面吸烟。薇觉得过意不去，就说，进办公室吸吧。科长进来，没吸，说要戒。薇说我也在戒，科长愕然。于是科长吸烟，薇讲故事。

我从小闻烟味，爸爸吸，哥哥吸，其他烟民也来凑热闹。峰是哥哥的朋友，也是来我家吸烟的常客。我看见他吸烟的细节，心里就直想笑。

科长不解，薇就娓娓描述。

吸烟的男人按弹烟灰的姿势可分为两类。一类男人是用食指和中指夹着烟在乳白的烟灰缸边上敲着，烟灰难免要撒在桌上。这种男人会把西服随意搭在椅子的靠背上，即使滑落也不能察觉。另一类男人会用拇指和中指把烟捏住，稳当地架在烟灰缸边上的凹口里，然后悠悠地用食指轻点着。这种男人处理西服时会拎起两个衣肩，然后架在椅子的靠背上。峰弹烟灰的姿势属第二类，但与此同时，他的西服也从椅背上滑落。

科长不觉得好笑，但还是很配合地咧了咧嘴。

峰与那些只会像泼妇骂街般在饭后茶余大声数落贪官污吏的人不同，他会一笑置之，并告诉我，当你看到一条污浊的河流，如果你不能下去清理，就别站在河边喋喋不休，不如做自己的事去。当时我待业在家，在每天都"享受"着他人的愤世嫉俗之时，峰的几句像烟雾一样从嘴里轻轻飘出的话语竟让我感动了很久。

科长听完，眼神拂过一丝不易察觉的忧伤，看着薇，你爱上他了？

是的，那是多年前的事了，那感觉像爱上香烟的人一样，我一直在戒，再不戒掉，就是典型的剩女了。

那是一种精神寄托，选择了就要和毒性一起接受。

薇叹了口气，说，你不知道，一年之后，我发现了他的婚戒，那一刻我捉住他的手，很懊悔，很疼痛。峰平静地说，其实我一直戴着它。是婚戒硌痛了手，还是手纵容了婚戒？我终于将手抽出来，张开食指和中指。峰顺从地在中间放了一支烟，我平生吸过的唯一的一支烟。一个饥饿的旅人，当他欣喜若狂地找到一棵野菜，却被警告说那有毒时，你能体会到那种心情吗？

科长沉默许久，说，所以你就一直没心情？

科长后来又邀薇看电影。看在他听了自己讲故事的分儿上，薇答应了。是夜场，看完后他们又去公园散步。科长说，你的手机借我用一下。薇给了他。走到黑暗处，薇站着不愿再走。科长笑问，此时你最想要什么？薇说手机快用完还我，我要灯光。科长坏笑，薇才知道借手机是科长策划的恶作剧。科长划了一根火柴，薇赶紧借着豆大的火光，沿着来时的路冲出了那片黑暗。

第二天科长问，昨晚最难忘的是什么？薇说火柴。科长说，其实从黑夜里走出来之后，打火机、蜡烛、手机，没有比不过那根火柴的。科长说这话时没有讨好的表情，他俨然是个哲人。

薇对科长的话琢磨了很长一段时间，直至走进结婚礼堂。主婚人问科长，你为什么娶她？科长说，是她让我戒了烟。主婚人又问薇，你为什么嫁给他？薇说是他让我戒了"烟"。台下哄笑。

婚后回去上班，眼前的一幕让薇和科长惊异莫名：办公室烟雾弥漫，深锁着霏孤单的身影，浓烈的香烟味呛得她泪流不止……

（原载《百花园》2016 年第 6 期）

押　解

曲文学

　　嫌犯葛文被列为网逃不到一个月，即被山东警方抓获，真可谓法网恢恢疏而不漏。裴所长得到消息已经是深夜，兴奋得一夜没合眼。这个案子耗费裴所长大量心血。裴所长盘算着如何将嫌犯葛文成功押回案发地。

　　第二天一上班，裴所长召开班子会议，制订押解方案。裴所长找来地图，从他所在辽东半岛的这个镇子到嫌犯落网的山东半岛 D 市，走捷径须从大连登船走一段水路。确定完押解路线，裴所长斩钉截铁地说，这次押解任务非同小可，决定自己亲自出征。

　　押解小组四名成员，除了办事利落的小张和小李两位年轻警官之外，裴所长特意提名老警官王海参与此次押解任务。这次让王海出马，裴所长心里有自己的盘算。

　　领到任务，王海颇感意外。几天前，王海挨了处分，还在全所大会上做了深刻检讨，连日来情绪低落。王海挨处分的原因是工作时间违规饮酒。那天，王海从吉林来了几个多年不见的战友，中午招待，没控制住，喝了一杯白酒，本来王海酒量大，在全所没人可比，一杯白酒下肚一点儿问题没有，可警察这职业有禁令，工作时间禁止饮酒。按说饮酒后下午请假回家休息也就罢了，可偏偏单位下午来了案子，王海想回单位干点儿活，也赶上凑巧，被上级警务督察堵个正着。挨了处分后，老婆孩子都劝他戒酒，管不住嘴头子，受处分犯不上。王海自己心里也明镜似的，年纪大了，血压偏高，又有严重的酒精肝，从身体状况考虑，也该戒酒，王海决心把酒戒掉。

　　裴所长带队即刻启程。小张驾车，走沈大高速，两个半小时行程来到大连港，上了滚装船，晚上发船，连人带车，天亮到烟台港，再开车两个多小时来到 D 市。在 D 市公安机关办完移交手续，时间还来得及，简单到街面转了转，吃了顿午饭，然后拿移交手续到看守所提人，将嫌犯葛文反戴上手铐，又砸上脚镣，小李和王海一边一个，将嫌犯夹在车后座，开车直奔烟台港，傍晚登船。

嫌犯葛文有过犯罪前科，是派出所列管的重点人口，平时嗜酒如命，又染上赌博的恶习。一个月前，在牌桌上与赌徒刘四发生争执，便大打出手，到厨房取来菜刀，将其伤害致死，作案后逃之夭夭。案发后，派出所将情况上报县局，多次组织民警在葛文有可能藏身的地方进行抓捕，未果，将其列为网上逃犯，全国通缉。

押解嫌犯有两怕：一怕脱逃，二怕自残。接下来嫌犯的安全问题是这次押解行动面临的首要问题。裴所长一行进入船舱，舱内上下铺共四个床位。裴所长安排小张到上铺只管睡觉，因为明天一早下船小张还要驾车；又示意王海出去买些熟食和方便面，顺便再买回一瓶二锅头、几瓶啤酒。王海心里不解，这押解命案嫌犯责任重大，裴所长哪来的酒兴？

裴所长命令王海陪葛文喝酒。王海一脸惊讶，说，啥？裴所长把王海拉出舱外，沉下脸，压低声音说，今天让你喝酒是执行任务，少废话！

王海只好遵命，把茶几放到两床之间，摆上吃食，给嫌犯葛文解开手铐，对饮起来，边饮边教训起葛文。王海说你葛文真是太糊涂，你持刀伤人致死，人家的妻儿老小今后怎么办？你进了监狱，你白发苍苍的老母今后怎么办？王海还说，接下来需要你认罪服法，或许还有机会……说得葛文鼻涕一把泪一把，直愣愣地看着王海说，我怎么没早些认识你呢！酒过三巡，葛文还主动交代了警方没有掌握的一桩盗窃案……喝到最后，嫌犯葛文一头拱到床上醉死过去。

裴所长听葛文一夜鼾声如雷，暗自得意。熬到天亮，轮船到港，裴所长叫醒死猪一样沉睡的嫌犯葛文，为其重新戴上手铐，押解上岸。

将葛文关进县局看守所，回到镇上，裴所长这才长长舒出一口气。午饭时，食堂特意加了几道菜，裴所长开场白说道，这次押解行动，王海同志立了首功，我们给点掌声。顷刻间，掌声雷动。王海涎着脸说，无酒不成席，要不，咱们喝点，继续执行任务？

喝点？裴所长说，你想得美，记住了，你的处分还没解除呢。王海急了，说所长你这不是卸磨杀……杀……

杀啥？裴所长脸一沉，你家嫂子可是有言在先，在家，她管着，在单位，我管着，这次的功劳先给你记下，想喝酒，门都没有。

吃完饭，裴所长拽上王海出派出所大门，沿街向东走去，那里有一处宅子，住着嫌犯葛文白发苍苍的老母亲。

（原载《小说林》2016年第3期）

霸　王　车

曲文学

最近发生在我身边的一件事，用一句网络时髦用语，堪称"奇葩"，我慢慢说来给你们听。

这天一早，我直接去局里参加一个会议。刚落座，接到我们派出所孙警官的电话，说是有一对老人带着孩子，到派出所找我，自称是我的亲属。我说，估计得中午才能散会，让他们改日再来找我。孙警官过了会儿又来电话，说老人家只想在这等着，年纪大了，不想来回折腾。

傍中午我回到单位，看见接待大厅坐着一对老人，走廊里一个男童正不安分地跑跳，我一眼认出这对老者果然是我的亲属，是我的姑姥和姑姥爷。男童我不认识，应该是他们二老的孙子。我把二老搀扶到二楼的办公室，安抚他们坐下。那个男童也跟着进屋，在沙发上不安分地蹦跳，姑姥爷一个劲地呵斥，我说，孩子嘛，让他闹去，甭管他。

说来惭愧，很多年，我没见到我的姑姥和姑姥爷。我询问二老的年纪。姑姥爷八十七岁，姑姥九十一岁。真是高寿，而且还能亲自登门找我办事。姑姥爷喝了一口水，跟我说明来意。

原来，二老有一个儿子，论起来我应该叫表舅，平时不省心，几年前犯罪被判了重刑，至今还在监狱服刑。儿媳外出打工，杳无音讯，扔下这个九岁的男童在爷爷奶奶身边。由于我这个表舅不务正业，孩子生下来一直没上户口，姑姥和姑姥爷考虑到自身年岁已大，想在有生之年把孙子的户口给落上。不知道二老怎么知道我在派出所当所长，就这么找上门来。

（讲到这里，诸君会有疑问：九十一岁的老人会有一个九岁的孙子？在此说明一下，这不是我文字上的疏忽，为了保持故事的原汁原味，我不想做任何改动，事实就是如此，否则何谓"奇葩"？）

还好，孩子的户口可以落，政策允许。由于孩子年纪偏大，需要履行一些手续，很烦琐。我实在不忍心再让耄耋之年的二老为此事奔波，便应承下来，说剩下的事交给我，二老尽管回家等着，落完户口我会把户口本亲自奉上。

"奇葩"的事情就是接下来发生的。

我喊来孙警官，安排他开我的车，把二老及孩子送回家。姑姥爷忙起身摆手说不必麻烦。我说车是私家车，不是公车，又是午休时间，不违反纪律，我总不能放下二老不管吧？

姑姥爷神秘地笑了笑，说他是开车来的。

八十七岁的姑姥爷开车来的？我惊住。姑姥爷顺着二楼的窗口往下一指，果然门前停放一辆车，是电动三轮车，带篷。姑姥爷说车是他开来的，拉着老太太和孩子。

我搀扶二老下楼，来到三轮车前，九十一岁的姑姥没用我动手，已经抬腿迈上车，这时小孙子也麻利地上车，并排跟奶奶坐在一起。

我说，姑姥爷，能行吗？

姑姥爷冲我挤了挤眼，说，咋不行？我每天都这样开车满大街跑呀。

我再次惊住。啥？整天满大街跑？

对呀。我整天满大街跑，开车拉脚，靠这个吃饭呢。说这话时，姑姥爷的车已经发动。

我好奇地问姑姥爷，坐这车的人都是些什么人呢，谁这么大胆子？

姑姥爷说，外孙啊，你算说对了，十有八九的人不敢坐我的车，可一天下来也能拉上几个的，也能赚几个零花钱，坐我车的人也是图我哪都敢跑，没人抓。这么多年过来了，也没觉得自己老，现在看看你姑姥都过九十了，才发觉真是老了，不服老不行啊，等把孩子户口落完就不做了，向政府申请个低保，彻底在家养老喽。

最后，姑姥爷竖起大拇指，说，你们警察真够好，从来不难为我，不抓我的车，有的警察看到我，还特意把脸别过去，装没看见，代我谢谢这些警察！说完，姑姥爷的车已经冲出去，沿大街一溜烟远去。

我心里一阵酸楚。心想，姑姥爷的车才是真正的霸王车，在这座小城，没人能管，也没人敢管。我能理解管理者的心态，这种事，不管是失职；管吧，更麻烦……

（原载《小说林》2016年第3期）

辑六

四个五角粽

肖复兴

母亲这几年身体大不如前，每年端午节的粽子，不再亲自动手包了，都是孩子们到外面买五芳斋的粽子吃。母亲包的粽子，可比五芳斋的要好吃得多，不仅是里面的糯米和五花肉好吃，就是外表的五个尖尖的角翘翘的，也好看。儿子吃完了五芳斋的粽子，常常这样对母亲说。

去年端午节前，母亲忽然兴起，让儿子按照她的要求，买来江米、五花肉和粽叶，要亮亮手艺了。儿子明白母亲的心思，老人是特意包给唯一的孙子吃的。孙子去年暑假去美国留学，读研究生。一年没有回家了，奶奶想孙子，平常不说，做儿子的心里明镜似的。而且，以往孙子最喜欢吃奶奶包的肉粽。

儿子买回来东西，摊在母亲的门前，笑着说："您给您孙子包好了粽子，得等一个来月呢。"母亲笑眯眯说："包好了，冻在冰箱里，等孙子回来吃，照样新鲜好吃。"您这是想孙子心切呢！儿子心里说，没有把话说出来，只是看着母亲把五花肉煨好，把江米泡好，把粽叶一片片挑好，用剪刀沿尖剪齐，也泡在清水里，红的红，白的白，绿的绿，还没包，光看颜色就那样好看。

母亲要等待端午节的头一天晚上，才会上手包粽子。这是老人多年的老规矩，说是时令的食品就得讲究时令，这时候包的粽子米才糯，肉才香，粽子才有粽子味儿。以前，母亲在包粽子前念叨这套经时，儿子总笑。只有孙子支持奶奶，说老规矩就是民俗，能够成为民俗的东西，就得信。

去年的端午节前夕，母亲一个人坐在灯下包粽子，不让人插手。儿子看得出来，母亲很享受包粽子的这个过程，像一个戏迷自己在静静的角落里神情专注地唱念做打，一丝不苟，自得其乐。而且，她是把对孙子的感情和思念，一起包进了粽子里面。只是，母亲的身体真的不如以前，她的动作显得迟缓多了。一盆粽子包好了，她从那一盆粽子里挑了四个粽子，放进冰箱里。母亲说，多了也吃不了，四个，图个四平八稳！儿子看明白了，那四个五角粽，个头儿一般齐，是包得最漂亮的。

盼了一年的孙子回来了，从美国给奶奶带来了好多礼物，其中包括奶奶最爱吃的黑巧克力。奶奶那一宿都没睡好觉，第二天早早就起来了，从冰箱里拿出那四个五角粽，解完冻之后，坐上一锅水，把粽子煨在锅里的笼屉上，等孙子一醒就端上桌，作为迎接孙子的第一顿早餐。

孙子一觉睡到快中午才醒，别人都上班去了，家里只有奶奶。奶奶端来粽子，孙子笑着说："起晚了，起晚了，我和同学都约好了，要迟到了，奶奶，我得先走了。"奶奶端着粽子，望着孙子风风火火的背影大声说："是你爱吃的粽子，你就回来吃吧，别忘了。"孙子大声回答："行，您放在那儿吧，我回来吃。"

都是大学同学，一年没有见面了，聚会一直闹腾到半夜，孙子回到家里，累得倒头就睡，早把奶奶的粽子忘在脑后。问题是，这一天晚上忘了情有可原，却几乎是孙子天天有聚会，不是大学同学就是中学同学，还有从美国一起回来的研究生同学从外地到北京来玩。孙子几乎是脚不沾地，风吹着的云彩一样没有停下来的时候。

一直到暑假结束，孙子回美国读书去了，那四个五角粽还放在冰箱里。儿子发现粽子已经有些变馊，悄悄拿出来，扔进了垃圾箱。

今年的端午节又要到了。老人却已经病逝了。

（选自《北京晚报》2016 年 6 月 4 日）

竹　针

谢志强

父亲去世后，母亲拆了父亲的遗物——驼毛绒线衣。她开始打毛衣。我甚至能听见竹针编织毛衣的声音，仿佛是骆驼在沙漠里行走的声音。

父亲是个老兵，曾在塔克拉玛干边缘待了四十年，在荒滩上开垦出绿洲，离休后，落叶归根，回到江南水乡。相当长的一段时间，他已不习惯了这里的生活，嫌这里又潮又热。他总是穿着驼毛毛衣。其间，毛衣开线，母亲补过几次，后来，索性拆除，打了一件毛衣背心。

我想，要再拆了再打，就不够毛线背心的材料了，那还能打出什么？父亲的死，终止了我的担心。现在，我不知道母亲又要编织出什么。

我想，母亲的心里一定在想象中把她和一件织物套住一个人吧？每一样事情，母亲都有她的想法，她总是要我按照她的想法行事。而且，她事先不透露她的想法，到我做得差不多了，她就提出异议。我不得不妥协。

要是我坚持，她会说：一把屎一把尿，养了你这么大，现在翅膀硬了。

姐姐突然来电话，说：现在我在火车站。

我手忙脚乱，说：你怎么预先不来个电话？

姐姐继承了母亲的行事风格。她说：老娘要回农场。

那是父母"战斗过的地方"，跟天斗，跟地斗，其乐无穷。母亲已九十高寿了，怎么说走就走？

母亲仿佛返回青春年代，开始收拾行李、包裹。

我在旁边说：趁这个时候，该丢掉的东西要丢掉了。

父母返回江南的时候，也是大包小包，里边盛的都是旧物，我的眼里，那都是没用的东西。现在，几乎都重新带回。有些东西，根本没用过，只是过了梅季，拿出来晒一晒，然后又得存起来。简直是旧物来回旅行，岂不是瞎折腾吗？很可能，今后还是不用。

趁母亲不注意，我偷偷地把一些旧物塞到她看不见的角落。可是，很快被她察觉。她督促我找出来，重新装进包裹，还用绳子系住。

我不得不佩服母亲的记忆。每一件旧物，她都能说出来路，甚至故事。我拎起来，说：这么重。

母亲说：你别再去打开。

仿佛一地的包裹是小孩。母亲在农场时，是连队托儿所的所长。

我知道已拦不住母亲。商定了托运行李包裹。可是，母亲说：包裹跟着我走。我反复劝说，托运包裹相当保险，不会像小孩那样失散，随身携带包裹，是顾着你，还是顾包裹？

临走的晚上，母亲拿出驼毛绒线背心。显然，她把织背心的进程和姐姐来接的时间扣紧了。

我仿佛穿上了母亲的想法，说：紧了。

母亲说：穿一穿就宽松了。

反正，母亲已经不能监督我穿了，这是父亲穿过的毛衣，我不愿穿。我甚至想，毛背心会紧缩起来——母亲在打毛衣时施了咒。我说：冬天穿。

我在整理母亲随身带的一个拎包时，发现了一束竹针，万一母亲不慎跌倒，竹刺从包里刺出来呢？竹针纤细光滑，它不知织过多少羊毛、驼毛织物，已经磨瘦了许多，能看出竹子质地的天然纹路。

母亲夺下我手中的竹针，像抢救那样，说：你想干啥？它还有用。

第二天，我送她们乘火车。母亲突然问：托运的包裹会不会跑丢了？

于是，我按照火车线路，想象她们到了哪一站，然后，转车。五天后，中午，我给姐姐打电话，她说：早晨到达农场，妈妈还没醒。

我说：这么漫长的路，她一定累了。

姐姐说：行李也同时到达，妈妈整理了半天。

我说：怎么那么着急？放一放又怎样？那些旧物带来带去，不晓得丢弃，可能最终也派不上用场。

姐姐说：少了一样，竹针。

我说：不会少吧？是不是途中，竹针钻出去了？

姐姐说：妈妈让我叫你找找。

我想到母亲像对待托儿所的小孩那样守护着旧物的包裹，我说：我拿出，她又放进去，我怕它出危险。

姐姐说：妈妈临睡前，还不停地念叨，竹针用了七十年了，你就说找到了，不然，她不肯罢休。

我要姐姐传达"找到了"的信息。一刻钟后，姐姐打电话过来，响起母亲的声音，我连忙说：竹针找到了。母亲说：寄过来。我说：现在谁还打毛衣呀？我保证给你保管好。

接着的日子，又通了几次电话，姐姐在电话里喊，我知道，母亲在姐姐的旁边，姐姐对着母亲的耳朵传达我的话：竹针找到了，弟弟负责保管。

冬天第一场雪。姐姐来电话。母亲在电话里说：农场下雪了，很大很厚很冷。我说我们这儿的雪也响应了。母亲问：驼毛线背心穿上了吗？

其实，驼毛线背心压在箱底。仿佛母亲就站在我面前，我拍拍胸口，说：穿上了，很暖和。母亲像突击抽查，说：打毛衣的针呢？我迟疑了一下，说：啊？哦哦，在在在，保存着呢。

猛然，我想到骆驼——沙漠之舟，在茫茫沙漠里行走。我想象我骑着双峰骆驼，驼峰已塌塌了。我渴了。骆驼的鼻子一缩一扩，嗅着干燥的沙漠。我终于松开了缰绳。骆驼不再按照我的意志走。我知道，骆驼前往的方向，某一处一定有水源。

（原载《鸭绿江》2016 年第 3 期）

正午的气息

王方晨

还在放学路上，俺就听到了猪的哀嚎。当时耳朵就那么好使，俺能听出是雁来家的猪在叫。俺远远看见村口站着一圈人，地上临时砌了个简陋的锅台，一下子就明白，生产队里杀猪了。猪已经不叫了，俺忽然发起呆来，停在一棵老榆树下，那样直直地望着。

人圈子终于闪开了一道缝，那头猪软塌塌地躺在一个破案板上，脑袋耷拉着，嘴里、鼻孔里、耳朵里、脖子下面，咕嘟咕嘟冒着血沫子。

这时候，俺看到了光棍汉小起儿，他在县城当临时工，可能今天该他休息。只见他光着黑亮的膀子，站在猪头后面，手拿一把又尖又长的杀猪刀，上面鲜血淋漓。

俺很怕小起儿。俺敢说村里每个孩子都害怕小起儿。

直到众人七手八脚，给那头猪煺了猪毛，俺才离开那棵榆树。俺的心情已经轻松起来，脸上也像别人一样，泛起了欢天喜地的笑容。小起儿又出现了，手起刀落，猪肉一片片落到了各家提来的篮子里。

肉分好了，俺连午饭也没来得及吃，就又赶着去上学。

路过雁来家时，俺发现了蜷缩在墙角里的雁来，心就咯噔一沉。从他的姿势来看，他在墙角蹲了很长时间了。墙角里的阴影笼罩着他，就像他身处另一个世界。这时候，俺猛地想到这是夏季，生产队怎么想到了杀猪呢？印象中，猪肉只能是一年吃一次。每到过年杀猪，那口专门用来烫猪毛的大铁锅，都已锈迹斑斑。

晚上，俺娘把猪肉全煮了，但大部分猪肉被俺娘盛在了一只黑陶瓷罐里。刚放下筷子，俺娘就让俺明天给姥姥家送去。

姥姥家住十五里地之外，俺也单独去过，不会迷路。但俺娘怕俺累着，就打算请人用自行车捎俺一段路。她出去不大工夫，就回来了，对俺说："你跟小起儿叔叔去，在三里窑岔路口下车，别坐过了。"

俺一听就愣了。油灯的灯光昏暗，俺娘没能看清俺的眼神，她又忙别的去了。

第二天是星期天，俺娘一早把俺叫醒。在俺娘扶持下，俺坐上小起儿的破自行车。小起儿骑得稳稳当当，但俺不敢掉以轻心，紧张得浑身都出了汗。

出了村子，到了田野上，道路两边都是庄稼。小起儿速度慢了下来，忽然说："下去！"俺一惊，还以为他要把俺丢在这里。谁知他是要撒尿。俺听到了他不怀好意的笑声，往日对他的恐惧陡然出现在俺身上。不行，俺得从他身边逃开！

俺提着猪肉罐子，快步向前走。但他跟着就追了上来。他笑着叫了俺一声："你生气了吗？"他嬉皮笑脸的态度让俺大为恼怒。俺一横心，就往他的车座上跳，但俺一跳，他就猛地往前一骑，使俺落了空。俺尝试再跳，他仍然猛地往前一骑。反复了几次，俺也没能坐上去。俺差点急出泪来了。俺极力按捺住内心的委屈，跟上去跑了几步。这一回俺跳上去了，但猪肉罐子当的一声，在自行车上碰了一下，俺心里随着打了个青白相间的闪电。

小起儿骑得歪歪扭扭，但俺早有防备，他没能把俺甩掉。后来他又骑稳了，开始跟俺说话。

"队长的小儿子昨晚拉肚子你知道吗？"

俺不吭声，咬着嘴唇，怕中了他的奸计。他告诉俺："最肥的肉都割给了队长家，他儿子这些天馋肉吃，馋得厉害，逮着大白肉一气吃了一大碗，不拉肚子才怪呢。"

接着，他就捉弄俺："你娘的肉香不香？"

见俺不答，他就说："你娘的肉肯定没队长家的肉香，你家分的是臀尖。"

从小起儿背后，俺总算探头看到了那个岔路口。小起儿的嘴却一刻也没停，俺猜他装着不知道分手的地点就要到了。俺做好了随时下车的准备，出乎意料，他慢了下来。俺心里一时充满了对他的感激。

就在俺刚要往下跳时，他又加快了速度。转瞬之间，就把岔路口甩开了。看着岔路口飞速往后移去，俺惊呆了。自行车弹跳一下，俺已经一头摔到了地上。

看着散落一地的猪肉，俺再也忍不住，哭了起来。时间不知不觉，到了正午，但俺不愿走开。那些猪肉在阳光的直射下，透过狼藉的污泥，冒出了晶莹细小的油珠。俺的鼻子又是一酸。

"小孩儿，这是怎么了？"俺听到了一声亲切的询问，抬头一看，见是一个中年男人。俺敌视地瞪着眼睛，他朝俺俯着身子，身穿土黄色衣服，头发、胡子、眼珠都是土黄色的，肩上落着几粒高粱花子。

他搭眼一瞧就明白了，笑着说："猪肉罐子打破了不是？"

俺的泪又要下来，但他止住了俺，神情自信，压低了头，对着那些猪肉和陶瓷碎片，"噗——"吹了口长气。

俺简直不敢相信，罐子完好无损，散落在地的猪肉也不见了。掀开罐子盖，猪肉暖融融的，泛着白白的油腻，一片不少地躺在里面。俺的头皮猛一多，那人对俺笑一笑，闪进了路旁的高粱地里。

俺的反应很快，略微一愣，就叫声"大叔"，跳起来，拎起猪肉罐子，追了过去。俺希望拿到一点证据，不然谁也不会相信俺会遇到一个精灵。即使薅他一根胡子也够了，在俺见过的人中，还没有一个人长着那种卷曲的土黄色胡须。

（原载《小说月刊》2016 年第 2 期）

纽　　扣

徐慧芬

　　艳阳高照，她右手打伞罩着我，左手搂住我的左肩。异地风情，加上这份陌生的亲近感，让我有点神思恍惚。

　　一袭旗袍裹住她窈窕的身体，我好奇，职场奔忙的女性，怎么爱穿旗袍呢？她却笑着对我说，我要用中国女子最隆重的服饰来迎接您。

　　我确实是恍惚的。

　　五年前，她突然出现在我面前，我已经记不得眼前人了。她轻轻地报了自己的名字，又说了自己是哪一届的学生。她说，老师还记得吗，那时我长得瘦小，坐在教室靠墙一排的第二座。有一次你让我回答问题，你说答得不错呀，可是为啥这么紧张呢？还有一次画女孩头像，你过来给我改了几笔说，你看，这样就美了……

　　类似这样的话，我当然是说过不少的，可是我确实记不得她了。教了多年的美术，特别有天赋的孩子、格外顽劣的捣蛋鬼，那些面孔记忆中是不易褪去的。而她，太普通了。

　　她看出了我的茫然，帮我解围。她说，我初二时搬家转学了，您只教了我一年，当然是不记得了呀！后来我大学考到外地，又在当地工作成家。故乡我一年也难得回一次，但我一直在找您，打听了很多人呢！

　　这一次的突然造访后，我们开始了联系。以后几年里隔一段时间都有她电话中长长的问候。今年十月长假前夕，她又一次出现在我面前，不由分说，要带我去她生活的城市看看。她说，您去领略一下南国都市的风貌吧，我在乡间也买了房子，那儿有山有水空气好，您也会喜欢的。我感动之余，终究还有着不安和疑惑，毕竟我这个每星期只上他们一节课的副课老师，从来也没有给过她特别的照顾和关心，她却如此牵挂。

　　现在，我正被她拥着走进一家服装店，她一眼指着模特身上那套华美的裙装，让我试穿，并要为我买下。她说，您身上的衣服实在太朴素了。

见我执意不肯，她很是失望，脸也红了，然而她的手臂仍搭在我肩上，那般温热。

到家后，我才发现，我外衣左肩缝处的线脱开了寸半，白色的内衣背带露出一截。她是早已发觉，只是默默将那只温热的手，遮住了我的难堪。我的眼眶湿了！

她说，老师您坐着，衣服不必脱下的，我找出针线来，马上帮你缝合好。

她边缝边说：老师，您现在写小说了，我给您讲个故事吧！这个故事藏在我心中好多年了，您可以当素材哦……

从前有一对夫妇有两个孩子，大的是女孩，小的是男孩，开始父母也喜欢女儿的，后来儿子的学习成绩要比女儿好，他们就渐渐不太喜欢女儿了。为此女孩开始自卑，做事也常常丢三落四。有一次，这个刚读初一的小姑娘，早上去学校途中，外裤腰上的一粒纽扣掉了，那时候裤子不用拉链的，眼看裤子就要掉下来，她赶紧捏着裤腰往家走。到家后她让妈妈找粒纽扣帮她缝上，上完夜班刚回家的妈妈劈头就是一巴掌，对她吼：这么大的姑娘，临上学，裤子上的纽扣也弄丢了，你就拎着裤子去上课吧！

小姑娘怕迟到，就一路拎着裤腰，奔到学校，上课铃已响，她不知道怎么办，就躲进厕所里哭。这时有个穿蓝大褂工作衣的老师进来了，后来这个老师就让小姑娘跟着进了她的办公室，老师拿出了针线，可是没有找到纽扣，这时只见老师从身上的蓝大褂领口处拽下了一粒，那是一枚像两分硬币般大小的蓝色胶木纽扣。但是纽扣大，扣眼小，老师又用剪刀在扣眼处剪了一刀。老师说，你坐着，裤子不要脱。后来老师蹲下来，先把剪开的扣眼锁上边，然后再把纽扣钉上，再然后把女孩送往教室。从那时起，女孩在心里告诫自己，我以后一定要变得好一点，要有进步，要有出息，为此她也一直在努力着……

她的声音哽咽了，而我记忆的潮水一下子涌到眼前——看到了那个躲在厕所一隅埋头哭泣的女孩。

她放下针线，双臂拢过来，拥抱我，轻轻说：老师，我一直记得您。

（原载《小说界》2016 年第 1 期）

树

刘　公

晚饭后的朱家湾，悄悄地进入了梦乡。

父亲和朱家湾的大哥带着我，在轮廓模糊的山坳里，深一脚浅一脚地走向卧云寨。没有月亮，没有星星，一切被黑乎乎的夜色所笼罩。五六岁的我，第一次在没有手电的夜幕里摸着黑，心里惶然不安。

卧云寨是朱家湾方圆几十里最高的山，清朝和民国时期常有土匪盘踞，现在不知是否还有坏人；还有，山上葳蕤的树林里是不是有狼，山下茂盛的草丛里是不是有蛇，这些，我都心有余悸。

一路上，除了我们簌簌的脚步声，原野死一般地沉寂。父亲肩挎一把锯，大哥腰里别着砍刀，我在后面循着他俩的脚步，深一脚浅一脚，不知走了多长时间，终于到达卧云寨山下的一个水库堤下，爸爸指着一棵楝树，小声对大哥说："我瞅了它两年多了，才长成现在这样子。"

"二爹的眼光真好，它可以做四条扁担。"大哥应声，随即对我说，"全顺看着点，发现灯光，赶紧跟我们说。"

"嗯。"我说。

爸爸和大哥坐在地上，摆开架势一推一拉地锯树，声音在田畴里一起一伏。

可能不太顺手，爸爸和大哥锯一会儿歇一会儿，大概是第三回歇息时，大哥喘着气说："二爹呀，你解放初当县公安局副局长，后面跟一个警卫，多风光啊！后来你又当万福乡乡长、历山派出所所长，你要是一直干下去，我们何必偷偷摸摸，吃这苦？"

"唉——好汉不提当年勇啊！"爸爸叹了口气，没有叙说他辉煌的过去。

爸爸向来不给我们讲他从政的往事，只是偶尔从别人的口中听到那么一两句：有说是爷爷担心他的安全，让他辞职回乡下；有说是母亲被划为地主成分，担心他政治上不可靠；有说是他不听规劝，对入党持消极态度，等等。但在我的心目中，那一直是个谜。

楝树好不容易才被放倒。爸爸和大哥选择下面直直的一段，又锯了好一会儿，才抬起往回走。他们走得很快，走一会儿换一下肩膀。

我扛着锯子，上气不接下气地一路小跑着，刚开始还能勉强跟上，后来实在跑不动了，落下二十多米远。

听不到我的动静，爸爸和大哥在一个平坦点的地方，把树木甩下肩膀，停了下来。爸爸等我走近了，问道："全顺，是不是累了？"

我小胸脯一挺一挺地喘着气，稍候才说："我不累，主要是太饿了。"

"你没吃夜饭吗？"大哥问。

"吃了，花生壳面馍馍太苦了，我吃了几口，实在吃不下去。"我说。

爸爸撩起衣襟给我擦了擦汗，"唉——"叹了口长气，然后从胸前衣兜里摸出一个柿子，对我说，"全顺，这个柿子我暖了四五天了，已经软了，你尝尝，看涩不涩？"

我接过来咬了一口："嗯，不涩。"我吸溜地吃着，生怕汁液流出来，没吃进我嘴里，浪费了。这个柿子太好吃了，是我有生以来吃到的最好的柿子。

"爸爸，要是再有一个就好了。"三下五除二干掉那个柿子，我的肚子还是有些饿。

"你以为弄个柿子容易？虽说生产队里柿子树很多，但那是公家的。我是在落果里挑了个最大的，揣在身上暖，想着你正是长身体的时候，说不定能给你充个饥。没想到，这就用上了。"

"谢谢爸爸为我着想。"我终于知道，柿子还可以当饭吃。

那天夜里之后，我几次爬到后山柿子树上挑大个儿的摘，每次都是扎紧裤腰带，把柿子塞满前胸后背，不敢走正门，悄无声息地在院墙外的小洞里，一个一个地把柿子推进院内，然后沤进院子水池的泥巴里，一般五到七天，就可以刨出来吃了。不过，柿子还是硬的。

这件事藏在我心里多年，一直到父亲去世，我都没有胆量告诉他。

那截楝树做成的扁担，后来果真派上了用场。在我十二三岁的时候，生产队里把柿子分到各家各户，大家都舍不得吃。我半夜起床跟着大人们步行二十多里，挑到唐镇去卖，尽管一个柿子才一分钱，肩膀被扁担磨得流血，但几角钱能换来火柴和食盐，结余的还能给我和妹妹们攒点学费。

唉——那些饥饿的年月，树是我们真正的依靠。

（原载《小说月刊》2016 年第 2 期）

套　中　人

秦德龙

他不说确定的词，不说"是"或者"不是"。不说，从来不说。他习惯于说"好像是"，好像是东，好像是西，好像是里，好像是外。他这么说，任由下面的人，体会去。

下面的人，认识很深刻，听他说"好像是"，就说，那就是了，照此办理就是了。也真是的，凭着这个理解，许多人都得到了提拔。

当然，他习惯于说"好像是"，也就是给自己留条后路。假若某一天，有人摸出"变天账"来，他说过的"好像是"，就可能成为什么也不是。"好像是"对保护他来说，是很有利的武器。当然当然，变天的可能性是很小很小的，有他哥哥在上面罩着，没有什么过不去的沟沟坎坎。哥哥在一家大型国企当党委书记，很有人缘。

他开口闭口就是"好像是"，真的让他平步青云，势如破竹，摧枯拉朽，锐不可当。

就在他踌躇满志的时候，意想不到的事情发生了，企业实行"内退"，他被一刀切，切回家了。也没孙子可抱，儿子没结婚。无奈之下，他只好混同于普通百姓，坐在马路边，打牌去了。

他哥哥不能管他，反而给他做工作，要他服从大局。

退休不退志，何况又是内退呢。他想。

总要找点事儿做。他联络了两个朋友，一块去了趟石家庄，谈一单生意。从石家庄出来，他又提议去北京玩玩。

一瞬间，他们乘坐的轿车就栽了，栽到了隔离带上。小轿车上的几个人，被甩到了高速公路上，只会张嘴出气了。

他好像是最轻的。这时候他想起了哥哥。哥哥此刻正在台湾出差。他也弄不懂，内地国企的党委书记，去台湾干什么？不知道，只有老天爷知道。

当然，哥哥有一个很大的特点，从不说"好像是"。哥哥吐口唾沫就是个钉，从不摆娘娘腔。哥哥经常坐到云彩上看潮起潮落，给大家讲述人生传奇。

现在，这个事儿就很传奇，哥哥居然在台湾接到了他打来的电话。事后，他告诉哥哥，他是躺在石家庄的高速公路上打的。

他在手机里断断续续地说："我好像是出了车祸……在石家庄通往北京的高速上……快来救我……"

哥哥马上从台湾飞回来了，怎么飞的，怎么转机的，在一般人看来，也是个传奇。

他和他的朋友们在北京大医院的病榻上睡了一天一夜。等他醒来，哥哥已经手持鲜花在病房里看着他呢。他这才知道，昨天接到他的电话，哥哥就给北京办事处的人员下达了死命令，要求一定要救活他。好在北京距离石家庄不远，驻京办的人，很快就找到了他们，把他们送到了北京最好的医院。

事情就是这么简单。普通老百姓认为很复杂的事儿，只要哥哥发一句话，一切复杂就变成了简单。

看见了哥哥的笑脸，他真高兴。他开口说的第一句话是："我好像是做了一个梦……"

哥哥说："老二，你真会开玩笑！"

在北京住了半个月，他和朋友们都出院了。回来后，他怎么也见不到哥哥了。哥哥很忙。在一家大型国企里领班子，能不忙吗？

后来，老母亲包了饺子，喊儿女们回家吃饭，他才见到了哥哥。哥哥什么事都没说，不说自己去了趟台湾，不说在北京救他，好像什么事儿都没发生过。

老母亲知道厂里正改革。老母亲不能理解的是，怎么老二退了，老大没退？是不是老二犯了啥错误？

哥哥笑着，问他："老二，你犯错误了吗？"

他摇摇头笑道："好像是……"

不等他说完，老母亲一个巴掌甩过来："我叫你'好像是'！"

他哭笑不得，唯唯诺诺地说："好像是……真不是，就是大概，也许，可能……"

老母亲叫道："老二这孩子，真狡猾！"

哥哥也笑道："老二，你什么也不要说，你就准备接受批判吧！"

（原载《天池小小说》2016年第7期）

大哥的秘密

马新亭

大哥又和父亲吵翻了。

这次是因为父亲过生日，父亲要让上高三的孙子请假。

大哥不同意，说："高三学习很紧张。"

父亲说："再紧张，不就一天吗？"

大哥说："你过生日请假，妈过生日请假，外婆外公过生日请不请？老爷爷老奶奶过生日请不请？"

父亲说："该请就请。"

大哥说："那要耽误多少天，影响学习怎么办？"

父亲："你心里光想着孩子，没有老人。"

大哥说："想着孩子也是为老人。明年再让孙子给你过生日也行。"

父亲勃然大怒："明年我要是死了呢？"

爷俩一句赶一句，嗓门越来越高，吵得也越来越激烈。

在我印象中，每年大哥都与父亲吵几次。

父亲脾气暴躁，兄弟几个从小没少挨父亲的打。有一次，二哥的屁股皮开肉绽，一个新笤帚疙瘩都被父亲打烂。到现在三哥身上还有几块疤，那是父亲用腰带抽的。每一次，都是大哥夺下父亲手里的东西。

也许从小被父亲打怕的缘故，兄弟几个在父亲面前都唯唯诺诺，大气不敢喘，更别说顶嘴。

大哥从小也没少挨父亲的打，但大哥却是兄弟们中的另类，从来不顺着父亲。

有一次，三哥要往省城调，征求父亲的意见。

父亲摆着手说："不去。"

三哥满脸不高兴地说："为啥？"

父亲咳嗽一声："我养起你们来容易吗？都跑了，我病在床上怎么办？"

三哥张几次嘴，始终没说出一个字。

大哥突然说："去，怎么不去？人往高处走，水往低处流。家里有我！"

父亲大怒："就凭你，指望谁也指望不上你，平常连句话你都不饶我，还能指望你伺候。"

大哥没好气地说："别听咱爸的，该去就去。"

父亲骂道："你就是一个不孝之子，你当老大的没带个好头，你不孝顺不说，还领着他们不孝顺。"

结果，又大闹一场。

有一次过节，全家聚会，父亲喝上酒，又开始唠叨我们耳朵快磨起老茧的陈年老账，说他养起我们多么不容易，最后又重复上万遍的一定要孝敬他的话。没想到，大哥又忍不住开腔了："咱们兄弟教育孩子几个千万别像咱爸这样，从小就教育孩子听老人的话，别回嘴，不教育别的，光教育孩子孝敬，要多教育孩子长大，有作为，有事业，那才是最大的孝敬。不要让孩子生活在一种不孝敬就有负罪感惶惶不安的阴影下，给孩子多大的压力！不需要任何回报的爱才是真爱、大爱。"

父亲拿起一个碗朝大哥的头上砸去，大吼一声："你这个不孝之子！"

一顿饭又闹砸了。

从那大哥很长时间不回家。

几周后，我劝大哥："你周六回家吃饭吧。"

大哥叹口气说："回去干啥，见面老吵架，不如不回去。"

几月后的一个晚上，我给大哥打手机："哥，你回家吃饭吧。"

大哥说："其实我挺想家，但又怕回家，怕回去惹爸生气。"大哥沉默一阵又说，"现在，我才明白为什么那么多儿女不回家，其实他们都很想家，很想回家，可他们又很无奈，与其回去惹老人生气还不如不回去。你答应我，对待咱的子女可别这样啊！"

不知怎么回事，听完大哥的话，我眼里涌起热泪。我刚想再劝，耳畔又响起大哥哽咽的声音："和你说实话吧，我觉得从小给我创伤最大的就是咱父亲。"大哥又沉默下来，过一会儿挂断手机，我想在这个黑夜，大哥肯定哭了又哭。

几年后，父亲身患重病躺在床上不能动弹，白天黑夜都需要人伺候。兄弟几个上班的上班，开店的开店，没有时间整天陪护父亲。

没想到，大哥回到家，说："你们该忙啥去忙啥，咱爸我伺候。"

几个兄弟商量商量，统一意见不能光让大哥受累，每人每月给大哥几千块钱。

大哥听完我们的话说："不要，不要，我不缺钱。反正，我内退闲着也没事，守着咱爸正好解闷。"

久病床前无孝子，虽然父亲在病床上躺几年大哥伺候几年，直到父亲去世仍然对大哥不满意。

清明节全家去扫墓，大人孩子十几口人，烧纸、摆花、点香。鞠完躬，大哥站在墓前，在袅袅的烟雾中，红着眼圈说："告诉你们个秘密吧。这也是父亲生前一直不让我说的，妈去世早，只有我才是咱爸亲生的，你们都不是。"

围在墓前的我们都惊呆了，沉默很长时间，似乎才明白过来似的，眼含热泪看着大哥。

大哥低下头抹抹眼泪："咱爸人是好人，就是没上过学又性情暴躁，不懂怎么教育儿女。这些年只有我老和咱爸顶撞，不是我不想当一个好儿子，而是想为你们当一堵墙，让你们少受伤害！"

（原载《山东文学》2016 年第 6 期）

较 量

高 军

十年后，保善还清楚记得，那次和检察官的较量中，他的心理防线是在一口浓痰下彻底崩溃的。

太阳有一竿子高的时候，他走出家门。在县城里，楼房高低错落，地平线早已被混凝土建筑物遮挡了个严实。这一竿子从哪里丈量让他感到无从着手，太阳现在是在楼与楼之间的缝隙里被挤压着，好似随时都能被挤碎沿着楼体流淌下去。但他之所以有这种一竿子高的感觉，是因为回到家中，觉得一切是那么美好，连亲近大地的感受都不一样了的缘故。

昨天回来后，他万千的感慨再次涌上了心头。家中的家具变得陈旧了，老婆的皱纹更多更深了，孩子也早已中断在国外的自费留学回来自谋职业了。他的家，已经变得和任何一个普通家庭没有什么两样。

一晚上并没有睡得太扎实，到接近天亮的时候他才进入了真正的睡眠状态。醒来后，他决定到公园里去走一走。已经是初夏时光，不到七点太阳就这么高了。他走在大街上，再次回想起自己十年前的那一切。

那时候，他在单位当着一把手，什么都由他说了算，不知不觉间慢慢就胆大起来，做了很多不应该做的事情，最终因贪腐被送进了检察院。

他的牙关一直咬得很紧，检察官们几次讯问，他是死活都不说。他想只要自己坚决不承认，谁也拿他没办法。可是，办案人员也都是老手，又是严厉审问，又是心理疏导，几天后他就觉得有点招架不住了。

这天深夜，对他的讯问再次开始。他发现，这次审问他的核心人物换了，是一位接近六十岁的老检察官，那斑白的鬓发在电灯光照耀下，黑白更不分明了，好像全部变成了铁灰色似的。看着他，保善心中凛然一惊，知道这是一场缠手的较量。例行的讯问由年轻的检察官逐一进行着，老检察官的眼光只要扫过来，他就有一种被压得喘不过气来的感觉。渐渐地，他一直梗着的脖子开始发酸发软，需要强撑着才不至于低下去。时间一分一秒地过去，周围一点动静也没有，玻璃窗外的夜色在微弱的街灯照耀下显得更浓，室内的空气更加压抑。由于他不说话，检察官们也沉默了下来，双方无声地对峙着。最终，在几人明亮的目光长时间注视下，他的头终于低了下去。

室内越来越静，保善能听到几名检察官的呼吸声调各不相同，其中劲道最大的就是老检察官发出的。他仔细琢磨后，觉得这里面就是自己的喘气声有些不均匀，在越来越清晰的几个人发出的声息中，他的是最虚弱的。

"哞——"保善听到一声长长的震响破空而来，他惊讶地抬起头来，只见老检察官微仰着头，用浑厚的鼻音使劲吸着气，鼻翼在持续翕动，随后微微张开嘴，喉咙和鼻腔共同用力，猛地咔一声，咳出一口痰来。他清晰地看到，老检察官撮起嘴唇，"噗——"一下，那口浓痰直直地向着四米开外墙角的一个痰盂准确飞去。静谧的空气生生被撕扯开一道缝隙，发出震耳欲聋的破裂声，那口浓痰准确地落进了目标之内。

"说吧——"在保善还处于一种被子弹射中的浑噩状态之中的时候，老检察官开始发话了。

在老检察官严厉目光的注视下，他再也绷不住了，把一切都坦白了出来。

自由是多么美好！走在去公园的路上，保善更加真切体会到了这句话的丰富内涵。他的住处与公园离得很近，不一会儿就进入了公园。

蓦地，他的眼光凝住了，在不远处的一个座椅上，坐着那位让他难忘的老检察官。十年过去，老检察官的头发全部变白了，着便服的他和县城里的普通老头也已没有什么区别。如果不是自己的囹圄生活和他紧密相关的话，保善是认不出他来的。他看到老检察官的眼睛已经变得浑浊了许多，体力也大不如前。

经过这么长的牢狱改造，保善已经彻底悔过。但面对老检察官，不知为什么他突然握紧拳头一步步向前走去，目光直视着已经有些老态的老人。

就在他走到离老人还有五六米远的时候，老检察官微微仰起脸来，鼻子向上一紧，"哞——""咔""噗——"动作连贯，一气呵成。只见从他口中飞出的一口浓痰，又像飞旋的子弹一样，准确落入了前方三四米处一个尚未盖上盖子的垃圾箱内，劲道之大，令人惊讶。保善猛然哆嗦了一下，紧攥着的双拳慢慢松开，脚步停了下来。

他再次看了一眼安静地坐在长条椅上的老检察官，慢慢转身向回家的路走去……

（原载《羊城晚报》2015 年 12 月 14 日）

照 相 师

王　往

照相师来了，女孩们激动起来。

寻找焦点的人，首先成了焦点。

瞧他那一身打扮，大波浪的披肩发，直筒裤子，尖头皮鞋，花格衬衫，套着一个鼓鼓囊囊的红背心。要是村里哪个小伙子装扮成这样，不被人说成"二流子"才怪呢。可是他这样装扮，村里人觉得理所当然。要知道，人家是照相师呢，胸前吊着的相机为他的职业做了证明。村里人不会用"艺术气质"这样的词语，但是他们知道持有相机的人，应该不同凡俗，可以异于常人。人们或远或近地看着他，想象着自己或者某个亲人的面容，仿佛他的到来是为了提醒记忆里的一些事物。

女孩们是他的主要顾客。她们奔走相告：照相师来了！照相啵？

啊？在哪儿？听到消息的女孩先是惊喜，然后故意掩饰自己的激动，我看看有没有合适的衣服，你先去吧。

传达消息的女孩当然知道对方心理，一个劲催：还不快收拾，照相师说走就走了。

照相师不会那么快就走，他那个在城里的家等着他用按快门的方式换来温饱。

他不会白等。女孩们一个一个站到了他的镜头前。有单个的，有合影的，也有抱着孩子，也有搀扶着老人的。

在村里照相，人们要放松得多，他们不用正襟危坐，没有面对陌生人的羞怯。这也是照相师选择下乡的原因，他每次都能有可观的收入。他调着焦距，变换着姿势，寻找最佳角度，捕捉人们最自然最生动的表情。他知道快门按下的瞬间，美与梦想将定格为永恒。他还知道，对一个照相师来说，拍摄人像看似容易，却是最有难度最显功力的艺术：每一个表情里都有内心的语言，都有被拍摄者的性格，光与影的交汇就是对一个人内心的呈现。无论是出于艺术的考虑，还是出于生意的原因，他都不敢马虎一点儿。

当他将冲洗出来的照片交到人们手上时，人们会左右端详，如果再夸赞几句，他就觉得极有成就。人们为什么通过个瞬间保留下来的自己，感觉自己的存在？这实在是很好玩很让人思索的问题。是不是人们将某种梦想寄托在了照片上，觉得那个照片上的人是另一个自己？

照相师也遇到过不喜欢照相的女孩。

盐码村的女孩小茵就不喜欢照相。小茵家门前有几株月季，村里的女孩都喜欢以她家的月季为背景照相，人家一来，小茵就悄悄地溜了。

那一天，照相师进村不久就下了雨，他慌乱中躲到了小茵家的瓜架下。小茵和她母亲从地里匆匆回来了，赶紧开了门，叫他去屋子里。

他发现这个平时冷冰冰的女孩其实很好，热情善良，她给他拿来干净的毛巾擦水，给他倒上热腾腾的茶，冒雨去做豆腐的人家打来了豆腐，让他不要过意不去，就像到自己家一样。

吃饭时，照相师发现，小茵的左眼眉梢间上角隐藏着一个米粒一样大的疤痕，不是很深，并不显眼。他想，小茵不爱照相，是不是因为这个细小的疤痕呢？

吃了饭，雨也停了，照相师说，我给你们照张相吧？

母亲笑笑，看着女儿。

小茵低头不语。

照相师走到月季花跟前，摘了一朵，对她说，我给你照一张拿着花的照片，保证好看。

小茵的眼睛里放出了惊喜的光芒。

她站到月季花跟前，将那朵被雨水润得更显明艳的花举了起来，花朵遮住了她四分之一的脸庞，露出了忧伤而又憧憬的表情。

照相师感到了一种别致的美，神秘，梦幻。他轻轻按下了快门。

接着，他又给小茵的母亲照了一张，还给母女俩照了合影。

几天之后，照相师送来了照片，小茵扫了一眼，就很快收了起来。照相师笑笑，你是我拍到的最好看的女孩。

小茵的脸红了。

照相师又拿出一张照片，说你看看，知道这是谁吗？

小茵盯着照片上的女子问：是谁？

照相师说，我对象，她腿有残疾，但是人很好，性格开朗，头一次一见面，她就把我吸引了。

真的很漂亮！小茴笑着点头。

照相师说：我们明年想开个照相馆，等你有了男朋友带去我那里合影啊，我免费！

小茴的脸又红了。

照相师笑笑，说我走了。

他走了几步，回头看了一下，小茴子已经不见了。他知道她一定躲到屋里欣赏自己的照片去了。其实他的妻子并无残疾。他为这个临时想出的谎言默默地抱怨了自己一下，算是对妻子的歉意，然后大声吆喝起来：照相啦，照相——照相啦——

（原载《百花园》2016 年第 3 期）

回　家

刘建超

　　回家的路还是弯弯曲曲、坑坑洼洼，路不宽，料姜石浦城的土路只能将就一辆架子车。牛萌走在回家的山路上，心里爽快着哪。这条颠簸的山路，明年就要开工扩建了，市里的电视都播了，说大路建成后，能并排跑四辆大货车，那是啥阵势啊，抖气！牛萌想不出更好的词语，抖气，在山里就是最高的赞誉了，神气威风。

　　走在回家的山路上，牛萌从心里往外透着舒坦。一大早进城，在老街大摇大摆转了一遭。有钱转西宫，没钱转老街。老街的货物都会比西宫要便宜许多。牛萌到书店买书，姑娘对他先生长先生短地招呼，热情得像孵小鸡的温箱，烘得牛萌面红耳赤。牛萌买了果树栽培的书，大路一通，自己的园子里那些让人垂涎欲滴的瓜枣梨桃，还不得翻着跟头往山外跑。牛萌想好了，大路通车，自己一定给这卖书的姑娘送上一箱最好的桃子。

　　小饭馆里的小丫头嘴也甜着哩，大哥大哥地叫，牛萌原本只想喝碗烩羊杂，嘿，这大哥一叫，牛萌就硬是点盘花生米、白切鸡，还灌进几两二锅头。烩羊杂做得地道，肥汤上面浮着红红艳艳诱人的辣椒油。牛萌鼓着腮帮沿碗边轻轻地将红油向两边吹开，刺溜溜吞下一大口。一碗汤下肚，牛萌已是满身大汗，五脏六腑调理得舒舒坦坦。牛萌扛起木锨木叉，回家还有几十里山路呢。

　　牛萌在回家的山路上霸道着，一条山路就他自己享用，想怎么横行就怎么横行。拴在木叉上的半瓶酒随着牛萌有节奏的步幅左右摇晃，阳光罩着牛萌在山路间蜿蜒，变魔术般将牛萌的影子扯长拉短。牛萌娘生牛萌后大出血，牛萌没吃娘一口奶，娘就去世了。牛萌长得壮实，8岁就能拉架子车跟爹往地里送粪，12岁扛起百十斤的麦包上屋顶晾晒。爹说，有个好身体，将来啥都不愁。

爹说得是呢，身体不中了，本钱就没有了。牛萌去老街也是看看打小的伙伴大壮。大壮和牛萌是好朋友，这几年大壮在外面闯荡挣了大钱，村里老家有媳妇，在老街又窜出一个老婆和孩子。吃喝嫖赌掏空了大壮的身子，在医院躺了大半年，医生说没什么指望。大壮说，钱多有什么用，有个好身体才是最幸福的。牛萌挺挺胸脯，青春的热血在筋络间澎湃，自己幸福着呢。

牛萌在家里包着一个果园，最犯愁的就是瓜果收了运不出去，好好的果子颠簸一路，磕碰得卖不上价钱。这大路一修，牛萌得大发啊。劲头一足，牛萌便吼了几嗓子豫剧：我这走过了一洼又一洼，洼洼地里好庄稼……

村南坡果园旁，有片几亩地大的水塘，水塘是从山间渗下的溪流汇集成的，清澈见底。牛萌打小就喜欢下到水塘边，脱光了衣裤，赤条条跃入水中，冬夏不断。牛萌上初中，每天中午都会跑到池塘里游一阵子。咯咯的笑声是从果园里传出的，铜铃一般清脆，惊飞一群悠闲觅食的山雀。牛萌赤裸着身子，放在塘边的衣服不见踪影。咯咯的笑声让牛萌羞红了脸，两只小手挡在两腿之间。

玲玲，我听出来了，快把衣服给我。

行，那你得背我回家。

男生不能背女生，村里人会笑话。

我不管，要么你就光着回家，看有人笑话没。

好好，我背你，只能到村头。

牛萌背着玲玲，叽叽喳喳讲学校村里的事。

玲玲趴在牛萌耳旁悄悄说，牛萌哥，我长大给你做媳妇，要不？

牛萌甩甩脸颊上的汗珠，要。我天天背你下地干活。

玲玲长到可以给牛萌做媳妇时，玲玲的父母给她在老街说了个婆家。玲玲出嫁的前一天晚上，玲玲扑在牛萌宽厚的胸前哭成泪人。

牛萌哥，你再背我一次好吗？

牛萌背着玲玲出了院门，牛萌的背上被玲玲的泪水溻湿了一大片。

——哗，牛萌跃出水塘。塘边，自己的衣服还堆在那。牛萌憨憨地笑了，这次进城，牛萌故意在玲玲家的街道上逗留，看到了玲玲和孩子，一家人过得热乎呢。牛萌知道，自己也得赶快背个媳妇回家了，二丫在恋着自己呢。明年春，大路修通了，热热闹闹把二丫娶回家，生个胖儿子，名字都想好了，叫牛路。

地里的麦穗饱满地支棱着，再有个把星期就可以开镰了。人再精，也得吃粮食。牛萌去超市转了转，一些连乡下人都少吃的杂粮，城里人抢着买，价钱还不低。牛萌抓起一把高粱米问经理，我种的比这强，价钱比这低，你要不？经理说，要。这些杂粮还是从外地进来的呢。牛萌想，等麦子收了，要好好计划计划。村里山清水秀，空气新鲜，大路通了，瓜果蔬菜，让城里人自己来摘。呵呵，咱山里人缺啥？啥都不缺，就缺少城里人那种抖气劲！

夕阳像做了错事的孩子，将半张脸掩在了山后。

牛萌加快脚步，已经看到了村里升起的袅袅炊烟。

（原载《天津文学》2016 年第 7 期）

野象的战争

申　平

　　在南方这座城市里，我有一个朋友，他是个钢杆驴友加冒险家。他十几年前在单位内退以后，每年只做一件事情，那就是旅游。他的足迹遍布祖国各地，一年到头几乎都在外面跑，就连他的亲人也很少能够看到他。

　　旅游当然需要资金，谁都纳闷他的钱从哪里来。后来人们就猜想，他可能是属于那种边旅游边打工，或者是边乞讨边旅游的人。可是那次我去外地出差，竟然在一家星级酒店见到了他。他还带着一个年轻漂亮的女孩子，见了我也没什么不好意思，还非要请我吃饭不可。他诱惑我说，作家，我有个非常好玩的故事讲给你听，可以做你的素材哦。

　　吃大餐，还有故事听，这当然是我求之不得的。于是我就听从了他的安排。那天吃的什么我早已忘记，但是他讲的那个故事，还有他那得意的神态，却在我的心头久久挥之不去。

　　我的朋友说，去年他到西双版纳旅游，本想到野象谷去钻原始森林看野象。让他没想到的是，野象却自己走出来了。那里，正在发生一场人和野象的战争。

　　我的朋友一边说一边比画，我可以清楚地看见有无数唾沫星子从他的嘴里喷出来。这让我感到恶心，但是他的故事却又吊起了我的胃口。他说，野象谷你肯定没去过吧，我建议你以后一定要去一下。那儿的山脚下，有一座彝族村寨，村寨里的姑娘真是漂亮极了。你要是会唱山歌的话，就会……

　　我不耐烦地打断他：你别说姑娘，说野象。说野象的战争是怎么回事。

　　噢，他好像也意识到自己说跑题了，就赶紧拐回来。这座彝族村寨，和野象谷的野象和平共处了多少年了。可是也不知道怎么的，那天野象谷里的野象却好像突然发疯了一样，每天都会出来袭击村庄。它们见人就追，甚至追到人的院子里，试图进入屋子。这情况可是从来没有出现过的呀！人当然也不是好惹的，他们组织起来，敲锣、打鼓、放焰火。起初，野象的确被吓跑了，可是它们慢慢搞清人不过是吓唬它们，就又来进攻。闹得整个村寨鸡犬不宁。哎，你别光听我说，你吃东西，吃东西呀！

我心里说，还吃什么吃，吃你的唾沫星子呀！嘴里却催着他：你就赶快说吧！

他笑了笑，你这人真是个急性子。人和野象的战争，我赶上了，就参加了。哎呀那野象冲过来真的是吓人啊，比坦克的威力都大。好在它们好像也不想伤人，也只是吓唬人。它们似乎总是想进入人的房间，进不去，就把鼻子伸进去，似是要找什么东西。大家就纳闷了，野象到底想要什么呢？你看它们要是会说人话有多好，可是它们却不会说，谁也不知道它们想要啥。这时就有村民说，野象在袭击村寨之前，先袭击的是山里的一个旅游开发基地，野象把那里刚刚盖了一半的房子统统推倒，把机器设备统统毁掉，施工人员全部逃跑了。野象在那里找不到人，才来袭击村寨的。我一听就鼓动村民，你们要去州里告那家开发公司呀，一定是他们破坏了自然生态，才引起野象反击的。你们完全可以向他们索赔损失，还可以要求他们想办法阻止野象进攻。村民听了我的话，就进城去找领导，领导就找到了那家开发公司。可是他们说他们也是受害者，不肯赔付村民的损失，双方一时僵持不下。可是这边，野象还在不停地进攻，而且从一天一次变成了一天两次或者三次。

说到这里，我的朋友不知道为什么笑起来。他不怀好意地看着身边那个漂亮的女孩子，甚至在她身上摸了一把。我瞪了他一眼，示意他继续说。

他的声音突然提高了八度，唾沫星子也喷得更远更密集了。他说，就在这个时候，哥们儿我发现了一个巨大的商机。哥们儿一把就赚了20万。你猜怎么着，那天野象又来的时候，我无意间发现，有个人跑进屋子，慌乱间把他家的一个罐子甩出来打野象。罐子摔开了盖子，里头的白面撒了一地。那野象立刻用鼻子猛吸，最后竟卷起罐子跑了，而且一连好几天没来。哥们儿是啥人，咱上前沾起一点儿白面舔了舔，立刻就什么都明白了。哥们儿也没有吭气，第二天就花钱雇一个村民带路，冒险到山里去看那个基地。原来那个基地就建在山坡上的一个坑里。村民告诉我，过去经常看见野象到这个坑里来。我好不容易找了一块原土舔了舔，进一步证实了我的判断。我马上就去了州里，想办法找到了那家开发公司的老板。我直截了当地说，如果你的工程还想做，又想野象不再找村民的麻烦，那你就给我20万，我保证把野象给你摆平。老板说，空口无凭，等你真的做到了，你再来找我。我说，那好，你给我写个字据吧。老板想了想，最后他同意了。

接下来的事情其实很简单，我用不多的钱买了两百斤那种白面运进山里，就撒在野象必经之路的另一个坑里，从此，野象再也没有来过。很快，工程重新开工，村民获得安宁，我 20 万也到手了，而且双方都很感谢我。

那，你说的白面到底是什么？我很着急地问他。

哇，老弟，你也真够笨的，说到这份儿上你还猜不到吗？

你让我怎么猜呢？难道……是食盐吗？

嘿嘿，你说是那就是吧。我的朋友说完，挽起漂亮女孩的手，迫不及待地回房间去了。只留下我一个人在那里久久发呆。

（选自《鸭绿江》2016 年第 1 期）

辑七

清　明

羊　白

1935 年　清明　刘长根

天空阴沉，要下雨的样子，却一直没下。

刘长根从院子里走出来，腿在打闪，人是飘的。他感觉自己就是一头牲口，已完全被饥饿攫住了。他的舌头已嚼不出苦涩，被胃里的疼痛隐隐地牵着，他的身体已开始浮肿。

他告诉自己，不能做一只牲口。仅有的半袋红苕干，他要留给媳妇和儿子。万一，万一自己倒下了，儿子刘茂盛也好有个活路。

他本来不想带上儿子。八岁的孩子，懂什么。连年战争，饥荒不断，这青黄不接的当口，活人都顾不来，谁又顾得了死人。可他想，万一自己死了，儿子连自家的坟场都不知道，成何体统。于是他把儿子也带来了。他要当着儿子的面祭奠祖先。他要给儿子做个样子，将来儿子也好这样来祭奠自己。这人啊，不能昧良心。他到二十岁，才知道自己是个弃儿，是被刘东山老汉收养的。他的生身父母究竟是谁？姓什么？他一概不知。他曾觉得遗憾。现在他不遗憾了。他感念长眠于此的刘东山老汉，虽然脾气不好，没少打他骂他，虽然家里穷，总算把他养大了，还给他娶了媳妇，如今又有了自己的儿子。刘长根——他细细咀嚼老汉给自己起的这个名字，不禁泪水长流，觉得做他的儿子值得。他就是他的祖先。他要把刘家的根脉传下去，传下去。他甚至有了一种使命感，传下去，就是对老汉最大的回报，不是吗？虽然活着艰难，他一定会咬牙坚持。他来给老汉上坟，就是要让他知道，他这个干儿子，是把他当亲爹对待的。他就是他的祖先。他不能确保自己还能不能活到下一个清明。他要趁着这个清明，把该了的心愿了了，即便死了，也不枉做他的儿子一场。

刘长根跪在坟前，让儿子刘茂盛也跪下。他磕头，让儿子也磕。磕完，他低沉地喊了一声爹，让儿子喊爷。刘茂盛难为情，不喊，因为他出生就没见过这个爷爷。他不喊，刘长根打他屁股。逼急了，刘茂盛说，他是谁？能听见吗？刘长根说，他是我爹，我是你爹，喊吧，你喊他就能听见，会保佑你的。

什么叫保佑？刘茂盛怯怯地问。刘长根嫌儿子啰唆，屁股上又是一巴掌。

喊过爷爷，刘茂盛要逃，刘长根觉得过意不去，这清明上坟，没有祭品，连烧纸都没有，算什么祭奠。他让儿子把坟上的荒草拔了，点把火，也算是给亡人捎去一点活人的消息。

儿子去坟头拔草，拔出了一个块状的东西，刘长根一看，是茯苓，贵重的药材，他喜出望外，在周围一刨，是一大窝，有七八个。

正是这窝茯苓，让刘长根一家渡过了难关。他不相信鬼神，但他相信，这是先人在保佑他哩。他让儿子永远要记住这件事情。

1958 年　清明　刘茂盛

天上飘着小雨。刘茂盛领着儿子刘红军和刘红兵，在刘长根的坟脚跪下，烧纸，磕头。

这是刘长根老汉死去的第三个年头，按乡俗，要兴陵的，可"大跃进"如火如荼，这是要破除的陋习，刘茂盛用六七年时间经营起来的药材铺子，在割资本主义尾巴的运动中被没收了，家里一贫如洗，哪有财力给父亲立碑。想来想去，他决定在坟上植两株树，以树为碑。当年，在爷爷坟上挖出茯苓的事，他记忆犹新。正是因为爷爷的"庇佑"和"启迪"，他后来做了江湖郎中。父亲刘长根一辈子老老实实，小心翼翼，如今长眠地下，自己的两个儿子，也如当年的自己一般大了……烟雾缭绕之中，他恍惚觉得世界是静止的，村庄依然是原来的村庄，不过是替换了人物而已。

父亲的坟在爷爷的脚下。这是父亲生前自己选定的。他赞同这布局。他本想告诉两个儿子，自己死后，就像父亲这样埋在他父亲的脚下。可他怕吓着孩子，毕竟，他们还太小，不懂得生死。在两座坟之间，他左右各挖了小坑。孩子们听说要种树，很高兴。问父亲，这是什么树呀？刘茂盛说，是柿树。听说是柿树，两个孩子尖叫起来，似乎很快就有红柿子可以吃了。

看着孩子们天真无邪的样子，刘茂盛苦涩地笑了一下。他考虑种柿树，而不是柏树，除了纪念，确实有实用的意思。以后的日子，谁说得上来？饿极的时候，有几粒果子，说不定能解决大问题哩。

1989 年　清明　刘红兵

晴，阳光明媚。这是刘茂盛逝去的第三年，刘红军出力，刘红兵出钱，给父亲兴陵立碑。刘红军有三个儿子，两个女儿，皆种地务农。刘红兵继承了父亲的医术，改革开放后进入乡镇医院，后名气渐大，调往县医院，成为刘家第一个摆脱农民身份、吃公家饭的人，育有一儿一女。儿子刘云帆，天才少年，获得过全国数学竞赛金奖，后被清华大学录取。

2015 年　清明　刘景明

阴天，有零星小雨。刘红军的小儿子，叫刘景明，早些年，他还是一个卖苦力的瓦匠，进入新世纪后，开始包工程，规模渐大，名声日响，成为了当地富豪。上一年，他给父亲过寿时，提出一个想法，要把祖爷爷刘东山的坟墓好好整修一下，立一方大碑，把刘家祖上的事记录下来，传给后人。刘红军同意，刘红兵也同意，原本说好两家平摊出资的，可因为刘红兵在县城，刘云帆在北京，三下五除二，刘景明把该办的事都办了。清明前一天，刘云帆从北京赶回来，到家坟上一看，两棵柿树不见了，祖爷爷的坟被水泥砌成高大的拱形，下面贴有瓷砖，正面的坟头是门楣的造型，左侧的碑高大不说，上面还描绘有龙纹，碑文密密麻麻，是漂亮的行书。刘云帆当即表示了不满意，嫌刘景明事先没和他商量，墓和碑造型太夸张、太花哨，没有古意。其次还嫌刘景明自作主张，把两棵柿树砍了。这两棵树，父亲多次给他讲过，包括"茯苓"的事，他也有耳闻。而且，他小时有次上坟，父亲和伯父，在柿树上分别刻了他们几个孩子的高度，他后来察看过，随着树的长高，虽然已模糊不清，但他相信这印记是不会消失的。至于秋后的红柿子，他们这帮小辈，没少争抢过。站在坟头上，举着顶部有裂口的长竹竿，左旋右转地把红柿子往下夹，忙得不亦乐乎。兴许因为坟墓里埋着的都是自己的亲人，他们从来没觉得有什么恐怖。

刘景明听刘云帆有怨言，随口道，你不满意，不掏钱就是了。

清明这天，刘家坟场上熙熙攘攘。一帮儿孙汇聚一堂，鞭炮声声，热闹异常。

因为飘零星小雨，一些人还打着伞。地是湿的，不方便磕头，再说死者已经离去太久远了，刘红军、刘红兵、刘景明、刘云帆他们象征性地烧香磕头，其他家眷交头接耳，议论着俗世中的事情。

仪式快结束时，不知刘云帆说了句什么，刘景明不高兴了，不就清华大学毕业吗，有什么了不起！他凶神恶煞地指着自己的儿子，以及平辈的一帮孩子说：快，跪下磕头，尽管磕，磕一个一百元，我绝不食言。

刘云帆面红耳赤地站着，不知说什么好。刘红兵拽儿子，意思不必计较。刘红军左右为难。在刘云帆的屁股上端一脚，吼道：烧包，你不知道是谁了是吧？跪下，咱们统统跪下，郑重地给我们的先人磕个头吧。

[原载《短篇小说》(原创作品版) 2016 年 9 月]

英　雄

立　夏

一

他二十岁的时候，她正好十岁。

她坐在台下，晶晶亮的眸子中全是台上英武的他。

他是学校请来的英雄，笔挺的军装上一张黝黑却棱角分明的脸，因为激动透着健康的红晕。

他在台上大声地念着手中的演讲稿，只剩下三根手指的右手高高举起，如同一面灼目的旗帜。在一次实弹演习中，面对一颗咝咝作响的手榴弹，他毫不犹豫地捡起来扔出去，挽救了被吓呆的战友。

她的眼里噙满了泪水，蒙眬中台上的他是那么高大英俊，连他那浓重的乡音都显得那么亲切。

"他真是个英雄，我会一辈子记住他的。"她在心里默默地想。

二

他三十岁的时候，她二十岁。

学校组织去农村体验生活。

如果不是村干部郑重地向大家介绍他曾经是英雄，她是一丁点儿也认不出他了。

埋头在田里劳作的他跟其他的农民已没什么两样，披着一件灰蒙蒙的褂子，失却了红晕的脸还是那么黑，却变得黯然，村干部介绍的时候，他憨憨地笑，脸上，怎么也找不到十年前年轻的影子。

他坐在田头抽着烟卷，好几次她都想走过去跟他说几句话。看着烟头一明一灭，她终于还是没过去。

她实在想不出该对他说什么话。

三

他四十岁的时候，她三十岁。

他在她所在的城市摆了个摊，卖鸡蛋煎饼。

五岁的女儿吵着要吃煎饼，她先认出了他的手，抬头看他的脸，恍若隔世般，已经很陌生了。

她忍不住悄悄告诉女儿卖煎饼的是一个英雄，女儿懵懂地吵闹着，要去看英雄。

她带着女儿折回去，女儿仔细看着那只残缺的手，然后哇的一声大哭起来。她匆忙带着女儿离开。一边哄着女儿，一边回忆自己十岁的时候第一次看见这只手，一点都不觉得害怕，只有敬佩。

她还记起来当时听完报告回到家，小小的她弯曲起两根手指，模仿三指的样子，想象着那种悲壮。

四

他五十岁的时候，她四十岁。

她在民政局混上了科长的位置，工作还算清闲，生活不好不坏。

当他在她办公室外面探头探脑的时候，她根本就没认出他，原来他是来申请困难补助的。

她给他倒了杯茶水，他受宠若惊地捧着，只会一迭声地说谢谢。她陪着他办完了所有手续，而他不知道为何受到如此礼遇，越发地惶恐不安，一小时里说了不下五十声的谢谢。

望着他佝偻着背离开，她开始努力回想他年轻时的样子，却怎么也想不起来了。

"他真的曾经是个英雄吗？"问自己这个问题的时候，她觉得那么茫然。

五

她五十岁的时候，他已经不在了。

那天她在办公室喝着茶，翻着报纸，四十年前的他突然映入眼帘。犹如被雷击般，她手中的茶杯砰然落地。

他在回乡的公交车上遇到一伙劫匪，一车人里只有他挺身而出，搏斗中，他被刺数刀身亡。报道还提到，他的右手只有三根手指，年轻时他就曾因救人成为部队里的英雄典型。那张穿着军装的年轻的照片，据说是他唯一的一张相片。

一瞬间，泪水又涌上了她的眼睛，恍如四十年前她含着眼泪坐在台下仰望。

[原载《微型小说月报》（原创版）2016 年第 6 期]

送　寒　衣

侯发山

　　栓柱到山外赶集，看到不少乡亲都买了"十月一"上坟用的祭品，也赶过去凑热闹。往常，这些东西都是爹操心的。栓柱心疼爹腿脚不便，出山一次不容易。

　　栓柱选了冥币（除了国内发行的，还有"美元"呢）、线香、纸箔，还有冥界流通的银行卡。啧啧，现在的生意人真精明，给死人考虑得也恁周到了。栓柱不住地赞叹。卖东西的是一个小学生，今天是周末，可能是临时过来给父母帮忙。小学生提醒栓柱，还有送寒衣呢。

　　送寒衣？栓柱愣怔了一下。

　　小学生像个久经沙场的生意人，拿出几件纸做的衣服，说"十月一"上坟主要是送这个，天冷了，那边的人也要穿衣服呢。

　　栓柱说，能便宜不？

　　小学生撇了撇嘴，都是给自己的亲人用的，还好意思搞价？

　　小学生这么一说，栓柱反倒不好意思了，忙拿了几套，坟上除了娘，还有爷爷、奶奶。

　　回到家后，爹看了看栓柱买的东西，说，衣服不合适，重新买。

　　栓柱惊讶得合不拢嘴。有什么不合适的？不管合适不合适拿到坟上不都一把火烧了?! 这话栓柱没有说出口。祭奠的是他的先人，他不能不敬。

　　想到这里，栓柱说，爹，衣服我重新买。

　　爹摆了摆手，说，我去吧，你不知道他们穿多大号的。

　　谁的号码不合适？爷爷的？奶奶的？还是娘的？肯定是娘的。平时，没事的时候，爹没少给栓柱念叨她的好处。娘都死去十五年了，爹还对娘念念不忘，如此痴情，着实让栓柱感动。

　　第二天，爹五更起来就出山了。回来时，天已经黑了。栓柱看到爹买回来一件紫色的羽绒服和一双黑色的棉靴。

十月一，十月一，家家户户送棉衣：送来紫袍棉窝窝，唯愿亲人暖和和……爹自言自语地念叨着，更像是说给栓柱听的。

栓柱的脸一下子红了，心里很是羞愧，好像自己买的是纸糊的，哄骗了老娘似的。

爹似乎察觉到了栓柱的不安，拿出自己买回来的纸糊的小轿车说，你娘，还有你爷爷奶奶，一辈子没出过门，给他们买个小汽车，也到处走一走，看一看。

栓柱哭笑不得，爹是糊涂了还是咋的，真真假假的，算是怎么回事？又一想，也就释然了，若是汽车也买真的，得好几万呢。

十月初一到了，爹带上祭奠用的东西去了坟上，栓柱跟着要去，爹没让。

临近年关，爹让栓柱去给张大娘收拾灶火。山里人的灶火都是土盘的，每年都要用胶泥里外糊一遍，张大娘的老伴死得早，还有一个女儿在嫁到了城里，平时家里的活计都是栓柱帮助做的。

栓柱在盘灶火的时候，无意间发现，张大娘脚上穿的是一双黑色的棉靴，跟爹那天买回来的一模一样。难道是巧合？仔细想想，又不像是巧合。

当天晚上，栓柱特意让媳妇张罗了两个菜，拿出一瓶酒，跟爹边喝边聊。聊来聊去，聊到了张大娘身上。栓柱仗着酒胆，试探道，爹，娘去世多年了，您岁数也大了，张大娘孤身一人，不如你们两个搬到一起吧？

爹盯着栓柱的脸，看了半天，最后，一仰脖把一杯酒干了。

栓柱说，爹，我没醉，我是真心实意的。

咱山里人，唉，有些事不是电视里演得那么简单。爹叹口气，摇了摇头。说罢，端起杯又干了。

看爹的意思，是根本不可能了。栓柱心里有几丝高兴，又有几丝难过。这种感觉连栓柱自己也感到奇怪，觉得有点对不起爹。

过年的时候，张大娘被女儿接走了，再也没回来。张大娘走的那天，穿的是一件紫色的羽绒服。

栓柱发现，爹常常望着张大娘的篱笆院发呆，一望就是半天。

（原载《大观·东京文学》2016年第8期）

路　灯

郑能新

　　小王近年来春风得意，事业有成。上级对他很赏识，于是破格提拔他为单位一把手。

　　单位人不多，一二十个。人不多但并不是不复杂，几任头儿都被闲言碎语淹得喘不过气来，感到工作太累，卷起铺盖走人。小王为人正派，从不搬弄是非，只埋头去搞自己的业务，终有成就，于是被上级领导看好，最后一任头儿被"拉下马"后，小王就走马上任了。

　　小王上任，单位也起了一阵波澜。凭什么他就可以越过部室，越过副职而坐上第一把交椅？但小王办事稳健，不厚此薄彼，搬弄是非者终因找不到下口的地方而相安无事了一阵子。小王住四楼，螺旋形楼梯扶摇直上，到达顶层即是。这是二十世纪七十年代修建的房子，很陈旧了，原是作为办公用房的，后来单位建了办公楼就改作宿舍，厨房、卫生间等配套设施没有不说，就连路灯也没有。小王平时是大兵一个，找的人自然就少一些，加上自己一家人夜里很少下楼，坐在家中看看电视，读读书或写点儿东西什么的，几年了，没有路灯也没觉得有什么不方便的。但当了单位的头儿，找的人就多了。有领导找他研究工作，有下级找他汇报工作，还有日常工作接触多的人串串门的。有时候，白天找不着，只好趁着晚上的时间跑一趟。人家扶着螺旋楼梯的栏杆摸摸索索地爬上楼来的第一句话就是："你怎么不安个路灯呢？"一次两次，小王也没有往耳朵里去，总是随话答话地说："习惯了。"但是，说的人多了，小王就不得不考虑。还有一次，他很要好的一个朋友下楼时崴了脚，十天半月也没复原。小王就下定决心装上一盏路灯。路灯装在螺旋楼梯的遮雨板上，如同航标一般。入夜，路灯大放光明，来来往往的人再也不用扶着栏杆摸摸索索地探行了。

　　第二天上班，小王因事迟到了一会儿，走近办公室时，听见里面正在议论纷纷。

"有个路灯好哩，照得夜里如同白昼。"

"没当头儿时咋不安呢，当了头儿就'特殊'。"

"哼，还不是怕送礼的摸错了门。"

小王就像当头挨了一棒。安路灯时，他无论如何也没有想到这一层，虽然偶尔也有个把带点儿礼品的，但他却让人怎么提来就怎么提走了。为此，还招惹了妻子的白眼："就你怕事呢，你那屁大个官，受贿还不够档次。"但小王却有自己做人的准则：吃人的嘴短，拿人的手软。还是放干净点儿好！可现在，单位的人竟还这么看他！为了不让人难堪，小王悄悄地退了回去，过了半晌才装模作样地咳了几声，从远处走近。小王又好气又好笑：自己倒像个贼似的了。

几天过去了，倒也相安无事。可有一天小王在街上碰着局里的刘干事，刘干事与小王很合得来，平常无话不说。这天见了面，刘干事说："你要注意一下呢，以防家狗咬主。"小王愣了一下说："又没做错什么，怕个啥。"刘干事说："听说你安了个路灯？"小王一听明白了。小王愤愤地说："真是无聊！"

小王回到家里，三下五除二把路灯拆了。入夜，单位宿舍区漆黑一片。这一夜，小王虽然愤愤然，倒也睡了个踏实的好觉。

第二天上班，单位里仍有三五个人鬼头鬼脑地凑在一起，小王也不理会，径直走进了自己的办公室。快下班时，局里纪检书记就来找他谈话："听说你安了路灯？"小王说："安了又拆了。"书记说："为何拆呢？"小王说："有人说我怕送礼的摸错了门。"书记说："可有人又说你是怕别人看见送礼的人才拆路灯的。"小王一急，也顾不了斯文，大声地骂了一句："王八蛋！"书记拍了拍小王的肩膀："这事我会查清的，你也不必背包袱。"小王愣了好久，然后一个电话打到供电所，要来了电工，重新走线安灯，并在办公室黑板上写下了一则通告："安上路灯，为了照明；拆下路灯，为了洁身；拆了又安，以鸣不平；再弄是非，另寻他因。"

从此，单位太平，小王也一直干到现在。

（选自《小说界》2016年第1期）

宋　梅　花

伍中正

春天里，宋梅花愿意喂好自家的猪。

宋梅花给自己的猪随便起了一个名字：小花。她觉得白色的猪毛中混杂几缕黑毛，叫小花，也贴切。有时候，宋梅花跟宋庄的人聊天，总是说到自家的猪，说到自家的小花。

在宋梅花眼里，小花嘴好，给菜吃菜，喂糠吃糠，吃饱了就睡。没吃饱时，它就不停啃槽拱门。宋梅花每次给小花喂食时，既好笑，又好气，看见哼哼唧唧的小花，用瓢子朝小花背上不重不轻地拍上两瓢，拍得小花哼哼唧唧地叫。

宋梅花没有看住自家的小花，纯属一个意外。

每晚，宋梅花在睡觉前，都去猪圈看一眼小花，看小花是不是在圈内，看小花是不是用嘴拱已经有些松动的门。门已经松动有一个月了。那一个月内，宋梅花找来木条和钉子，尽管已经修补过三次，可每次修补过后，小花还是反复地拱。

想不出好的办法，门还是松动的。宋梅花怪小花的嘴劲越来越大。

晚上，宋梅花感觉自己的肚子疼，疼到脸上渗出汗来，疼到起不来，她就没有去猪圈看小花。她始终认为，小花不会在她肚子疼的晚上拱开圈门跑出去。宋梅花迷迷糊糊就睡了。

小花跟宋梅花开了一个玩笑。

天一亮，肚子不再疼的宋梅花起来发现猪圈门敞开，哼哼唧唧的小花不在猪圈，她才紧张起来，额头上渗出的汗比肚子疼时渗出的汗还要密集。宋梅花用手机打电话告诉男人，说，小花不见了，小花怕落在了福海女人手里。

男人在电话里说，找，兴许能找到！就是落在福海女人手里，她也不敢杀了你喂的小花！

男人的话给了宋梅花信心。

宋梅花决定出去找小花。

小花会去哪里？

宋梅花一家家问，一家家打听，问有没有看到她家的猪看到她家的小花。

很多人告诉她，没有看见。有好心的人还叮嘱她：宋梅花，你家男人不在家，要好好看住自家的猪。宋梅花觉得在理，非常在理，顺口就回一句，我会看住我家的猪的！

宋梅花走在田埂上就一块田一块田地找。宋梅花的眼里是村庄一块一块的田。有的田里长着紫云英，有的田里长着油菜。那些紫云英已经很绿了。那些油菜长得密集，开着很多金黄的花朵，很扎眼。

宋梅花的眼里就是没有小花。宋梅花每走过一段田埂，她就使劲地喊：小花，小花。可是喊过之后，没有听见小花的叫声。

宋梅花失望地回到了家中。

宋梅花又打了男人的电话。她告诉男人，没有找到小花，该找的地方都找遍了。

男人说，实在找不到，就不用找了。你心疼，我比你还心疼。

中午，福海把小花牵到了宋梅花的猪圈。宋梅花再次找来木条跟钉子，乒乒乓乓地修了一次圈门。

福海走之前，说，你家的猪吃了我家的菜，往后要看管好。说完，福海就走了。

福海一走，男人打来电话。男人问，小花找到了没有？

宋梅花说，找到了。

男人再问，在哪找到的？

宋梅花说，自己回来的。宋梅花没有将福海把小花送回来的事告诉男人。

宋梅花就对小花生起气来。她认为小花太不争气了，吃谁家的菜不好，偏偏吃了福海家的菜。

一年前，福海的女人跟宋梅花的男人眉来眼去。每每见到这样的场面，确实让宋梅花非常纠结，她要在他们还没有好到上床亲热的程度上断了各自的念想。宋梅花想到了两点，一点是断了自己男人的念想，另一点是断了福海女人的念想。

宋梅花盘算着怎样说服自己的男人，还要说服福海的女人。

夏天的风吹过夏天，吹过化云寺的柏树。树底下，宋梅花跟男人背靠背坐着。很久了，宋梅花在自己的男人面前放出话来：你要跟福海的女人好，就离婚。男人起初是看着化云寺的柏树。听着宋梅花的话，慢慢地，男人就低了头。

宋梅花还在福海的女人面前放出话来：你要看上我家男人，你就跟福海离婚。福海女人的头就低了。秋天的风吹过秋天，吹过化云寺的柏树。宋梅花跟福海的女人在树下面对面站着。

那以后，男人就跟福海的女人断了。可在宋梅花的心里，她跟福海的女人之间，始终有一道越不过的坎。

宋梅花很生气。她拿了男人用过的一根扁担狠狠地朝小花的背上就是三扁担。三扁担落下，小花嗷嗷的叫声，传得很远。

宋梅花一时的生气，让她没了小花。

挨了三扁担的小花卧在圈里起不来，哼哼唧唧的声音也不大了。不出三天，小花躺在圈里一动不动了。

宋梅花非常后悔自己给小花的三扁担太重了。

宋梅花在屋后挖了一个土坑，把小花埋了。

小花没了，宋梅花心里空落落的。

宋梅花想到了去一趟化云寺。在路上，她看见田里的紫云英依旧疯狂地绿着，只是那些油菜的花朵谢过了大半。

春天的风很暖和地吹在宋家庄。宋梅花的脸上有点热辣。

（原载《江海晚报》2015 年 10 月 27 日）

签　　到

苏晓威

历史系的汪老师弯着腰，弓起脊背，屁股似挨未挨着车座，死命地踩着脚蹬子；满头大汗，脸红脖子粗，本来就有点甲亢的他，眼珠更外突了，整个形象，就是活脱脱一个油焖大虾的样儿。他在心里不断地告诉自己："快点，再快点！"同时，心中另一个声音在狠狠地骂自己："这个会要是去晚了，你也不亏，谁让你出来锁门时，把门把手儿摸了半小时。"

汪老师有强迫症，从写博士论文开始，这个病就一直伴随着他，本想参加工作之后，这个病会减轻，以至于消除，但现在竟然加重了。上次和几个同事一起吃饭，点了份糖醋排骨，大家伙儿都吃完了，汪老师又将吃完的排骨仔细码好，原样放到了盘子里；刚摆好，结果一个来晚的同事又接着啃了起来，还一边骂饭店抠门，说上来的排骨都这么没肉，一边还自我安慰说排骨还不就是骨头，肉少很正常。现在这个病又把汪老师今天这个会给搅和了。

今天这个全校教职工大会很重要，据说要讲二级财务打包和新一轮的人事应聘问题。即便不讲这些，汪老师也是很老实地参加每一次大大小小的会，要知道，年终绩效工资的发放与平常的考勤是联系在一起的，他是这个精致体制下的一个本分的螺丝钉，与整体拧得严丝合缝。当你理解了这些，相信你会同情他可怜的病。

当他终于站在学校的小礼堂门口的时候，只是晚了几分钟，还好，他长嘘了一口气，仔细看了看贴在门口的座位安排次序表，历史系的要坐在第七八及九排。他赶到七八及九排的大致区域，急急忙忙的，他的使命感顿时膨胀了，礼堂就像差一把木柴就烧开锅的灶膛，他认为自己就是那把木柴。但此时，他更像一条嗅觉灵敏的狗，坐下后四处张望着，他的目光缓缓地从系主任、系党委书记的身上滑过，然后急速地与先秦史教研室的李老师、刘老师、张老师等人碰过，就闪开了。他在找什么？

他在找一张纸，一张可以写上自己名字的签到表！不用任何语言，其他人都明白这目光的意思：我们都是被驯服的，此时，即便全世界被我们握在手中，它的价值也抵不上这薄薄的一张纸更有意义。而在汪老师看来，强迫症让他滥情于一个区区的门把手（以至于这抚摸让冬天的门把手发烫），他更没有理由怠慢这张已经签上密密麻麻的人名的纸，此时的它像一张威严的脸，他与它的交流的唯一方式，就是通过书写，让这张脸记住他，尽管这是一场真诚的浅薄，他还是准备了五六支笔——他的强迫症担心一两支笔会出现问题，用别人的笔，他更不放心。

左腿放在右腿上，然后把包放在膝盖上，压下包上的按钮，手探进包里，满把抓住了那几支笔，同时把左腿放了下来，"哗啦"一声，着急的他竟然把五六支笔撒在了地上。等他把笔都捡了起来，一一试了试，然后找了支下水最流畅的，在纸上找个空间，气定神闲地签上了自己的名字：汪留根，然后经众手依次将签到表传给系办公室主任。

他顿时放松下来，屈起右手食指、中指及无名指，轻轻地敲打着大腿，这是他放松下来的一个重要标志。这时，一张小字条传了过来，打开一看，"刚才奏国歌时，为什么没有站起来？要注意影响。"落款是书记。他心跳加快起来，很自责，"怎么忘了这个程序？太不应该了，太不应该了。"他心里反复念叨着，此前的他，就像偷喝了油的老鼠，惬意无比。但此后的他，却以掉进油罐子的方式喝饱了油，无论如何也爬不出来了。

自责之中的他，必须转移注意力，否则完全反复的自责会膨胀，足以摧毁他；这时碰巧手机振动了，同一个教研室和他关系甚好的高老师的一条短信映入眼帘："汪老师好，会议到点了，看你没来，我替你签上名字了；签完到，我现在回家的路上，不用谢，记得请我吃饭就行，呵呵。"

（原载《百花园》2016 年第 5 期）

镜　子

陈永林

所有认识她的人都说她是坏女孩。所有人包括她的爷爷、奶奶、爸爸、妈妈等最亲的人，还有舅舅、舅妈、姑父、姑妈等亲戚，还有村里人。后来不认识她的人，听说了她的事的人也说她是坏女孩。

她也认为自己是坏女孩。

因而她做坏女孩应该做的事：文身、染发、逃课、欺负同学、喝酒、抽烟，同社会不三不四的人交往。

这天星期五下午，上了两节课后第三节课是劳动课，她不想扫操场，更不想落一身灰尘，便想着出校门。起初门卫不开门，她对门卫说："你还想挨揍？"上回门卫没开门，她就让几个社会上的人揍了门卫一顿。门卫只有乖乖地开了门。

但她实在没有地方可以去。

她也不想回家，回家就挨父母的骂。而印象中父母没给过她一个好脸色，对她不是打就是骂。母亲也说："一看到你这个扫帚星，就想起你失踪的弟弟，心里就堵得慌，心也痛，你少在我眼前晃。"她也尽量让母亲不看见她。

她不知道自己做什么打发时间，无聊的她在路旁的草地上坐下来，习惯性地从书包里掏出镜子。她一看，镜子里出现一个小男孩的脸。她对着镜子说："弟弟，你现在在哪里？已八年了，你现在十一岁了。弟弟，你知道吗？是你把我害成这样……"

那年她五岁，父母去田地干活，由她照顾弟弟。村里传来拨浪鼓"叮当当"的声音，还有"鸡毛换灯草"的叫喊声，她就带着弟弟出了门。"鸡毛换灯草"的人是一个四十多岁的男人，男人先是给了她两颗糖，她和弟弟一人一颗。后来她的脑子就有点儿晕，眼睛也睁不开，眼前啥东西都成了双份的，还转个不停，身子发软，双腿也没力。恍惚间，只见男人把她弟弟放进了谷箩，她上前拉住谷箩，死死地拉住，不让男人走。男人又拿出一面镜子给她，她竟接了，拉住谷箩的手也松了。

所有人都说她心恶说她报复心强，说她为了不带弟弟，为了让父母仅对她一个人好，一颗糖、一面镜子就把弟弟给卖了。当然这话先是母亲说出来的，后来所有人都这样说。

坏女孩的标签就这样贴在她脸上了。

村里的同龄人再不同她一起玩了。谁同她一起玩，谁就会挨父母的骂："你也想变得同她一样坏？也想一颗糖、一面镜子就把自己的弟弟卖了？"

她连说话的人都没有。实在憋得慌，实在想说话时就对着镜子说。这面镜子很神奇，只有她能看到镜子里的弟弟，其他任何人都看不到。

她对镜子说话时，别人还以为她是疯子呢。她心里说，若没有这面镜子，她真会发疯。

此时传来呼喊声："抓小偷，抓小偷。"一个少年往这边跑，一个女人在后面追。少年往她这边跑来了，女人就朝她喊："帮我抓住他，他偷了我的钱包！"少年跑过她身旁时，朝她笑了下，她也笑了。女人跑到她身边时，她伸出脚一挡，女人绊倒在地上了。女人从地上爬起来时，少年早已跑得不见影了。女人就抓住她，说她和他是同伙。她不争辩。女人要她去派出所。她说好。

到了派出所，警察给她做笔录。警察先问她名字。她说："坏女孩。"警察不相信，她说："所有认识我的人都叫我坏女孩。""你在哪个学校读书？"她说："我没念书，早被学校开除了。""你多大了？""十八岁。"当警察问她与小偷是不是同伙时，她说不是。女人说："不是同伙，你怎么朝他笑，而且还帮他把我绊倒了？你把我绊倒就是想让他逃脱，不让我抓住。"她又笑："你说是就是。"又对警察说，"你把我抓起来吧，我还没蹲过派出所呢，很想尝尝蹲派出所的滋味。"警察说："你先让你父母来这一趟。""我父母都死了。谁抚养我？我都十八岁了，成年了，早自己抚养自己了。"但警察检查她包时，见到了初二的课本，又见作业本上写了学校的名，便给学校打电话。她就叹口气："唉，蹲不成监狱了。"警察问："你为什么想蹲监狱？"她摇摇头说："我也不知道。"

一到家，迎接她的又是母亲一顿劈头盖脸的臭骂："你回家干吗？咋不死在外头？你可以跳河呀、撞车呀、割手腕呀、上吊呀、跳楼呀……早死早超生。你多活一天，我就被你气得少活一天……"

父母睡下后，她又对镜子说起话来："弟弟，姐姐好想你好想你现在就能回家。你回家了，他们就不会这样厌烦、仇恨我……"她对镜子一说就说个没完。

没多久，从派出所传来消息：邻省的一个少年很像她那被拐跑的弟弟。

喜极而泣的父母忙去医院做 DNA 检测。

检测的结果是邻省的少年就是她弟弟。

警察带着父母去接她弟弟时，母亲竟要她一起去。她坚定地摇摇头。

晚上，她一个人在家，又对着镜子里的弟弟说了许久的话："……弟弟，不是我不想见你，是我怕见你，一见你我就想到我是怎么变坏的，那我永远不会快乐。你也不想姐姐不快乐吧？既然你要回家了，我在家就更是多余的人了，我原来还想着找不到你，我要给父母养老送终……弟弟，让姐姐最后亲你一下。"她噘着嘴对着镜子里的弟弟亲了一下，然后就把镜子狠劲往地上一摔，"哗"的一声，陪她八年的镜子碎成了渣。

天一亮，她就背着书包出了门。

到了火车站，她不知买去哪儿的票，在火车站里走来走去。

一个脸上有疤的男人注意她很久了，他把吸了半截的烟狠狠地摔在地上，拿脚踩灭了烟头，然后朝她走去。

（原载《啄木鸟》2015 年第 12 期）

死亡的预言

赵淑萍

我的朋友参加了贾医生的追悼会。贾医生生前是江城的一个私人诊所的坐堂名医。许多居民自发前往殡仪馆，他们都曾是贾医生的病人。

我的朋友跟贾医生的关系尤为密切，因为，他父亲最后的一段日子，就是贾医生上门治疗的。那是三十多年前的事了。当时，贾医生仅仅是一个普通的医生。

病急乱投医，朋友的父亲去了多家医院，都查不出确切的病因。吃了好多药，打了好多针，都不见好转，索性卧病在家静养。有一夜，病发得厉害，就近唤了贾医生。

朋友的父亲在民间很有名望，一直搜集、研究江城的历史文化。包括贾医生的一些民间药方也是在他那里无意中学的。有一次，我那周岁不到的儿子，哭闹折腾了整整一夜，还伴有发烧，请来贾医生，他在孩子的袖子上别了一枚缝衣针，又让服了他自己配置的粉状药，不久，孩子就安静下来，还退了烧。

我想，那枚细小的针，相当于一把宝剑。我甚至还想，贾医生会点儿小巫术吧。

贾医生对我朋友的父亲无微不至地关怀，他每天早晚都来查看病情，过问饮食。那时，我朋友尚未结婚，整天陪护着父亲。终于，有一天，贾医生悄悄叮嘱："准备后事吧，你爹一个礼拜后就要走了。"

朋友的父亲面对死亡相当坦然，一个礼拜后的早晨，朋友给父亲喂米粥，仅一调羹米粥，还没咽下，父亲就断了气，表情安详，没有痛苦。

之前有多位医生诊断、治疗，包括贾医生，都没能让朋友的父亲病情好转，但是，在朋友的眼里，这种对死亡准确的预言比之前所有的治疗都重要。起码，父子俩都知道了大限之期，在死亡到来时都表现得比较从容。

朋友的父亲按贾医生的预言"准时"走了，这证明了贾医生的能耐。从此，贾医生声名大振。朋友对贾医生，也由感激升华为敬佩。

贾医生病重时，我就想，他能预言别人的死期，对自己的死期能预言吗？俗话说："瞎子难算自个命，医生难看自个病。"贾医生诊治过无数位患者，最终，救治不了自己。

也像贾医生当初探望自己的父亲那样，朋友一早一晚都去探望贾医生。贾医生拒绝上医院，他对朋友说："一个礼拜后我就去跟你父亲相聚了。"

朋友向单位请了假，也像对父亲那样陪护在贾医生的床头。朋友是个孝子，他采取这种方式表达感恩之情。

一个礼拜后的早晨，贾医生突然有了精神。朋友希望贾医生的预言破灭，还以为贾医生病情有了转机，其实是回光返照。他的手已发凉，不过，他的眼睛，瞬时亮了，像一缕阳光照进了暗屋一样。知道贾医生要交代遗嘱了，朋友甚至拿来了纸和笔。

贾医生微微摇摇头，他示意其他人出去，只留下我朋友一人。朋友说："贾老，您有什么话就说吧。"

贾医生说："我感谢你爹，我能有现在这样所谓的名气，全靠你爹。"

"不，我爸爸最后的日子，多亏您的医治和安慰。"

贾医生又微微摇头，轻轻地说："你爹比我高明，他感到了自己的死期，他成全了我。由我向你发布了死亡的消息，所有的人都以为我很高明，其实，我是一个平庸的医生，我掌握了几个民间偏方，也只能对付一些普通的病。你爹用死亡的消息抬举了我，我也想不到，那以后，我会有那么大的名气。原来，人对自己的死亡，往往有预感。"

说完后，贾医生舔了舔嘴唇。朋友赶紧用纱布蘸水，给贾医生润一润唇。贾医生张着嘴，闭上了眼睛。他脸上的表情非常安详，在说出了这个积压多年的秘密后，他似乎如释重负，走得轻松。

因为夏季天热，第二天早晨就去了殡仪馆，想不到，居然有那么多人已闻声赶至，而且，人们也提前获悉贾医生对自己的预言。我想，最后，贾医生又用死亡的预言加强和维护了自己的名气。

可是，朋友不那样认为，他说，他父亲死后的多年里，贾医生将他父亲收集的资料看了个遍，包括好多民间的病案。

（原载《文学港》2016 年第 8 期）

归园田居

颜　歌

想当年，戴眼镜被发放去郫县城外的安庆镇下乡，每天扛着锄头提着桶修理地球。那个时候，他又瘦又高，是个秧鸡儿一般的单身汉。他的眼镜片虽然厚，他的目光却时常望向远方。

关于他那时的情况，我捕风捉影地听了不少的传说。有人说他特别会种莲花白，有人说他格外擅长晒谷子，有人说他是大队上最会唱歌的，还有人说女青年们看着他骑自行车过去了，总是要咯咯地笑起来——"这简直是胡乱说！"他巴掌一拍。

时间隔得久了，年轻时候的戴眼镜到底是什么样子成了死无对证的事，他却转眼长大了：从一百零几斤长到了一百二十几斤，然后一百三一百四噌噌地往上飙——他结了婚，成了家，立了业，养了娃娃，辛辛苦苦了几十年，终于长到了一百八。

长胖的不只是他一个，还有他们那整整一代人。有那么几个和他自来很合适的，从小到大，三五时地约起来，喝喝酒打打牌冲冲壳子。也许是在酒桌上，说起了他们年轻时候的好时光。说起了谷子堆堆，水塘函函，田坝里的篱笆豆、丝瓜、厚皮菠，说起来他们一群知青饿得眼睛发绿，跑到隔壁大队去打人家大队长的狗吃。

于是戴眼镜就走回来，在饭桌上宣布："我要在房顶上的花园里开始种菜了！"

"哎呀，人家准不准啊？"妈妈自古是个怕事的。

"种点儿小的嘛，没事！"他摆一摆手。

虽然是种小菜，但架势却起得大。他先是跑回安庆乡去，找到了一个熟人，满满装了几筐子肥土，三轮货车载回来，吭哧吭哧地一担担抬上了顶楼，细细地铺在花台里；紧接着又到了石家桥赶场，锄头钉耙铲子买了一套，又添置了肥料和篱笆、种子和秧子；然后，他挽起了袖子和裤子，在楼顶上又是刨，又是踩，又是挖，又是扫，折腾了好几天。

妈妈说："哎呀你爸不要把这房子弄垮了。"

我宽慰她："没事，估计他也就这几天的热情，过两天也就出去耍了。"

然而我们都错看了他。他非但没有把房子弄垮，反而把楼顶收拾得井井有条了，眼下面一排排：是番茄、海椒和空心菜；头顶上一串串：是黄瓜、南瓜还有苦瓜。他邀请我们上去参观，我们都大开了一番眼界。

"爸爸，你可以哦！"我说。

"那是。"他得意得不得了，"想当年我下乡的时候，天天做这些！一颗米一滴油，一针一线，都要自己来——哪像你们这代人，从小被惯坏了，葱和蒜苗都分不清楚！"

大概是二十年前，戴眼镜打发我去街上买葱，我却给他买回一把蒜苗来——从此，他发起感叹，没有一回不提这桩事的。

他经常发的感叹还有很多，比如他们这一代人是如何地青黄不接，要读书的时候没书读，要长身体的时候没饭吃，远门也不大出过，见识也没怎么长过，这辈子就这样庸庸碌碌地胖了。

有时候我也要想一想，想象他年轻时候的样子，一个人孤零零地在安庆乡上，拿着不知道从哪找来的半本书，每天日也看夜也看，看了几十百来遍。

也是稀奇：自打开了这一片小小的园子，戴眼镜似乎回到了那些青春的时光里，气色疏朗了，容光焕发了，每天摆起龙门阵来，说的全是：我的黄瓜怎么怎么了，小西红柿们是如何如何甜了，我的秧秧啊，我的苗苗，我的心肝。

我就说："爸啊，你真是归园田居了啊。"

他说："就是啊！"

我们都以为也到此为止了。没想到过了几天，他又写了一篇诗文。写的是他知青时候的趣事——他把文章发在自己的朋友圈里，大受欢迎，于是很高兴了几天，过了一阵，又写了一篇。

我把这件事作为一个稀奇讲给我堂姐听，说："真是奇怪啊，这人几十年前卧薪尝胆地复习高考，就是为了不要当农民，不想兜兜转转了一大圈，他却还是要爬上房顶去种菜。"

我堂姐说："哎呀我爸退休之前也是那样，忽然迷上了拍照片，现在这都几年了，简直发展成了一个事业，自己拍，自己冲，自己洗，还要自己裱起来！——管他呢，老年人有个混头儿嘛。"

我被惊了一跳，才发现戴眼镜已经不年轻了——他不是那一个瘦骨嶙峋的青年人了，早就不是了，然而，居然还不够，我的爸爸他居然会终究变成一个老年人。

掐指一算，年一翻过，戴眼镜就要退休了。刚好在这个时候，他重新种起了菜，过上了自耕自种、自吟自唱的田园生活。正像是在那风雨来临之前，鸟儿们都飞到了林子里去。

（选自《南方周末》2016 年 3 月 31 日）

阿丁那匹马

阿丁阿西是两匹马。日常里，它们以兄弟相称。

"马无夜草不肥"这样的道理阿丁阿西不懂，但到半夜时，它俩都喜欢再吃些草料。

因为在一个槽里吃食，它俩经常唠嗑。有一天，阿丁说："兄弟，今天这草料有点儿咸，该不是主人为了让咱多喝水省草料，故意放了盐吧？"

"我倒没觉得。"阿西顺嘴说。

阿丁又说："你最近口味越来越重了，这对健康不好。"

"哥，"阿西叫一声，说，"真不咸啊，不信你来我这边吃两口。"说话间，阿西还把自己嘴边的草料往阿丁那边拱了拱。阿丁一尝，有些好奇了："哟，不对啊兄弟，你这边的草料咋有豆粕味儿？""呵呵，"阿西笑了，"肯定是主人偷懒，没把草料搅匀。"

想想，也有这可能。不过，阿丁心里不爽，它觉得，这肯定是主人偏心。

阿丁这样想不是没道理的。自从它和阿西成了主人家的马，它就觉得主人对阿西偏心。不过，这话它从没对阿西说过。它还觉得，主人之所以偏心，是因为阿西个头儿比自己高一些，腿比自己粗一些。

当然，这些阿丁并不十分嫉妒，但每每看主人欢喜地抚摸阿西的样子，总让它心里不爽。在心里，它还说过："有啥，有啥，有啥啊？不就是它双眼皮的眼比我大些吗？"当然，每每主人赶着它俩外出拉货，总让阿西走前面这事儿，阿丁心里也很不舒服，只是它知道，就算它跟主人提意见，主人也听不懂马语，所以，它懒得跟谁说心里这些事儿。

第二天，阿丁阿西又各自拉一车货上了路。往常，它们虽也一前一后，相距不远。不过这天，阿丁有意放慢了些步子。"走！走！"主人的吆喝它只装没听懂，直到主人用鞭子抽，它仍不走快。主人无奈，由它。不过，走了两里地，阿西有些急了，它觉得，如果不能早点把货运到，回来时搞不好就要走夜路。走夜路倒没什么，主要是晚上若休息不好，第二天的活仍不会少干。于是，阿西咴咴咴，说了一番话。

阿西说了什么呢？主人听不懂。但阿丁却听得明白，阿西是说："咋了哥？快些啊，咋跟没喝奶似的，一点力气也没啊？"不过，阿丁假装没听见，依旧慢慢地走。

阿西不知道，阿丁是在跟它怄气呢！好歹一个槽里吃草的马，为啥你那边就有豆粕味儿的草料？

越想，越气。阿丁又让自己慢了些。

"走，走！"主人再次吆喝了两声，真急了，爷起鞭子要抽阿丁。可能又觉得刚都抽好几次了，不见起啥作用，所以，主人放下鞭子叫停了两匹马，骂骂咧咧的，把阿丁车上的东西搬下一些堆放在了阿西车上。

阿西咴咴咴，仰头，钩头，叫了起来。其实，它是在跟阿丁说："哥，太不厚道了吧？"不过，阿丁假装没听见，比刚上路时走得还慢。终于，主人可能真受不了了，把阿丁车上的东西全堆到了阿西车上。

阿西咴咴咴，连哥也不叫了，直接说："臭阿丁！"当然，这话主人听不懂，而且阿西说的也不是这么简单，它说的是跟阿丁母亲有关的一些粗话，但意思大约如此。

阿丁咴咴咴，终于开口了，半真半假地开玩笑："嘿嘿，谁叫你吃得比我好呢！"

因为彼此心里有气，阿丁阿西唠叨了一路，但主人没听懂，只是听它俩咴咴地叫，可烦。

第二天一大早，主人并没让阿丁阿西再拉什么，而是坐在院里磨一把可长的刀。阿丁阿西好奇地看着主人，却没有沟通。因为晚上时，它俩几乎吵了一夜嘴，而且，还互骂了对方傻什么来着。

刀磨好了，主人看阿丁一眼，看阿西一眼，走过来拍拍阿西。阿西心里可毛："哟，啥意思啊？"主人也不言语，举起刀，顺手把阿西几根散乱的鬃毛刮了，然后，走到阿丁面前。

主人伸手拍阿丁时，阿丁心里一点儿也不毛，它觉得主人肯定也是要给它整理鬃毛呢，它还主动把头向前伸了伸。却不想，"噗"一声响亮，主人把刀刃猛捅进阿丁的脖颈。阿丁大惊时，已觉不出脖颈的疼了，只看见自己一腔血随着自己的挣扎，溅得眼前一片好看的梅花，然后，大脑越来越麻木。

咴咴咴，阿西惊恐地叫着，挣扎着想挣脱缰绳，却见主人"当啷"一声丢下刀，看着它，轻轻拍着它，柔声说："好好干。有你这么能干的马，我干吗要养两匹呢?"

这句人话,阿西听得懂,战栗不已;阿丁也听懂了,流了两汪泪。

(原载《天池小小说》2016 年第 9 期)

云上的饭店

袁省梅

张六九跳下三轮车，手里举着麻花，说：要是有钱了，我要在这儿开个城里最好的饭店。

话是说给他媳妇王凤凤的。王凤凤知道这是张六九的第一句话。每天到了麻花铺前，张六九说的第一句话就是这句。好像这句话成了他一天的开始。好像没有这句话这一天就没法开始。每天早起，张六九骑了三轮车收废品时，第一个到的地方就是街头的这个麻花铺，买一根麻花给媳妇吃。刚炸出来的麻花，油呼啦啦的，老远就闻上了香。王凤凤喜欢吃麻花。王凤凤说，这世上没有比麻花好吃的东西了。就她的这一句话，结婚八年了，张六九给她买了八年的麻花。以前他们都在城里的大富豪酒店打工，酒店没有早饭，张六九每天早上爬起来，骑上车子，穿过大半个城，到城西这家麻花铺给她买根麻花，担心凉了不好吃，他就把滴溜咣当的自行车骑出了摩托车的水平。

张六九说了第一句话后还有第二句。张六九的第二句话是：开一个最有羊凹岭特色的饭店。

羊凹岭有凤凰岭，有状元坡，有百鸟朝凤和江山庙。羊凹岭的饭菜，能不好吃也由不了它。王凤凤也是这样想的。可是，今天，王凤凤嚼着麻花，想叫他别说了，天天就是这两句话，话说三遍都淡如水了。他有这力气，多跑几个地方，年根儿了，家家扫尘，说不定能多收个东西多挣俩钱。可她嚅嚅唇，没有说，一声悠长的叹息却藤蔓般在心头爬，也无奈，也伤感。嘴上说说跟云在空中飘有啥两样？由着他吧。

说到饭店，张六九的眉眼飞扬开了。他说，肯定红火，你信不？他的饭店在云中热闹了好一会儿，才骑了三轮车，叫王凤凤坐好，猛猛地大吼了一嗓子，走咧——王凤凤在车厢的编织袋上坐着，手边放着个拐棍。一次车祸中，王凤凤丢了半条腿，张六九坏了一只脚。肇事车至今也未找到。

张六九又指着麻花铺旁边的羊汤馆，说，咱可不开这种店，羊肉羊汤，呼呼啦啦的一碗，一点儿技术含量都没有，有什么劲？

这块地方张六九早就看好了，说是来往的人多，饭店生意肯定好。

当然是出事前。

出事前，张六九是大富豪酒店的厨子，王凤凤刷锅洗碗。面案、菜案上的活儿，张六九都能拿得出手。张六九说是攒够了钱，就开饭店，最起码不用雇厨子不用雇服务员吧，这就省了一笔。王凤凤问他钱呢。一说钱，张六九就没话了。张六九就低了眉眼，继续在饭店给人家打工。王凤凤心疼他，就说，给人家打工也好，少操心。张六九却不同意她的说法。张六九说，不当将军的兵不是好兵，人活一辈子，不能没个想法。他说，要是咱自己的饭店，我就会开一张我喜欢的饭菜单子，我还会看人下菜，男人还是女人，老人还是孩子，做出不同的口味来，不高兴的人我要让他吃出高兴来，高兴的人我要让他吃出满足来。你信不？他们出车祸后，就再没去过打工的饭店。去，能干了活儿？可是，张六九还是想开个饭店。张六九说，等过了年，咱手里的活儿一倒腾，就把这个麻花铺租下开饭店，麻花铺要搬到街头，不远，你啥时候想吃我啥时候买。张六九说，咱的饭店可不是一般的店……

寒风里，张六九突突地开着三轮车，和王凤凤说得也豪迈，也自信，是欢喜了。王凤凤呢，坐在车里，由着他云来云去，有时嗯一声，有时顾自看街上的热闹，也不理会他。张六九呢，满脑子都是他的饭店，走了好一会儿了，还在说他的饭店。

张六九说，咱的饭店就是卖馒头稀饭、油条豆浆，也肯定比别人家的好吃，有羊凹岭的特色呢。少说一天也能挣个二三百吧，一天二三百，一月下来能挣多少呢凤？你算算。

王凤凤没有算，她说，要是我的腿不坏，不至于二三百吧，咱还能多挣点儿。

张六九呵呵笑着，不怕，没事，慢慢来。再说了，多了咱也不挣，人活着，不是只图挣钱，你说对吧？

王凤凤怅然地叹息着，那咱也得先把借人家的钱还了啊。

张六九说，不急，急啥？过日子跟开车一样，低挡起步，大油门爬坡，慢放离合，礼让三先，这样车才能跑快跑稳。

王凤凤乐了，可她却撇着嘴说，看把你能的，好像你开过车。

张六九说，三轮车不是车？

王凤凤咯咯笑了。

张六九听着王凤凤的笑声，也乐了。街上人流车流，嘈杂热闹，可他看见自己的心哗地也豁亮，也轻松，是自在了。他就给自己也说了一遍，很重，很响。他说：不怕，没事，慢慢来。

寒风里，王凤凤悄悄地擦了一把泪。

（选自《北京日报》2016 年 1 月 28 日）

辑八

老　郑

马　犇

　　老郑是花边厂的老工人，他在花边厂到底干过什么工种，任过什么职务，我一直不知道。

　　年轻人听到这个厂名，多半会疑惑甚至耻笑——一个工厂就生产花边？其实，这在二十世纪七八十年代，一点儿也不稀奇。

　　阀门厂、纸箱厂、油厂，太多不起眼的物件，都能构成一个生产型企业。我的祖辈、父辈都有在花边厂工作的。我去的第一个具有学校雏形的地儿——托儿所，就是花边厂托儿所。

　　花边厂的大门最初设在北边，后来设在西边。最北边的一幢楼是行政楼，由很多部门组成，老郑就在这幢楼。中间一排是生产车间。南边一排也是车间，不同的是，它还担负着礼堂的职能，总结、表彰、传达上级指示等都在礼堂举行。再往南边是化验室和一个二十多米高的水塔。

　　楼与楼之间，都筑有花池，花池周边植有

黄芽，松树、梧桐错落其中，月季、桂花、米兰、一串红各自聚居。花草中，蒲公英是最多的，花边厂的花边很多都是出口商品，它们蒲公英似的飞向远方。

蟋蟀常和机器争鸣，蚱蜢多得你一脚下去，至少飞出五六个。一到梅雨季节，暴雨只消下一天一夜，院里低洼处就会有大量积水，下水井里的泥鳅就蹿上来。

一个县城孩子的所有乐趣，几乎全在这个工厂里。

厂里工人的素质参差不齐，有逗小孩的，有吓唬小孩的，有捉弄小孩的，有关心小孩的。老郑不属于上面的任何一种，老郑是"尊重小孩的"。

我五六岁时，常在厂里遇见老郑，他总是骑着二六自行车，每次都显得极其忙碌。但他只要看到我，就会点头笑，紧接着刹车，迅速架好车，然后走到我面前，爽快地伸出手，很自然地和我握手。

我后来看周恩来总理和外宾握手的影像，都会想到老郑的动作，他伸出的手也是那样庄重而亲切。他握着我的小手，上下抖落几次，伴随着三两句"你好"，继而简单寒暄，告别后，便踢开脚架飞车而去。

每次握手，老郑都把我当成"小大人"，从不开玩笑，他的动作、神态和语言，无不像是和一个至少同龄的人在互动。我也会"老气横秋"地模仿大人的动作和口吻，与之"接近"。

我和老郑的见面方式，很快就传遍全厂。有一回我和他在车间外握手，不知谁吹了声口哨，二楼很多女工齐刷刷地探出脖子，叽叽喳喳，蟋蟀和麻雀的声音瞬间失踪。

"傻子，跟小屁孩见面也有板有眼。""他是不是逮着机会就学一下领导？""老郑应该叫老闲，闲出屁了。""看他还能装多久。"经常有人当面讥讽、取笑老郑。

有一年，老郑的右胳膊摔骨折了，他吊着绷带在厂里走。碰上了，我本以为点头就成。哪知老郑张开手，示意我把手伸过去，当右手相握，他的左手晃了晃绷带，象征性地"摇了摇"。

没过几年，国营的花边厂倒闭了，除了几个留守人员，工人都下岗了。老郑很快再就业，他租用厂里的一间房，就在中间那排车间的一楼西侧，开了一个生产毛线帽子和手套的作坊。有年冬天，我偶尔听厂里老工人说，"老郑的老婆外面有人，跟他离婚了，把女儿也带走了"。

我以为老郑心灰意冷地关停了作坊，但还是忍不住地走进厂区。环视一圈，南边的车间成了一个洗浴中心，托儿所附近仓库成了纯净水厂。卡车停车场成了一家规模不小的饭店。巧得惊人，就在我将目光定格在老郑的作坊时，他竟真的走出来。只见他向电动车走去，他的坐骑换了。他刚跨上电动车，就看到了我，毫不犹豫地下车走来。他摘下右手手套，把手放胳肢窝里暖和一会儿，和我握手。

在那一刻，刚才还在他脸上的忧郁不见了，只有一个温暖的微笑，除了眼角多了些褶子，他握手时的笑容和十多年前一点儿也没变化。

当年，他高出我太多，但总是放低身子与我平视。那次相见，我已比他高出半个头，我缩了缩脖子与他平视。那天，他和我说了很多话，但没有提及他家庭的变故。临别时，他送我一双枣红色的毛线手套，"戴上吧，别把手冻了，你在外地，我们一年可能都握不上一回手，就让这副手套代我送去问候"。

和老郑有几年没见了。如今，每当遇到孩子时，无论大与小，无论熟悉与陌生，我都不会居高临下，我常常俯下身子，与他们平视，和他们礼貌地交流。当然，每次谈话前，我都会郑重地和他们握握手，就像当年老郑和我握手一样。

（原载《天池小小说》2016 年第 6 期）

J 先　生

汤成难

天好像一下子黑透的，雨铺天盖地而来。车灯倏地亮了，把雨赶得四处逃窜。

雨小点的时候，J 先生下车了，这些天都提前下站，从车上摇摇晃晃下来，再摇摇晃晃回到家中。这段路要走半个多小时，经过一个超市，跨一座桥，再穿过一个小区，然后到达他的住所。

这是一片由几十幢高楼组成的公寓区，J 先生总是在门口的地方稍作停顿，他把头仰起来，以颈部作为轴心，一直仰到视线与他的窗口相交为止。是的，没错，他就住在这座楼的最高处，37 层。每天，他都从 37 层下来，从方盒子一样的高楼里走出来，再坐上方盒子一样的公交车，到另一个方盒子一样的高楼里工作。他从窗户向外看去，到处都是静止的或移动的方盒子，这使他难过而悲伤，具体因为什么，他也说不上来，觉得这个世界被填满了无数个盒子。

J 先生穿过了那个小区，路上又遇到一些散步的人，雨已经停了，一种不知是月光还是雨水反射的亮白色。路上的人三三两两地走着，踩着积水。那些与他相向而行或背道而驰的人，他们挽着情人，或挽着孩子，还有与父母一起散步的——J 先生知道，都是假的，是的，假的，"情人""孩子""父母"，都是买来的，从 S 城的各个超市里。J 先生看着这些"人物"，就像看着他们主人的背包、鞋、帽子一样——他们只是物品而已。

其实有一段时间，J 先生也买过一个"朋友"。他去超市购买面包，出售"朋友"的货架就在面包旁边，排列得整整齐齐。J 先生从没想过自己需要一个"朋友"，但那天竟鬼使神差地将口袋里剩下的钱都掏出去了。他从一排"朋友"里随意挑了一个，关于产地和年龄都没有细看，就将他带回家了。他给他取了个名字"Q"，尽管这个"朋友"有自己的名字。那些天，J 先生按照说明书使用着 Q，让他陪他喝酒，听他讲述公司里各种繁复到令人生厌的事情。但不知道为什么，几天之后，J 先生还是将 Q 申请退货了，Q 又回到了货架上。后来某一天，J 先生再去超市时，Q 已经不见了，他知道他已经被其他买主买走了。那晚从超市回来，J 先生有些难受，他没有乘电梯，而是从第一层一直爬到了 37 层。他想起很久以前看过的一场电影，说是整个世界被淹了，到处都是海水，所有人都离开地球了，只剩下一个老头，依旧住在自己的屋子里。海水越涨越高，他就不停地把房子加高，房子越来越高了，他离地面也越来越远——J 先生觉得自己就是那个老头，当他一层一层往上爬时，孤独就越来越深。

这个城市里，所有人都和 J 先生一样地生活着，没有亲人，没有朋友，他们都是独立的个体。需要妈妈或妻子的时候，从超市里买一个；需要孩子或邻居的时候，也可以从超市买一个。有的人买了很多妈妈，也有人买了很多朋友。是的，超市里东西太多了，光"妈妈"的货架就堆放了好多层。J 先生曾经仔细看过，但没有购买，因为那时候他觉得自己更需要一双鞋。

J 先生爬到第十层的时候，突然停了下来，好像使尽了浑身力气，又好像想起什么似的。他从窗口向外看，黑暗如海水涌了上来，雨停了，世界安静得没有一丝声响。他把身子缩回来，向后退着，又从十层的地方往下走，一级一级地，摇摇晃晃地，像刚刚从公交车上下来一样。他走出公寓，继续向前，一直走到他常经过的超市。

他推开超市的玻璃门，白色灯光使他的眼睛感到极不舒服，他从一楼走到二楼，又从 A 区走到 B 区，手推车里都给装满了，油盐、米、罐头、睡衣、肥皂……他好像第一次如此认真周全地购买商品。然后他来到"妈妈"的货架，指着其中之一告诉售货员，就是这个。他说。他没有挑选，坚信所有的商品都是合格的，无可挑剔的。之后他又在"爸爸"的货架上买下一个，这是一个微胖的、个头有些矮的男人，头上有些秃，胡子干干净净，脸色显出一种洁净的青白色。J 先生继续向前走，几乎不假思索地又买下一个妻子，他觉得自己或许该有一个妻子了。他没有停止购买，很快又跑到面包货架附近，这里是出售"朋友"的地方，货架上有些空，只有寥寥无几的几个中年男子整齐立着，他们的标价不一样，由高至低地排列开来。J 先生没有看见之前的 Q，这说明 Q 被买走后没有遭到退货。想到这点 J 先生有些失落。于是他从所剩的几个"朋友"里选中了两个瘦高且标价昂贵的男人。是的，两个，他给自己买了两个"朋友"。J 先生仍然购买着，好像和谁赌气似的，又好像要把很多年的愿望一并实现似的。他给自己买了一对儿女，是一对双胞胎，准确地说是龙凤胎，年龄还很小，刚刚会说话的样子。买完孩子又买了一个"三婶"。这是几次来超市时热销的，开始他不知道"三婶"是干吗用的，是妈妈，还是妻子呢？后来在路上遇见过才知道，那些常常站在路边或桥头拉家常，系着围裙，说起话来眉飞色舞的女人大多都是"三婶"。所以 J 先生也给自己买了一个。

这一次几乎花尽了 J 先生的积蓄，但他没有丝毫心疼，当他带领他们走上 37 层公寓时，内心更多的是激动——他们没有爬楼梯，而是一起乘了电梯，电梯不大，很窄，这样大家就自然地挤在一起了。J 先生的腿被另一条腿硌着，他的脸也紧紧靠在一个肩膀上，那是"爸爸"的肩膀，J 先生在黑暗中偷偷笑了。

往后的日子就变得喧闹起来了，这个喧闹倒不是声音的嘈杂，J 先生的"妈妈""爸爸""妻子""孩子""朋友""三婶"等，很少会发出声音，他们按照说明书上的要求，完成着自己义务——"妻子"每天早晨把他叫醒，并为他煮上稀饭，然后坐在旁边看着 J 先生一口口吃完。而"妈妈"呢，几乎一整天都在盥洗室里，J 先生不知道哪来这么多的脏衣服，似乎永远没有洗尽的时候。孩子们并不打闹，安分守己地坐在方桌两侧，用一支笔在纸上胡乱画着。一次 J 先生走过去看他们，发现那张纸已经被画穿了，他赶紧给他们新换了一张。而这个时候，"爸爸"在阳台上打着太极，他每天打很长时间的太极，从早晨一直到傍晚——说明书上似乎就是这样写的。那两位"朋友"呢，他们恭恭敬敬地坐在沙发上，像客人一样，等 J 先生把一切都做完的时候，他们才聚在一起，此时的 J 先生会和他的"朋友"说起路上的事，说起公司的事，两个瘦高个的男人一眨不眨地听着，身子恰到好处地向前微倾，这时 J 先生便会给他们倒上一杯酒，三个人一起对饮起来。

"妈妈。"一次 J 先生对着这个人喊着，"妈妈"正在盥洗间，J 先生走过去时，"妈妈"一阵慌乱，她问 J 先生还有什么要洗的吗？J 先生愣在那里，摇了摇头，说没有，没有什么要洗的。他停下来，没有再继续往里走，其实他多么想和"妈妈"说说话，或者，像抱着一个最温暖的东西一样抱一抱她。

他和他的"妻子"也变得客气起来了，或许是一直都很客气，是的，她为他做饭，厨房里永远都是洗菜炒菜的声音，他走过去，说，今天的天气真好。"妻子"说，是的，好天气要晒被子了。然后急急忙忙冲进卧室把被子抱出来，当她再回到厨房的时候，J 先生已经不知道再说什么了，"妻子"把油烟机打开，那是一种恍如飞机发动机一样的轰鸣。他把脸转向窗外，明媚而泛着金色的阳光正落在远处的草地上。

他的"孩子"已经完全会走路了，依然拿着画笔，在地上和墙上乱涂着。他们也会爬到阳台上，或爬上窗户，那个时候，J 先生往往在思考问题，当他的视线不经意落在阳台或窗口时，会惊吓出一身冷汗，然后以飞快的速度冲刺过去，恰巧，真的，真的恰巧拽住了"孩子"的衣服，他长长呼出一口气，整个人都瘫坐在地上，他调整呼吸，耳边满是各种挥之不去的声音，油烟机的呼叫声，盥洗室的水流声，孩子的哭叫声，以及邻居和"三婶"叽叽喳喳的闲聊声……它们，填满了他的耳朵。

往后的日子，J先生继续和他的"亲人""朋友"生活在一起，他们相互交错却又相安无事。他们一起看电视，一起吃饭，甚至一起郊游……像所有购买的家庭一样看起来那么和谐与融洽。可是，J先生沉默的时间越来越多了，他也变得很少说话，甚至和"朋友"交谈都成了极少的事。直到有一天，他发现自己又提前下车了，才猛地意识到什么。J先生没有坐到公寓前的那个站台，而是和从前一样在超市附近下车。不管是刮风或下雨，他都不急于回家——他摇摇晃晃从车上下来，再摇摇晃晃走回家中——仍然不坐电梯，他不喜欢这些快速的工具。J先生从第一层一步一步地往上爬，经过每一个窗口的时候，依然把身子探出去看一看，是的，这个城市塞满了方盒子，越来越多的方盒子，人们从盒子里走出又走进。他往上走，越来越高，于是又想起那个越来越高的房子，那个被海水快要淹没的房子。世界上只剩下老头一个人了，他也生活在一个小方盒子里，据说陪伴他的只有一个烟斗。J先生突然想起什么似的，像受到某种引领，他离开窗口，飞快地往37层奔去。

像几个月前那样，他从超市里买回了"亲人"和"朋友"，现在，他又要把他们送回去。他没有要求退货。J先生从超市出来的时候，外面也下着雨，和很久之前的那个晚上一样，雨铺天盖地而来。车灯像利剑似的，刺向一个个方盒子。他在一片雨水里缓慢前行，一个人，不着急回去，不着急回到另一个方盒子里去，回到那个悬得高高的37层的房子里去。他跨过一座桥，再经过一个小区，然后到达他的住所。他仍然在门口的地方稍作停顿，把头仰起来，以颈部作为轴心，一直仰到视线与他的窗口相交为止——他看见自己的窗口淹没在巨大的黑暗之中，这使他难过而又悲伤，也说不上来具体因为什么，J先生慢慢低下头，像被什么压着一样。他没有继续向前，没有像往常一样一步一步地爬上37层，而是掉转身，背对着，向远处慢慢走去。

（原载《青春》2016年第3期）

哈兰下山

刘斌立

立秋那天，哈兰竟然牵了头出生不久的小驯鹿下了山。

阿龙山镇就一条公路，大中午的也没有看见什么车，哈兰走在上面心里有点小慌张。几十年的砍伐，林子快尽了。奥克里堆山的林场已经荒废，国家两年前开始在大兴安岭全面禁伐禁猎。阿龙山这个大山深处的小镇越发凄凉。

一面掉了一半水泥的墙上，还留下了"收驯鹿"的前两个字。哈兰记得绕过这面墙后面那屋子里有个姓尚的汉人，专门收死驯鹿。以前还上山找过哈兰的鄂温克族人。去年，哈兰同族的石头带着 17 头驯鹿下了山，政府在山下给鄂温克提供了定居点，希望山上的鄂温克下来结束放养驯鹿的生活。不过，石头带下来的驯鹿没过多久就死了一半。驯鹿要吃山里清晨新鲜的苔藓，这种灵性的动物不是饲料可以养活的。石头最后一声口哨，放剩下的驯鹿归了山，他知道驯鹿能找到他爸那去。石头自己则把刚死的鹿全都卖给了尚姓的汉人，一开始数票子还掉了几滴眼泪，因为死的鹿好几头是他看着长大的。后来石头一头扎进了小饭馆，几斤酒下去就再没见他伤心过。

今天哈兰不准备找那收鹿的人。那头小驯鹿一路好奇地打量着偶尔迎面而过的路人和冒着炊烟的房子，它也不知道哈兰要拿它做什么。

走到街的尽头，哈兰才看到一家小饭馆，于是把鹿拴在门口，自己一头扎了进去。

杨二一看哈兰，立马认出这是山上的鄂温克，于是下意识地先看了看墙角的酒桶。杨二家里排行老二，就是土生土长的阿龙山人。阿龙山人好多人家都只有老大起个正名，后面的孩子就二三四地排着。杨二这小饭馆开不少年头了，原先有林场在，这条街上共有 11 个饭馆，每晚喝酒的生意总是不断线。自从禁伐以后，林场关了，伐木工遣散了。饭馆酒馆一律没了生意。杨二这临街的铺面房是老人传下来的，他也没地可以去，于是继续撑着开业。

要说这阿龙山的饭馆生意，基本就靠酒了。杨二每三个月就要去百里外的几个城镇的几户酿酒的人家转转，专门收散酒。20斤装一个蓝色的桶，收购价8毛一斤。然后拉回饭馆里给桶贴上个标签"扎兰屯原浆"，然后卖一块二钱一斤。一桶酒挣8元，你可不能小瞧这8元。前些年，这阿龙山上街上的小饭馆，哪个晚上不得卖个十桶八桶的。当然这是以前的事了。

杨二看见来了鄂温克人，心里其实挺高兴。鄂温克人都好酒，一个人一顿喝两斤真不算事。但杨二也害怕，怕他们喝多了真惹事。那年有个叫石头的鄂温克。因为响应政府的号召下了山，结果下山的驯鹿死了大半，他卖了死鹿一头扎进了杨二的饭馆。石头在饭馆里醒了就喝，醉了就睡，三天干掉了一桶"扎兰屯原浆"。他该给的钱到是一分不少，但最后一天晚上，一个叫贾明的汉人因为说句"驯鹿下山是找死"，惹恼了石头，石头直接把贾明的胸口捅出了两个血窟窿。那鲜血喷射的场面，杨二记忆犹新。

杨二正回忆呢，那边哈兰喊着要酒了。

杨二直接把墙角那桶剩酒都搬了过去，说："兄弟，这桶还剩个小两斤，都给你了，我再给你加盘花生米，你一共给5块钱得了，行不？"

哈兰半明白不糊涂地说："5块行，酒两斤不能少，你给我添点。"

杨二笑着说："行，一会给你添。"他知道一会哈兰喝晕点，添酒肯定可以另外算他钱。

……

哈兰没敢放开喝，他记得今天的大事，他父亲安道在他下山前叮嘱过，说事成了才能喝顿酒。

下午两点不到，哈兰微醺，牵着小驯鹿到了镇上林业保护办公室。

哈兰认识那个唐姓的科长，去年唐科长带人在山上找了半个月的鄂温克。主要是劝大家政府已经在禁伐禁猎了，还是上缴猎枪，下山去定居点住吧。

哈兰的父亲安道是他们部落的最年长者，部落里还在山里生活着的那十几口人都听他的。那次唐科长好说歹说，安道也没有同意下山。最后石头一个人下山的厄运更让大家不愿意离开了。

唐科长也认出了哈兰。

"你下山了？"唐科长问。

"我给你送鹿来。"哈兰说。

驯鹿不是一种能被圈养的动物，它们喜欢山里的新鲜苔藓，而那种苔藓一年才能长一厘米长。但鄂温克人生活几乎离不开驯鹿，从奶制品、肉制品到穿的、盖的……现在的驯鹿就像现在的鄂温克人一样少了，鄂温克族人目前在大兴安岭里的还不到 100 人，而他们还在自然放养的驯鹿并不比他们的总人数多多少。以前一头驯鹿 5000 元左右，而现在，哈兰牵着的那头小鹿都可以卖上 25000 元。

唐科长当然知道行情价格，他更知道哈兰的目的是什么。

"我跟你说，你也给山上你的族人带句话，必须搬下山来，政府都给你们安排好了。有房子住，还给生活补贴。"唐科长拍着哈兰结实的肩膀说。

"你就让我们再住一年，我父亲快走不了路了，他下不了山。下山我们吃什么啊？"哈兰的汉语是他们族里最好的了，这次"公关"的重任才落到他的肩上。

"你们可以把驯鹿带下来养，或者卖掉嘛。"

"我们鄂温克人不到万不得已是不杀不卖驯鹿的，如果做了会被长生天诅咒的。石头不就是这样的吗？"哈兰说道。

石头去年捅死了人，自己也进了监狱，最后给认定为过失杀人，判了无期。其实这些年阿龙山死的人可真不少，有被杀的，也有自己把自己"杀"了的。

唐科长有点无奈和烦躁，口气硬了点说："这头鹿我不会要，你赶快回去安排下山，到最后我们要强制执行。懂吧，强制执行。"

哈兰的酒劲就这么突然上来了，他拦不住径直走进办公室关上大门的唐科长。他一拳挥空，手不自然地垂了下去。

那晚，哈兰又钻进了杨二的小饭馆，他继续喝酒，喝扎兰屯原浆。

哈兰把饭馆当成了家，醒了就喝，醉了就睡。第三天杨二趁他睡着了，摸了他的内兜，发现只有 10 块钱，根本不够结账啊。

饭馆里的其他客人玩笑杨二，说鄂温克人以后都会来他这蹭酒喝。

大伙正笑着，哈兰突然醒了。

"谁说我们鄂温克人不给酒钱，我可以拿驯鹿来换。"哈兰嚷着。

突然大家都安静了，原来几天来早就没了驯鹿的踪影。

有个声音提醒哈兰，"可能鹿自己上山了"。

哈兰站起来就要走，他急切地想回到山里，却突然想起唐科长说的话。

哈兰端起酒杯，看着最后剩下的一点残酒，久久没有放下……

（原载《文学港》2016 年第 3 期）

借　钱

高瑞萍

接到表哥的电话，我发愁了。他来干啥呀，除了借钱。

老婆的反响比我大得多。她唰唰唰地抖着刚从洗衣机里拉出来的一块床单。脸拉得比床单还长。

不怪老婆脸拉得长，我这表哥就是个无事不登三宝殿的主儿。那几年，常来借钱。来了，从不往沙发上坐，挨着沙发腿就那么一蹲。茶摆在茶几上，不喝；烟接在手里，不抽。一张口，不是开春种地没化肥了，就是孩子上学没学费了，要不就说你姑的老寒腿又疼了。总之，都是火烧眉毛，让我和老婆不好意思说"不"的事。

我的命真好哎，娶了个老婆，又贤惠，又善良。每次，表哥前脚一走，我就把笑一股脑堆在脸上，追在老婆屁股后面使劲夸。老婆呢，总是立眉竖眼地来一句，一边儿去。

我老婆就这样，标准的刀子嘴豆腐心。这次再借钱，你可不能答应了啊。老婆继续在嘴上耍她的刀子。咱可是好不容易才在城里站住的，没根基没家产的，每月还房贷，孩子报补习班，多紧哪！再说了，那几年借的钱，也没见他还哪。当这是银行，还是慈善机构啊？噢，说拿就拿，来拿就有啊？不借不借。

以前，我还紧着给解释呢，什么小时候家里穷啊，吃姑的奶长大啊，全凭姑接济着念书啊，姑父死了，他们也可怜呀。现在，我连这些话也懒得说，旁若无人地欣赏着电视上的球赛，心里猜测着这回能是什么事儿呢。

表哥一进门，我就知道我们想错了。

表哥穿着簇新的衣服和皮鞋，一看就是专卖店里的货。头发也梳得齐整而光亮。只是那张脸庞依然写满沧桑，顽固地遗留着常年与土地打交道的痕迹。粗大的手上提着的，也不再是地里种的瓜果土豆之类的东西，而是齐齐整整的礼品盒。这可不像是来借钱的。

放下东西，表哥就大大咧咧地坐在沙发上，一手接过我递的茶杯，一手又急着从衣袋里往外掏烟。我的眼都直了，天哪，软中华呀！

表哥又突然想起什么似的，把烟和茶都放下，慌着从上衣里面的袋里掏出一沓钱，往茶几上一放，嘿嘿笑着说，过去问你们拿的，都在这儿了。

这是从哪儿捡到狗头金了？我笑着和表哥开玩笑。

老家搞开发呢，地都征了。表哥的脸上难掩喜色。又放低声音，神秘兮兮地伸出三个手指说，给了这个数。

我吓了一跳，啥时候的事儿啊？

表哥嘿嘿一笑，才，才的事儿。

我定定神儿，正准备再详细问问，老婆接话了。地征了，以后你们吃啥呀？给多少钱，也不能坐吃山空啊，总得干点儿啥呢。

知道，知道。表哥说，这不正准备着做点买卖呢。

我急了，做啥买卖呀，你从来没弄过，别再、再那啥喽。

表哥说，知道，知道。

还有啊，哥。老婆拿起茶几上的烟，又说话了，你就抽这烟哪，这日子可……

没有，没有，表哥讪笑着。平常不抽这个，这不是出门吗？细水长流，细水长流，知道的，知道的。

不待我们多问，表哥又站起来，说，快晌午了，走，咱去外面吃点东西，也省得做了。

外头多贵呀，老婆说。家里有菜有肉的，很快就得了。

我们终究没有拗过表哥，跟着在外头吃了一顿。酒足饭饱之后，表哥就走了，说忙着呢。至于忙啥，没说。

此后，表哥再没来借过钱。

中秋节快到了，放三天的假，我和老婆商量，好多年也没回老家了，不如多请两天假，回去看看姑。老婆很痛快，说行啊，你先打个电话呗。

电话打过去，没人接。再打，侄女接起来，说，俺爸喝醉咧，妈去打麻将还没有回来。不知怎的，回去的念头一下子就被打掉了。

没过多久，表哥又来电话了，传过来的却是姑苍老无助的声音。

听姑说了，才知道表哥把大部分的补偿款都放了高利贷，以为可以坐着挣钱了，每天只是喝酒打牌。也没埋怨他，村里的人都这样呢。姑说，现在，借钱的人找不到了。娃，你给想想办法，看咋能把钱要回来呢。姑在电话那头哭了。

放下电话，我呆了。老婆也傻了，半天才说了一句，借钱的又快来了。

（原载《天池小小说》2016 年第 5 期）

没有地址的信

傅昌尧

这是 G 省，山是大山，村是穷村。

接到大学录取通知书，对蒋晓梅来说，喜悦和愁苦几乎同时挂在她那弯弯的眉梢上。

虽然对于蒋瘸子家的丫头考上大学早有预料，但这一天真的来了，那些七老八十的留守老人还是异常兴奋，他们把蒋瘸子家那又矮又黑的小屋挤得水泄不通。但立即，哀叹声也塞满了屋子。面对接下来四年高昂的学费，不要说一条腿的蒋瘸子，就是把整个小村都抖搂个底朝天，也供不起啊！人们至今还想不明白，为什么蒋瘸子一个人死撑硬顶愣是要女儿读书，还非得送进大学不可。在这个重男轻女的穷山村里，不要说一个丫头，就是男孩，也没几个读完初中的。人们都说蒋瘸子中了邪了……

送走了乡亲，蒋晓梅对父亲说："爹，我们老师说，现在大学有绿色通道，先入学，学费可以通过助学贷款啥的慢慢解决……"

蒋瘸子猛吸一口土烟，点点头，没吭声。

"爹，我今天……可不可以问你，你到底为啥这样苦巴巴地供我念书？"蒋晓梅怯生生地小声问父亲，因为以前她只要一问这个，父亲就瞪眼，甚至还打过她。

这次蒋瘸子没有瞪眼，更没有打骂女儿，而是转身从床下拖出一个破旧的木箱子，然后从里面抠出一个塑料皮包裹的布袋子，解开布袋子。里面是一张发黄的字条。蒋晓梅接过字条，发现上面有几行字。

"丫头，你念给我听听。"蒋瘸子郑重地坐直腰板，像一个听话的小学生。

蒋晓梅仔细辨认着有些模糊的字迹，念道："缺衣少食只是一时的贫穷，没有文化，将永远难以摆脱贫困。希望穿上这件衣服的小朋友一定要读书，好好读书直到上大学。如果今后孩子上学有困难，请和我们联系，我们将全力帮助你！绝不食言！联系地址：海光市文昌路建德巷九号，电话：2678336……"蒋晓梅念完一头雾水，问，"爹，这是哪儿来的？"

蒋瘸子说："丫头，还记得十年前，咱们这里遭过雪灾吗？全国各地给咱捐钱捐物……那天，我去乡里领救灾衣物，看见那件小孩穿的红色羽绒服，就给你领回来了，你说从没穿过那么暖和的衣服……这张字条就是在那件羽绒服的口袋里找到的，我问村里会计写的啥，他当时念给我听，我……不知道为啥，当时就觉得这城里的好心人说得在理，就……"

蒋晓梅问："你联系过人家？"

蒋瘸子摇头："以前从来没有！"

蒋晓梅心头一颤："爹，那……你留着这个啥意思？"

"我留着它，是在快支撑不住的时候，就偷偷拿出来看看，虽然你爹一个字不认识，但这上面说的话，我都记在心里……"停了停，蒋瘸子说，"但是，今天在镇上，我打了那个电话……"

"爹，你想问人家要钱？"

"不，我是想告诉好心人，我女儿没有像村里的其他女孩那样早早地就嫁人了，然后就像她们的母亲一样祖祖辈辈都这么活下去……我女儿考上大学了，不会跟其他的山里女孩一样了，熬出头了！我要谢谢他……"

蒋晓梅问："人家怎么说？"

蒋瘸子摇摇头："电话打不通，说是没这个电话……我想，可能是人家把电话号码写错了，或者换了号码，但是不还有地址吗？丫头，你给人家写封信吧，告诉他，没有十年前的那张字条，就没有你的今天……"

对于十年前的那次捐赠，胡美娟几乎没了印象，可当她打开那封由原住地街道辗转而来的挂号信，看到那熟悉的字迹时，心里咯噔一下子。世事沧桑，她的住址已经变换了多次，原来的地址不复存在，更要命的是，那个电话号码现在不仅升了八位数，当时匆忙中还忘了写区号。她把那张复印的字条拿给老伴儿看，老伴儿也惊愕不已，说："老婆子，真没想到啊！人家不仅把咱写的字条保留到现在，还真的兑现了我们的期望。人家孩子考上大学了，肯定需要帮助啊！"可老两口反复看信，里面除了说些感谢的话，没有半个字提到钱或者需要帮助。更为奇怪的是，寄信地址一栏写着"地址内详"，可里面却没留下地址。信的末尾落款是：一个即将上大学的山里女孩。

胡美娟说："老头子，这是怎么回事啊？"

老伴儿说："怎么回事你还不明白吗？人家十年后才跟咱联系，并且不提帮助的事，不留地址，就是告诉咱，他们接受了我们的嘱托，并且兑现了……从字里行间不难看出，这是一个多么倔强而自尊的山里孩子啊！"

"我刚才上网查了一下，当年发生雪灾的地区，至今还是国家定点扶贫的特困地区，你想想，把一个女孩子一步步送进重点大学，该付出多少艰辛啊！"胡美娟越说越激动，"老头子，我们立即动身，去找到那个家，也兑现我们十年前的许诺。"

　　"对，就算她不告诉我们地址，也不说是哪个大学；就算找不到那个穿羽绒服的孩子，找不到保留这张字条的家庭，我们也要去兑现承诺，因为，那里还有许多渴望帮助的孩子和家庭……"

（原载《百花园》2016 年第 4 期）

白狼的故事

王　波

长白山下，有个地方叫靠山屯，住着几户以狩猎为生的满族人家。

那年，赶上武开江，春脖子特别短。一天，佟大个儿的门前，猎犬狂叫。佟天个儿急忙跑出去，去迎接猎犬黑子们的归来。往常，黑子们养成了一个独自转山的习惯，也时常带些战利品。佟大个儿出门发现，大黑、二黑等七条猎犬个个浑身湿漉漉的，大黑缺了一只耳朵，二黑的一条腿在流血，它们像是刚刚经历了一场残酷的厮杀。当他用目光睄最小的黑七时，发现它不但没受伤，而且两只前爪正在玩弄一个身子没毛的小东西。

小黑七晃着尾巴，把小东西叼到了佟大个儿面前。原来是狼崽子。连胎皮都肉红肉红的。佟大个儿想，坏了，黑子们惹祸了。于是，他急忙回屋，背起双管老套筒，让未受伤的黑子带路，去寻找那个狼窝。凭多年狩猎的经验，如不及时杀了狼崽子的父母，它们会唤来更多的狼进行报复。

黑子们把他领到一个隐蔽的山洞边，一只银白色的母狼，喉咙鲜血淋淋，肚子被撕破，五脏六腑让黑子们吃得干干净净，母狼嘴里还死死地含着大黑的一只耳朵，身旁还有两只狼崽子的尸体⋯⋯

佟大个儿警觉地巡视着四周，这周围最少还应该有条公狼。他和黑子潜伏在一块大石头后面，等待公狼的出现。然而，几小时过去了，不见公狼的影子。无奈，他和黑子们回了家。

为防止狼闻着气味找上门来，佟大个儿把七条爱犬洗了好几遍，又把院子打扫得干干净净，并把途中的血迹除掉。当晚，平安无事，他才把忐忑的心放下。

佟大个儿是方圆百十里有名的"猎达"（老猎手）。他家的七条猎犬，转山不空手的本领，更是远近闻名，成为他的心爱。

第二天，快中午的时候，黑子们哀叫着回来了。二黑和黑五黑六不见了。

佟大个儿吃了一惊，反身取来了老套筒。

再进那个山洞，发现黑五和黑六被咬断喉管，二黑的肠子都流了出来。四周是鏖战后的宁静。佟大个儿把它们掩埋后，领着余下的黑子不声不响回了家。他清楚，白狼终于复仇了。令他欣慰的是，尽管白公狼凶残，但他却能判断它是一只孤狼，尚未招来狼群。他想，必须尽快消灭它。不然，等它招来群狼，屯子就要遭殃了。回到家，他把消息告诉了屯子里的人，让他们防范。

当天晚上，院子外面传来瘆人的狼嚎声，长长的悲鸣划破了寂静的夜晚。一声声的哀叫震得人心发颤，那是为死去的伴侣和幼子复仇的誓言。他透过窗缝，看见了那只狼。他坐回炕上，端起大碗的高粱酒，慢慢喝，想着对策。黑子们围坐在他的身旁，看严峻的主人，听凄凉的狼叫，低下头，像是知道自己做错了事儿。一直到天亮，狼才离去。

第三天，老天爷下了一场一尺多厚的大雪。佟大个儿煮了一锅野猪肉，傍晚的时候，他在院子外，索伦杆旁的老柳树下，把野猪肉摆在了簸箕里，又放了一些黄米面、炒黄豆面等供品，点燃香火，跪下虔诚地祭奠果勒敏珊延阿林恩都里（长白山山神），嘴里念唱着："天地之间有我长白山，长白山之上奔流我的松花江，山水之间辛勤、劳动人们代代成长，果勒敏珊延阿林恩都里的恩德我们子孙永生不忘。天地之间有我长白山，长白山之上奔流我的松花江，满族的子孙勇敢、善良合家兴旺，果勒敏珊延阿林恩都里赏赐给我们粮食、猎物永世不忘。果勒敏珊延阿林恩都里呀，都是我管教不严，我家猎犬不该屠杀哺乳白狼和它的孩子，这都是我佟大个儿管教不严惹的祸。如今公狼复仇，结下这生死梁子，我佟大个儿是怎么也解不开了，望您果勒敏珊延阿林恩都里原谅我这次不义地对公狼痛下黑手，我佟大个儿也是实在没有法子了……"

佟大个儿祭祀完长白山山神后，和黑子们饱餐了一顿，之后，收拾好家什，准备对即将到来的白狼进行伏击。

狼又来了。这只狼，一米多高，在皑皑雪地里闪闪发光，像一只大蓝狐。佟大个儿活了四十多年，打了三十多年的猎，第一次看到这么大这么漂亮的白狼。后半夜了，它凄惨的叫声，渐渐弱了下来。

机会终于来了。佟大个儿打开院门，黑子们吼叫着冲向白狼。

白狼叫着，和黑子们保持着距离，缓缓地退却着……

佟大个儿端着双管老套筒，在寻找下手的时机。心里说，你闹了我几天，今天你是跑不掉了。渐渐地，白狼把佟大个儿和黑子们诱上山洞。很快，白狼上了莲花峰，回头看了看身后紧跟它的大黑和黑三，瞬间滚下山崖，直奔后面黑七。随着黑七的惨叫，佟大个儿恍然明白了，这是一只狡猾、凶残无比的白狼。远处的黑七已经断气，白狼正在对黑四下手。等佟大个儿返下莲花峰，那只狼又对黑三开始攻击。它是在利用地形，各个击破。

最后，就剩下大黑了。白狼终于咬住了大黑的脖子，大黑也死死地咬着白狼的大腿。佟大个儿靠近了它们，端起枪，又不忍心打，怕误伤了大黑。于是，他朝天放了一枪，就在白狼吓得要逃跑时，他又扣动了扳机。白狼被击中，一瘸一拐地来到一棵松树下，发出绝命的哀嚎。

佟大个儿跑过去，从腰间拔出猎刀，白狼狡诈地飞快一闪，把佟大个儿扑倒在地，张开了血盆大口。就在这时，受伤了的大黑，疯了似的扑过来死死地咬住了白狼喉咙，佟大个儿这才有机会向白狼狠狠刺去。

白狼哀叫一声，死了。

大黑，也死了。

佟大个儿的七只猎犬一个都没剩下。

从此，佟大个儿再也不打猎了。人们问他为什么不打猎了，他什么也不说。

他的后半辈子，靠采药行医糊口，对找他看病的人，总会讲一段白狼和猎犬的故事。有人明白故事的含义，有人却听不明白，问他："这个故事有意义吗？"他微微一笑，不答。

据说，听明白的人，逐渐放下了猎枪……

（原载《满族文学》2015 年第 6 期）

秋　婆

刘　萍

　　花花的肚子在春天里吹气一样大了。花花婆婆的目光在花花肚皮上抚摸了一阵，说："我去找秋婆。"花花"嗯"了一声。她知道，村里谁家媳妇怀了孩子，都要去找秋婆做娃娃穿的衣服鞋子。没有哪个女人的手有秋婆的巧。

　　花花婆婆是去找秋婆做娃娃穿的衣服鞋子。

　　棉花和布早就备下了。花花婆婆拿了棉花和布，又带了一瓶清油，就往坎上秋婆家去了。

　　秋婆独居，但院子收拾得干干净净清清爽爽的。

　　花花婆婆去时，秋婆刚从镇上回来，买了一些糖和花生瓜子。秋婆买这些东西是给来玩的孩子备下的，有孩子来玩，秋婆就拿一点给他们吃。秋婆喜欢孩子。

　　孩子们就都喜欢到秋婆小院子里玩，有吃的。孩子们也都喜欢秋婆，叫她秋奶奶。

　　花花婆婆说："秋奶奶！再三个月花花就要生了，麻烦您做几件衣服鞋子。"说着，把清油放桌上。花花婆婆喜欢跟着小孩子喊秋婆秋奶奶。

　　秋婆说："拿油做啥？我有。"

　　花花婆婆说："我怀松果时，您就给他做衣服，现在，又给他的娃做衣服。"松果是花花男人。

　　秋婆笑眯眯说："我巴不得做哩。"

　　院坝里，一张小桌子，一把椅子，一只簸箩，秋婆就开始做。秋婆一身黑色灯芯绒衣服一尘不染，满头银发一丝不乱。裁布、铺棉花、走针，秋婆的一双巧手，不紧不慢的。秋婆白净的脸上，浸着笑容。

　　张寡妇的娃娃点点来玩，秋婆赶忙放下针线，进屋抓了一把瓜子花生，揣进点点衣服口袋里。点点说："谢谢秋奶奶。"秋婆"唉"了一声，脸上笑眯眯的。

花花婆婆喜欢看秋婆做娃娃衣服的样子。秋婆不晓得做了好多娃娃的衣服，那些娃娃长大了，又有了娃娃，秋婆又做，有了孙子，秋婆还是做。秋婆给松果做衣服鞋子的时候花花婆婆就爱守在旁边看，那时候秋婆还不老，白皙的脸上有好看的红晕。

看了很久，花花婆婆才走。

不到两个月，秋婆就做好了三件衣服、三双鞋子，还做了两只漂亮的香囊，打一个包，就送到花花婆婆家了。

"秋奶奶！可麻烦您哩！"花花婆婆说。

"不麻烦。"秋婆笑眯眯说，又问花花，"爱吃辣的酸的？"

花花脸一红，说："酸的。"

秋婆说："怀的男娃。好，男娃长大了撑家。"

村里小媳妇怀娃，秋婆见了都爱问爱吃辣的酸的，咋样她都说好，男娃长大了撑家，女娃长大了和爹妈贴心。人家听了，都入耳。

说了一阵话，秋婆就走了。可没想，走到坎边池塘边，秋婆就出事了。

张寡妇的娃娃点点在池塘边玩，为了逮一只青蛙，一下滑下塘坎，秋婆伸手去抓，把娃娃抓上来，自己滑下去了。

村里办了秋婆的后事，村里人都念着秋婆的好，都去送她，一个个的眼睛都红红的。张寡妇披麻戴孝，端着秋婆灵牌走在前面。

此后好些日子，花花婆婆都一个人悄悄抹泪。这天，她把秋婆做的那些衣服鞋子拿出来，看着看着又掉泪了。花花说："妈！您又想秋奶奶啦？"花花婆婆就唉声叹气，就说起了秋婆的一些事。说着说着花花婆婆就冷不丁说一句："你们晓得秋奶奶为啥那么喜欢娃娃吗？"

花花看着婆婆，摇摇头。

"她年轻时候是嫁过人的，"花花婆婆说，"可她不能生娃，就被那家人赶了出来，从此就一个人孤孤单单过了一辈子。可怜哪……"说着，泪又流下来了。

（原载《金山》2016 年第 7 期）

催眠大师

纪洪平

　　雪峰像个不速之客，由我一个认识不久的朋友 B 带进了这个饭局。他穿着有些奇特，发式和面相也与常人不同，高高的颧骨，鼻子嘴巴也都棱角分明，尤其那双眼睛让人感到疑惑，时而异常空洞苍茫，时而充满了睿智光芒，我作为东道主，与他握手时被他瞬间凝视的目光灼伤了，那是一双可以刺破肝胆、照透他人内心幽暗的眼睛。

　　朋友介绍说，雪峰是催眠大师。他就向大家笑笑，很简单随意的样子。看他的年龄不会超过四十岁，现在什么人都敢称大师了，我微微一笑，无意撇了一下嘴角。他就对我说，不好意思，没打招呼就来了，打扰了。

　　我说没关系，好朋友随便聚一下，没啥主题，你来了正好给我们展示一下催眠大师的风采。我故意把"大师"两个字念得很重。大家就把所有期待的目光都集中在他身上，带他来的朋友 B 也投来渴望的目光。雪峰微笑着对我说，你希望知道些什么呢？

　　随便，就像今天的聚会，没有任何主题，我们都听从酒意的引领，兴趣所至，不醉不归！我说得慷慨激昂。大家也流露赞同的神情。

　　雪峰说那好吧，上菜之前我们就玩一个小把戏，你先来，记住喽，进入状态后不要往回看……说着，他来到我面前，缓慢伸开双手，掌心向上，然后一点点合拢，最后抱住了我的脑袋。我别无选择，只能跟他大眼瞪小眼，当我看见他的眼睛里有移动的山脉和大海，顿时惊呆了，还没等我发出惊叫，我已经来到了一片沙滩。

　　椰树婆娑，景色非常熟悉，好像上辈子来过。蓝天白云，海浪平静地涌到岸边，寂寞地破碎。周围空旷无人，我不敢回头，往前走绕过一个岛屿，眼前豁然开朗，很多人在玩耍，有个穿泳装的漂亮女人在伸手招呼我，她的两乳之间有一颗明显的痣，我一下想起来了，她就是我朋友 A 的妻子，今天这位朋友也在座。我与她暗地里已经上过几次床，虽然是她主动的，但我内心也一直愧疚，潜意识里，我不断张罗局子吃饭，每次必请朋友A，他似乎也有某种感应，每请必到，好像在观看我的表演。

这时，她走过来挎上我的胳膊，硕大的乳房几乎裸露着，不时碰到我敏感的肌肤，整个世界都开始蠢蠢欲动。阳光格外刺眼，等我俩走到躺椅旁躺下，借着伞的遮挡才发现，一排躺椅上躺着朋友C、D、E、F……他们像围坐餐桌一样，用品赏的目光看着我俩。我差点晕厥过去，庆幸的是，这里边没有朋友A，突然，一声稚嫩的"妈妈"，吸引了我的注意。一个蹒跚的幼儿扑过来，紧紧抱住了她，只见她熟练地把幼儿抱起来，亲吻着。幼儿根本不顾及周围，伸手就扒开了她的乳罩，一颗鲜艳的乳头跳出来，幼儿贪婪地吸吮起来。

朋友们都露出很甜蜜的笑容。

我想悄悄走开，不料她把幼儿从自己的胸脯上移开，递到我眼前：宝贝，快叫"爸爸"！什么，这小家伙是我儿子？我觉得不可思议，简直夸张得离谱，就禁不住脱口而出。哪知，这些朋友听了，一起哄然大笑起来。

有个人大声说，别笑了，灾难马上就要来了，快跟我走，逃离永生岛！我循着声音望去，只见朋友B，神色凝重地走过来。灾难马上就要来了，快跟我走，逃离永生岛！朋友C说，来个疯子。朋友D说，这么好的环境，哪来的灾难啊？其他人也说，就是啊，风和日丽，从来就没听说过这里会有灾难！

灾难马上就要来了，快跟我走，逃离永生岛！朋友B像自言自语。

她把幼儿放下来，让孩子在沙滩上蹒跚学步，她对朋友B说，这里就是天堂，放心吧，不会有灾难……

灾难马上就要来了，快跟我走，逃离永生岛！朋友B继续坚持说。这些朋友听了，又一起哄然大笑起来。笑声突然被一种来自空中的力量破坏，变成了难以控制的调门，异常尖锐，随即引发了海啸，排山倒海的巨浪迅速扑来。转眼那个幼儿就被卷进了海里，还没等我反应过来，她哭喊着冲进了大海，我急忙跳起来伸手去拉她，却被海浪劈头砸晕。

醒来发现浑身赤裸，躺在沙滩，周围空无一人，炽烈的阳光将我的皮肤晒裂，一片片鲜血淋漓，疼痛中我闻到自己体内散发出来的香味。这是什么地方？我爬起来，前面是一望无际的大海，我只好回过头来，看见不远处的树林里走出一个老妇人，她披头散发，形容枯槁，破破烂烂的衣服，没有遮挡住她的前胸，干瘪垂吊的两个乳房之间，有一颗明显的痣，再看她怀里，抱着一具干枯的小木乃伊！

我浑身一颤，竟然回到了现实，睁开眼就看见雪峰的微笑，还有满桌香味四溢的佳肴。朋友B递过来一叠餐巾纸，我这时才发现已经浑身湿透，所有的朋友都开怀大笑起来，只有朋友A冷静地看着我。

（原载《雨花》2016 年第 19 期）

黑 太 阳

巴图尔

在他的世界里只有一种颜色，那就是黑色，太阳在他的心里也是黑的。

小艾则孜喜欢一个人坐在葡萄架下，感受着从葡萄藤叶之间斜射下来的阳光，很温暖，他非常喜欢这种感觉，可以在心里描绘着自己的世界。

他把脸仰起来追赶着阳光，阳光照到哪里他就把脸移到哪里。他对阳光很敏感，总能感受到太阳细微的变化，第二天刮风下雨，他都能从太阳的微妙变化中感受得到。爸爸是不相信他的，总是说：太阳有什么变化呀，不就是那样吗？早上升起来晚上降下去，你说得那么准，还要气象站干什么？

坐在大床上，小艾则孜经常听到鸟儿的叫声，他就问：妈妈，这是什么叫声？

妈妈说：是小鸟儿。

小鸟长得啥样啊，能不能抓一只让我看看？

妈妈说：鸟儿会飞，抓不着。

妈妈又不想看到儿子失望的样子，就抓了一只刚孵出来的小鸡放在他的手里说：小鸟儿和这只小鸡一样大，只是小鸟儿会飞，小鸡不会飞。

他把小鸡放在自己的脸蛋上，小鸡毛茸茸的羽毛挨在脸上，感觉很舒服，他轻轻地抚摸着小鸡，摸着摸着，就摸到了小鸡的翅膀，说：妈妈，小鸡也有翅膀，为什么不会飞呢？

小鸡是家禽，飞的功能早就退化了。妈妈说，小鸡如果会飞，就吃不上它的蛋了。

哦。小艾则孜陷入了沉思。

小艾则孜每次都说准了，比天气预报还准。

那还是他七岁时的春天，太阳像刚挣脱冬天的挽留，还没有充分燃烧起来一样，并不温暖的阳光，还没有让小艾则孜脱去棉衣，他坐在刚刚搭起来的葡萄架下的大床上，感受着春天清新的空气，晒了一个上午。到了中午的时候，他突然说：明天要刮很大的风。爸爸没有在意他的话，该干什么还干什么，根本就没有做准备。第二天真如小艾则孜说的那样，刮起了大风，把街上的广告牌都刮翻了，爸爸的蔬菜大棚也被掀了。真的是损失惨重，爸爸要不是觉得自己是个顶天立地的大男人，说不准会哭出来。爸爸说：这还真邪门儿了，你说刮风就刮风，天老爷都听你的！

天老爷没有听我的，是天老爷事先告诉我们了。小艾则孜说：阳光照在我的脸上，我能感觉到有点儿飘的感觉，就是要刮风了。

那下雨呢？爸爸问。

下雨的话，阳光会有一点不均匀地照在我的脸上。

这你也能感受得到？爸爸不解地问。

其实，世间万物每分每秒都在变化，只是很微小。小艾则孜说：没有人会在乎这些微小的变化，因为这些微小的变化，一般不会影响大家的生活。

感觉你有点神。爸爸说，看来我得给你找个盲人学校了，我希望你长大以后，能自食其力，盲人也是可以做大事情的，只要你好好地读书，你会成为一个有用的人。

爸爸把小艾则孜送到盲人学校时说：在学校好好学习，听老师的话，和同学们搞好关系。

盲人学校没有多少人，年龄也相差得很大，有的八九岁，还有一个十几岁。其实，在盲人学校，有的只是视力比较弱，还有的是半路瞎的，所以，有的人对很多东西还是有形状感的，特别在颜色上，他们知道什么是红什么是绿。可是，小艾则孜天生就是个瞎子，盲文书上写的很多东西，对他来说都是没有概念的。

同学们说：太阳是红色的，像一个篮球那样大。

小艾则孜问：红色是什么样子？

没人能告诉他红色是什么样子，他也就不想这些没用的事了。他仰起头站在太阳下说：真好，阳光照在脸上就像一双柔软的小手在抚摸，感觉真是很舒服。过了一会儿，他又说：明天要下雨，可能还很大。

同学们说：这么好的太阳，明天不会下雨的。

第二天，真的下了一场大雨。雨停了，太阳慢慢地从云朵里钻出来，像洗了一个澡，水灵灵地挂在空中。老师一抬头，看到一道彩虹也挂在了天边，老师说：彩虹有七种颜色，赤橙黄绿青蓝紫，非常漂亮，它就像艾德莱丝绸一样漂亮。

小艾则孜叹息着说：艾德莱丝绸很漂亮吗？赤橙黄绿青蓝紫是什么样子

的？可我的世界里只有一种颜色，黑色，我能感受到阳光，可太阳在我的心里也是黑色的。

（原载《小说界》2016 年第 3 期）

你不是向日葵

韦延丽

卡点设在向日葵地旁，我拉了拉警服，与地里朝向太阳的向日葵一样，情绪饱满，斗志昂扬。

那辆三轮摩托车便是从凡·高《向日葵》画里驶来的，当我给它敬礼时，车后厢里的孩子正歪着葵花一样的脑袋，认真数着车前悬挂的葵花："1、2、3、4、5。"

车上是一对父女，父亲黝黑的脸上布满沟沟壑壑，一看就是老实巴交的山里人。此刻，这山里人正努力撑起脸上笑的幕布，毕恭毕敬地向我敬烟。

我没有接烟，而是低头飞速开罚单，想赶在师傅到岗之前，独自处理完这起违法载人事故，以证明自己的能耐。

就在我将罚单递给他时，这个很高很壮的男子，蓦地拉着我跪了下来，仿佛一座山在我面前轰然垮塌。我看到了十多年前父亲泪水涟涟的脸，是的，也是在这样葵花盛开的季节，骑三轮摩托送我上学的父亲为了减免罚款，给当时执法的警察长跪不起。如今，我仍记得，当时警察的脸跟旁边的向日葵一样，面向阳光，却将可怜兮兮的父亲丢进了身后的黑影。如果当时他们放过父亲，没有扣押父亲的车，那么父亲也不会……

扶起他，我看见一朵一朵的葵花在阳光下怒放，仿佛大山迸发出的燃烧的火焰，凡·高说那是爱的最强光。是的，你猜得没错，我放过了他们，虽然那父亲的车后厢里违法载了人。说实话，刚放他们时，我是满腹的焦虑和不安，可当那叫小葵花的孩子抬起葵花似的脸，甜甜地说"谢谢警察叔叔"时，我所有的焦虑和不安顿时融化在了黄灿灿的葵花里，我甚至看到了葵花丛中父亲的脸，笑得跟葵花一样。

向来守时的师傅那天并没到岗，我是回队时才撞上他的，他双眼红肿，嘴里念念有词，正在说谁车祸没了。

"谁？谁没了？"我的心脏突然被什么东西撞了一下，跳得厉害。

"我的表弟……骑个破三轮还把命搭了。"师傅边揉红肿的双眼边说。

"车上还带了个小女孩是吗？"

"是，带了她女儿，不过，你听谁说的？"回答后的师傅奇怪地看着我。

记不清后边跟师傅说了什么，只知道我转身跑出了交警队，并鬼使神差地来到了事故地。

事故现场已被清理过，几朵葵花沾着星星点点的血，杂乱地散落地上，我数了数，不多不少，刚五朵。

一定是我哭得太伤心，让路旁的老大妈看了不忍。她安慰我说，虽然孩子的父亲走了，可孩子还活着呢。大妈说这话时，我看见太阳从云层里穿了出来，原本耷拉着脑袋的葵花又开始努力抬头。

再见小葵花是在医院门口，值完勤的我刚要收队，却见斑马线上有白点缓慢移动，红灯就要亮了，可那白点还没过半呢，我急忙向斑马线跑过去。

我跑过去时，白点吓了一跳，葵花似的脸白得像她腿上的绷带，这便是小葵花。倔强着不让我扶的小葵花，说她得加强锻炼，尽快好起来，她要照顾好妈妈，她还要当警察，当跟我一样的好警察。说完，她的小脸仰向夜空，跟葵花一样，尽管那时天上只有月亮。

后来，我又在执勤的路上远远地看见小葵花几次，每次见时，她都像在千万朵葵花中，向我露出太阳一样的脸，我甚至听见她说，她是葵花，向着太阳的葵花。

一年后，我和师傅又来到那片长满向日葵的地段值勤，这时的我业务已经很熟。又一辆三轮摩托车驶来，似曾相识。师傅说，那就是他去年出车祸的表弟的车，可惜孩子就那么跟着表弟走了。

孩子走了！原来孩子当时就走了！可我分明看见，之前练习走路的葵花，仍端坐在三轮摩托里，笑吟吟地说："叔叔，我要当警察，当好警察。"说时，火红的太阳正从她脚下升起，哦！我看清了，她原来不是向日葵，而是太阳，从我心里升起的太阳。

（原载《啄木鸟》2016年第1期）

佛　　像

高巧林

　　顾家村人多地少，凡能种庄稼的地都不会空着，闲着，哪怕是边边角角的零星地。

　　当然，村南葫芦湾畔的一块荒废已久的庙基地纯属例外。

　　不说也知道，庙基地上本是有庙的。

　　听老人们说，那庙不大，里边供着的仅是一尊高不盈尺、素面朝天的杂木雕佛像，但不知为何，其庙其佛神力非凡，佛光灵异，对所有求神拜佛者一概有求必应，有难必救。

　　可惜后来，那庙废了，留下一堆碎砖烂瓦。

　　庙废了，但香客们心里的佛还在；即便看不到庙了，但谁也不敢在庙基地上使出铁锄之野，泼以粪肥之秽。

　　去年，全村信男善女捐款，加上几位私营企业主资助，那庙重建了。

　　昔日佛地终于重现辉煌——橘黄色砖墙，青黛色瓦盖，飞凤式翘脊，花岗岩台阶，大红漆廊柱，生紫铁香鼎，庄重而气派。

　　落成庆典那天，一艘沉甸甸的驳船迎着鞭炮鼓乐声，缓缓驶入葫芦湾。

　　众人一看，从驳船上下来的人，是多年在外经商而发了大财的顾其兴。

　　"各位乡亲，我顾某人前来恭贺，并聊表心意。"顾其兴指着红绸隆罩的驳船舱，欣然道。

　　众人交头接耳："顾老板要捐赠什么呢？"

　　"小王，揭开红绸，叫人把佛像请进庙里。"顾老板对着手下人说。

　　众人惊喜，并这才想起：把原先那尊尘垢蒙积、裂痕遍布的杂木雕佛像请进重建后的庙门，未免太寒酸了。

　　"哗——"红绸掀开。

　　一尊工艺精致、紫色幽幽的红木雕坐式佛像赫然显露尊容，包括慈眉善目神情怡然的面容、左手招财右手利是的身姿和腰缠祥云足踩乌龙的纹饰。

又一阵鞭炮鼓乐声响起。

四位身强力壮的大男人使上两根坚实粗大的麻绳杠子，"嘿哟嘿哟"把红木雕佛像扛上岸，请进庙里。

"乡亲们，这佛像可是请高僧开了光的。"顾老板自豪地说。

乡亲们感恩不尽，连声赞叹。末了，特意请来工匠，在庙门一侧立了一块碑，把顾老板的尊姓大名及其慷慨之举镌刻其上。

果然灵验。

好多人都在有鼻子有眼地议论：凡去庙里膜拜那一尊红木雕佛像的人，都会得到神灵的保佑与恩赐——

"王家老阿婆在红木雕佛像跟前焚了一撮香后，硬是不再头晕目眩了。"

"有位家长将一个红绸结系在红木雕佛像坐椅扶手档上后，儿子的考试名次一下提升了七八位。"

"李厂长跪在红木雕佛像面前磕上三个响头后，他的企业终于扭亏为盈了。"

……

除夕夜，四方香客蜂拥而来，谁都希望赶在大年初一到来之际烧个头香，得个头彩。

一时间，庙上没了秩序。直到顾老板到来后，香客们才理智地安静下来，并且心照不宣——烧头香的人该是谁？

"当——当——"子夜钟声起。

顾老板从从容容地烧了头香。

随后，众香客一拥而上——争着烧上个二香三香也是不错的。

只是过于拥挤，到头来谁也弄不明白：到底是谁烧了二香，又是谁谁谁烧了三香四香五香。

好在，佛道圣明——但看香客诚心与否，绝无进香先后之分。

而真正对不起佛祖神灵的是，香火旺极之时，从香鼎里溅出来的火焰惹了大祸。

香客们带着悲天怆地的哭喊，冒着滚滚烟火，奋勇扑向那一尊红木雕佛像。

可惜，火势太猛，抢救不成。

拂晓时分，有香客贸然走进热浪未消的废墟，借着朦朦胧胧的天光，一看，那一尊红木雕佛像竟然还在那里淡定如初地坐着，而且，丝毫不在乎灰烬满身，焦痕遍体，紫光顿消，神情怪异所带来的悲怆与狼狈。

"多谢神灵保佑！"那位香客念念有词，连连作揖。随后，趋近佛像，伸出手去，小心翼翼地抹去佛像身上的灰烬。

抹着抹着，那香客突然大声惊叫起来。因为此刻，那一尊佛像已经被大年初一的第一缕晨光照得个清清楚楚——原来，压根儿不是什么红木雕佛像，而仅仅是一个由混凝土浇制而成的赝品而已。

香客惊们惊诧不已，面面相觑。

……

尽管如此，在此后的日子里，那些虔诚之至的香客每每走过废墟时，依然会神情肃然，对着那尊赝品仰瞻不止。

两年后，按照环镇公路修建规划，庙基地被征用了。

麻烦在于：真开始修筑公路时，谁也不敢出手搬走那尊赝品。

（原载《小说月刊》2016 年第 4 期）

辑九

最后的莫日根

长白山

莫日根，是赫哲语，智慧、英雄的意思。

做莫日根，得有个人的努力，更得有老天的眷顾。别的不说，光是第一次打猎就得猎得梅花鹿这一条，没有上天的帮忙恐怕就办不到，因为梅花鹿纵然好猎，你总得遇得上才行吧？

所以，在以渔猎为生的赫哲人中，莫日根的地位相当突出。

尤老疙瘩，是同江街津口赫哲族聚集地的最后一个莫日根。

十四岁那年，小日本败家了，他也从第三部落打死了一个日本鬼子逃出来，并抢走了鬼子的一支三八大盖。

也就是在那一年的冬天，他随着傅彪和尤老大等几位老猎人去打猎。那天，他们遇到了一只雄梅花鹿。梅花鹿的头上长着枯枝一般的角，浑身镶嵌黄白花，那四条修长的腿特别养眼。

梅花鹿特别警觉，一看有人接近，修长的腿就腾空而起，瞬间没了踪影。

当然，傅彪和老猎人们的枪早就爆豆地响起，但这并没有伤到梅花鹿一根毫毛。

尤老疙瘩没有开枪，而是拎着枪沿着梅花鹿逃跑的方向追过去，这引起傅彪的一阵嘲笑，因为梅花鹿早已经逃到了尤老疙瘩无法追及的地方。

两袋烟的工夫过去时，传来一声沉沉的枪声，傅彪和老猎人们争相冲向一个高岗，他们看到远处的雪地上有一个上黄下黑的小点儿，人们明白了，尤老疙瘩打到了梅花鹿，并把梅花鹿扛在了肩上。于是，山冈上传来了一片欢呼声……

尤老疙瘩这个小莫日根果然不负众望，打第一次出猎后，每次都斩获丰厚，黑瞎子、野狼、梅花鹿、狍子、野猪、兔子……凡是街津山上有的野物，尤老疙瘩就没有没打到过的，而且，别人打不到的他打得到，别人打得到的他打得多，成为名副其实的莫日根。

后来，野生动物逐日减少，政府给赫哲人盖了房子，让他们从地窖子搬进了宽敞的住房。赫哲人把枪交给政府，在肥沃的土地上耕种大豆小麦……

在土地上收获希望总比打猎更靠谱，因而，尤老疙瘩们的生活也就日渐好转，甚至走向了富裕。但尤老疙瘩始终还是觉得手痒痒的，心也痒痒的。

这是咋回事呢？

傅彪说，兄弟，是不是想打猎了？不打猎了，你也就成了掉了毛的莫日根了，徒有虚名啊！

尤老疙瘩说，可惜没有枪了。枪会相信我的风采不减当年的。

傅彪摸了摸尤老疙瘩的头说，兄弟，别做白日大梦了。这辈子呀，你也许真就与打猎无缘了，还是好好种你的地吧！说完，把一把镰刀递给尤老疙瘩，说，兄弟，这才是你今天的猎枪呢！

尤老疙瘩说，傅哥，你也别拿我的愿望当笑话，等着，总有一天，我还会让你相信我尤老疙瘩是莫日根，是一个宝刀不老的莫日根！

傅彪笑了，笑声震得树叶稀里哗啦地往下掉，嘴里还说，尤老疙瘩，我现在就想吃熊掌了，你这个莫日根不会让我馋得吐沫都把肚皮撑破了吧？

尤老疙瘩忿忿地说，你等着，我非用黑瞎子脚把你的嘴塞住不行……

春天，一只黑瞎子从苏联那边游过黑龙江来到街津山下，拍伤了一个赫哲族小孩，要不是小孩顺风跑得快，早就成了黑瞎子的口中美餐了。

这还了得！苏修的黑瞎子也敢到这里来逞能？于是，一把步枪交到了尤老疙瘩手里，猎杀黑瞎子的任务就落到了尤老疙瘩的身上。

其实，猎杀黑瞎子是要交给公安派出所办的。是村长尤老大软磨硬泡才让给尤老疙瘩的，他知道，如果不让尤老疙瘩打一次猎，他也许会憋死。

尤老疙瘩跟派出所的干警一起打过靶，那帮穿着警服的干警没有一个能打过尤老疙瘩的。所以，派出所所长就放心地把枪交给尤老疙瘩，并提出要吃熊掌。尤老疙瘩一拍胸脯，说，这事就包我身上了。

派出所所长和尤老大在家里做好吃熊瞎肉的一切准备，傅彪和尤老疙瘩带着几个年轻人去围猎黑瞎子。傅彪说，老疙瘩，可别辱没了你莫日根的美名啊！

老疙瘩笑了，莫日根的美名是靠不凡的成绩堆积出来的，你就瞧好吧！

当时，黑瞎子正在黑龙江边的一棵树下休息，没意识到凶险的来临。

尤老疙瘩和傅彪悄悄地摸索到黑瞎子跟前，并把枪对准了黑瞎子的眼睛。黑瞎子好像听到了什么，站起了身，四下瞅了瞅，然后，又安静地趴下了，这时，尤老疙瘩的心一动！枪响了，子弹穿过黑瞎子眼睛上的一撮毛，飞走了。黑瞎子噼里啪啦地朝江水飞奔而去，然后，游向了江心……

傅彪、尤老大都骂尤老疙瘩败坏了莫日根的名声，不配当莫日根。

尤老疙瘩的脸红红的，他什么都没说。更没有说，那只黑瞎子的乳头肿胀得很厉害……

（原载《天池小小说》2016年第4期）

吉尔子呷的新年礼物

盐　夫

　　吉尔子呷没有订返乡的车票，他的大凉山的乡亲们也没有。汉族新年到来前，小吉尔没有离开工地的打算，他的班组还有 2 联现浇支架没有按计划搭设完成，误了工期，被二老板骂得狗血喷头不是根本原因，更重要的是在农历十月里，庄稼成熟、果树飘香的时节，他们的库斯节（彝族新年）就已经开始。库斯节小吉尔也没有回去，他向老吉尔打电话问候时，老吉尔告诉他，库斯节雄鸡打鸣的早上，他们家没有杀牛，但杀了猪、羊和鸡，朵博日和阿普机日都煮了心肺汤与猪肠青菜，这个库斯节全家人都过得很开心，阿么（妈妈）也很高兴，盼着他能早些日子回家。老吉尔在电话里提醒小吉尔在工地上要好好地干，爬上爬下注意安全，自己照顾好自己，家里一切都不用他操心，回家的事等到工程结束以后再说。

　　小吉尔是个 90 后，过了库斯节这才刚刚满 23 岁，但他已经做三个项目的小工头。二老板对他很认可，诚实、勤劳、能吃苦，把他从苏州工地带到盐城，青年路上支架搭设的工作都由他承包，起初，安全监理工程师对他的能力总有些怀疑，但看过他手上出的活也就相信他的能力了。最早，小吉尔手下只有 22 个架子工，他的胞弟吉尔呷且也跟着他做，呷且并不懒惰，只是事事都依赖他这个当大哥的，放不开手。小吉尔有些担心，这样下去他会耽误呷且好前途的，尽管呷且不愿意，小吉尔还是分出 15 个架子工，让呷且自己到另外工地去领班。而他自己只留 7 个架子工，但是不出三个月，小吉尔的手下又有了 35 个架子工，与他一样，都有一流的技术，能吃苦，做事也实在，做事时不喝酒、不抽烟，也不多说话儿。这里面有彝族的、水族、苗族、土家族的，也有汉族的。彝族的最多，都是小吉尔订的车票从家乡普格县领出山来的，有很多算是他叔叔辈分的人，他们很愿意跟着小吉尔做事，有苦同吃，有乐同享，不用小吉尔叫床，架子工们一定会在太阳升起之前就走上梯笼的，他们爬下架子时必是满天星星，一层一层向高空搭设支架是他们日日重复不断的工作。

许多架子工都来自云贵川三个省份，那里山高路陡，抬脚出门就要上山坡，打小练出登高的好脚板，也许天生很适合做架子工。小吉尔摇摇脑袋，他全然否定这样的说法。架子工辛苦，爬上爬下，工作有危险性，很多人都不愿意干，他们大凉山彝族汉子也不愿意做，为了生计，他们只能做别人不愿意做的事儿。小吉尔7岁就失去阿么，他的阿么死于车祸，他读两个月的书就回家放羊了，他无法改变自己的生命走向。新阿么（继母）来了以后，给他又增添四个弟妹，他们家是个有十口人的大家庭，阿大老吉尔的负担很重。新阿么以前不喜欢他，现在总夸说他吉尔子呷的好，吉尔子呷成了她的骄傲。小吉尔14岁离家外出打工的，除做过架子工外，他还做过搬砖工、钢筋工、板车工和伐木工。在伐木场上，他结识老光棍巴迪，巴迪很喜欢他的机灵劲，以他自己在江油市的房产为交换条件，要小吉尔认他做干阿大。老吉尔没有反对意见，老吉尔的堂客更没有反对意见。小吉尔噙着泪水很不情愿地向老光棍巴迪下了跪。小吉尔很不喜欢巴迪，虽然这家伙有些钱，但不务正业，常常赌博、酗酒，喝醉了很像一条死狗，醒来时就去摸伐木女工的屁股，终于有一天，被伐木女工的男人们打歪了鼻梁。小吉尔是在朵博日（彝族年次日）就离开巴迪了，他不再愿意跟着巴迪做，他爬上一列向东的火车，来到苏州。小吉尔临走前，把门上的钥匙丢在巴迪酒桶边的木桌上，他不贪图他的房子，他也不想再见到老光棍巴迪这个老酒鬼。

日比么呷是个漂亮的彝族姑娘，发梢染了淡淡的金黄，一点也不土气，看上去很清纯，也是大凉山普格县的，她与小吉尔的家只相隔50多里地。小吉尔与日比么呷是在工地上认识的。他们那里小伙子向姑娘求爱有对山歌的习俗。日比么呷在高架工地这一端，小吉尔在高架的另一端，他们俩对一夜彝语情歌，但附邻居民没有人能听得懂他们唱了些什么，最后把警察都招来了，么呷姑娘就这样跟着小吉尔走了，他们来到盐城高架工地。么呷在工地上给小吉尔和他的架子工们做饭，一日四餐，三四十张嘴，也不是件轻松的活儿，但她干得很快乐。么呷姑娘已经答应要做小吉尔的堂客，但小吉尔还没有去见准岳父母的计划，他没有车，没有房，也没有足够多的钱，他担心这样去见一定会被赶出家门的。他们那里男女定亲18万元的礼金是少不得的。这笔财礼指望阿大老吉尔是根本不可能办到的事，他只能靠自己，他相信自己会有做到这些的那一天的。

汉族新年来到时，小吉尔也没有大计划，他计划只给彝族老乡放三天假，正月初四就上工地，这三天让老乡们也过过汉族新年，领他们去地下商业街，据说那里东西好还便宜，让他们看看有没有合适自家堂客的好物件。他自己的计划，不是给日比么呷送玫瑰花，也不是买绒毛玩具，他们两个人现在合用一部手机，新年对情歌时，他要给日比么呷一个惊喜，他送她一部漂亮的新手机。

（原载《盐阜大众报》2016 年 2 月 15 日）

年　货

刘月潮

天擦黑时，朱家树才挑着一大担年货往家赶，打村主任程久亮商店过时，还是叫村主任的女人喜莲一眼瞅见了。

这不是家树嘛，大白天咋有路不走，非趁黑蹚夜路？喜莲话中有话，丢出扎人的刺头。

人穷志短，你这儿不赊账，我只好上表弟的商店赊。家树笑呵呵回了句。

喜莲那边话卡住了。

走出十几步后，家树猛地听见身后咚的一声响。

家树没有回头，大概喜莲朝马路上扔了块砖头。这担年货是家树给儿子少文正月初六结婚备办的喜礼。家树钱不凑手，村主任店里的东西死贵不说，还不肯赊账。

村里人都背地里骂村主任的店是黑心店。村主任家卡在村道的咽喉，村人进出都绕不开，零碎的小东西偷偷地从喜莲眼皮下混过去，这年货啥的只得揪着心上她的店买。

回到家，家树心中七上八下的，本来他想趁天黑混过去，不料还是让鬼精的喜莲逮着了。他和村主任是同学，有过一段不浅的交情，后来疏远了。两年前因一件小事两人生了间隙。

他娘的。家树忍不住冲着黑夜吼了声。

骂谁呀？老伴颤着声问。

一条想咬人的狗，从镇上回来时我差点被它咬了。家树心里笑了下，女人一向胆小怕事，生怕树叶砸坏脑袋。

没让畜生伤到就好。上个月石裁缝让老冯的狗咬了一口，误了工不说，光上医院打疫苗就花了好几百。

在大河人眼里，喜莲就是一条恶狗，仗着在市里县上当组织部长法院院长的亲哥和堂哥，人前张狂得全身都抖起来，倒是程久亮为人处世要平和得多。

那次，家树和好几个村人一起谈天，老覃说村主任人真不错，一点不像喜莲……

家树弹了弹烟灰说，他们夫妻俩一个鼻孔出气，只不过一个唱白脸，另一个唱红脸……

这话就像一只蜜蜂嗡嗡地钻进村主任的耳里，村主任见到他时脸突然不是脸了。

为这事家树后悔很久，当时光顾图个口快。

这回又让年货一弄，他和村主任算玩完啦。村主任这人，他懂。甭提村主任身后的大树，就是他抽屉里那枚公章就能卡你个半死。村民齐正名和村主任吵了一架，他家的宅基地村主任硬是拖着不给盖章，一晾好多年，把齐正名儿子的亲事给晾黄了，至今还打着光棍。

第二天，在村委会办公楼附近，家树和村主任遇上。家树立在路边，热乎乎地叫声老同学。

村主任夺了夺眼皮，点点头。

家树递了根玉溪烟过去。

村主任瞥了一眼，打着哈哈，都抽上玉溪了，这日子过得稳当嘛。

这玉溪是少文从龙州捎回的。养儿赔钱啊，这不，操办婚事的钱还有一半没着落呢。老同学，我还一心想着上主任的店去赊呢！

回头我给喜莲说一声，缺啥尽管去店里赊。在大河，我程久亮还没给谁赊过一分钱。村主任斜了家树一眼。

家树傻了眼，本以为村主任还不晓得他买年货的事，更不会赊账，落得个人情，和村主任的间隙能填点是点。没想到程久亮看透他的把戏，顺水推舟，让他一头栽进去。家树只好硬着头皮说，主任，蒙你高看一眼，缺啥我回头去店里赊了。

村主任走远了，家树还未转过魂来，不停地搓着糙米般的大手，瞧这事办的，搬石头砸伤自个脚。

回头家树就把一担年货挑回镇上。这等窝囊事一下下揪着心，家树觍着脸左一个右一个给表弟赔不是。表弟黑着脸，但脸还像张脸，那表弟媳的鼻子眼睛都不在一张脸上，指桑骂槐，扯上鸡婆说事，听着比打着还令家树难受。

出门时箩筐轻了，家树肩上却压了千斤担。一个踉跄，家树差点跌倒在门前。出了门再也进不了这门，这门亲算断了。在亲友们眼里，他这张脸再也不叫脸了。

活该。家树一边骂自个一边过马路。一辆驰来的车将躲闪不及的他撞翻了，从双腿上轧过去。

家树在医院躺了半年，保住了性命，双腿却没了。家树在医院醒过来就一言不发，像个哑巴。

少文婚事拖了下来，后来传出闲话，说少文未过门的媳妇西凤是扫帚星，人未过门公公却先丢双腿，过了门朱家不知要遭啥大劫。

西凤家人听到闲话，问少文这话打哪来的。

少文憋了一肚子气，说，我哪知道？这话明摆是有人造谣生事。

西凤和少文生了间隙。不久，西凤家退了亲，说她这扫帚星做不了朱家媳妇。西凤嫁给镇上一个有钱的男人。

少文受不了打击，变得蔫不啦叽的，他无脸在大河待下去，又出门打工了。不久，少文酒后与人打架斗殴，伤了好几人，被判了刑。

少文妈疯了。

家树还是一言不发，浑浊的老眼时不时淌出晶莹透亮的眼泪。大河人都说家树成了活死人。

村主任去看过家树好多回，还张罗着把家树婆娘送进精神病院，把家树安排进镇养老院，村主任还给他家办了低保……

大河人都打心眼里羡慕家树，他可是有村主任这么一个重情重义的老同学……

（原载《广西文学》2016 年第 5 期）

有爱无痕

纪富强

航班延误，到达越南岘港时已经午夜了。

陈青枫刚把行李拖进房间，十岁的女儿已趴在床上沉沉睡去。

这时候，有人敲门。

陈青枫透过猫眼，望见是同团到达的铁心兰——这名字，他曾在过边检时从对方敞开的护照上读过，便心中一动。

当时留意，未必完全无心。不可否认，这是个有魅力的女人。人到中年，安静和优雅，常常胜过漂亮和性感。

陈青枫抬腕看表，抛开些微时差，此刻已凌晨三点。但落腕的同时，他还是大方地开了门。

"能不能，陪我出去走走？"对方望着他，目光乞怜又温柔。

为什么？为什么是她？

陈青枫回头望望和衣酣睡的女儿，再转过头时脸上的疑虑和担忧已消失过半。

"这么晚，去哪儿？"

铁心兰低头不答，神情尴尬又羞赧。

陈青枫转身推上门，却又犹豫。这可是国外，是午夜，孩子睡了，手机不通，与陌生异性出去，太冒失了。

岘港的夜，无法只用美来形容。

韩江上仍灯火辉煌，船只往来穿梭，拱桥溢彩流光，霓虹倒映闪烁；天穹布满硕大的星子；街边棕榈树下簇拥着茶摊和咖啡店，如漫长海岸线上随处可见的贝螺，散发着神秘和浪漫。

空气像洗过一样，夜风轻柔得像纱。

他们一前一后，走了一程，在一隅清净的茶摊边落座。

几杯微苦的清茶，让陈青枫彻底放松下来。

这一夜，他们面朝远处的椰林和大海，再无对话。只在天亮前的走廊里分别时，相互对看了一眼。陈青枫给女儿脱掉鞋子关掉空调后，脑海里只剩下淡淡氤氲的茶香和连绵白头的海浪。

第二天，旅游团乘游艇去占婆岛。陈青枫坐在最前排迎着海浪大呼过瘾。偶尔，他回过头看一眼铁心兰。她的长发被海风吹散，茶色墨镜下的眼睛始终望着海平线。

整个白天，他们鲜有交集。陈青枫带女儿玩得尽兴，直到午餐吃海鲜时，他才留意到铁心兰坐在距离他们相当远的一张台桌边。

这天夜里，女儿依然睡得很早，然后轻轻的敲门声再次响起。

陈青枫躺在床上，有点矛盾，考虑该假装睡了，还是再等等。但当敲门声一停，他却倏地跳起身跑去开门。

门开处，铁心兰背对着他，肩膀耸动。等他迅速想好怎么措辞，她却转身破涕而笑。这次，他们沿着海堤并肩走了很远，才在露天咖啡店坐下，一个意大利女孩为他们端来甘甜凉爽的椰子冻。

陈青枫忘记随口调侃了什么，铁心兰咬着勺子强忍着发笑。也不知是她的牙齿好看，还是海边的夜风柔软，陈青枫竟然有些微醺的感觉。

白天，在古朴幽深的会安小镇，他们再度像陌生人。可紧接而来的夜里分别时，两人却有了一个绵长的拥抱。

到第四个夜晚上，刚出酒店两人的手就不时地靠在一起，偶尔手拉着手，走出了比白天巴拿山索道更远的距离。

第五夜，他们去酒店露天泳池游泳，俯瞰街道上蚱蜢一般飞驰的摩托车流。陈青枫回到房间后第一次开始失眠。他想不到年龄稍长的铁心兰，卸掉了防晒袖套和长裙，身材竟然如此精彩。

第六夜去咖啡店，即将离别，两人都心有戚戚然。铁心兰边啜咖啡，边递给陈青枫自己的手机。那上面，拍的是这些天他和女儿流连各处的照片。陈青枫发现，在铁心兰的镜头里，自己不只忧郁，也很快乐。

"不好意思，照片都传给你，我不会保留。"铁心兰话音有些泥泞，接着语气一转，"青枫，给你讲个故事：十五年前，有个女孩来越南开会，她玩得很开心。可没想到这期间爸爸突发重病，家人无法联系上她，等她回去时，爸爸已经走了。因为见不到她，爸爸临终前一直不肯合眼……"铁心兰讲到这里，发现陈青枫正愣愣地望着自己，眼中的霓虹明明灭灭。

"这次来越南前，某人问我为什么出来玩儿却看不出激动，其实……"铁心兰顿住，与陈青枫凝视，"对不起，第一晚我都不知道为什么去敲门，也许只是想去看看你女儿……"

陈青枫似已听得痴了。他承认就在那一瞬间，他爱上了眼前的这个女人。或者说，他爱上了那个凄美的故事。她眼里也分明是盈盈的爱意。他多么想站起来把她抱住，深深地吻她，从她浓密芬芳的头发开始。

可，一切都来不及了。巷口传来嘹亮的叫卖声，天色即将大白。

陈青枫索性闭上眼，压抑着内心的激越，试着把自己在晨风里打开。他想象着多年前那个痛不欲生的女孩是如何舔舐伤口走到今天，回忆起几年前他又是如何费尽心血没能保住抚养权却最终把女儿留在了身边。

他们在走廊里分别，拥抱的时间极短。铁心兰打开房门前回望，看见陈青枫用右拳贴住胸口冲她点头。

"爸爸，我们就要出发了吗？"陈青枫开门，女儿已经醒了。"为什么你每晚都丢下我出去？爸爸，我害怕，我好想你！"

陈青枫心中一凛，上前紧紧搂住女儿，眼前模糊一片。

（原载《小说月刊》2016 年 7 期）

座　椅

季　明

小赵进去时，老钟正在生气。

小赵是刚分到局里的公务员，按惯例，先干些打扫卫生、收收发发的工作。平时从这间办公室门前经过，那门，总是紧锁着的，虽然门头上钉着"局长办公室"的牌子，但小赵知道，真正的局长办公室，是在七楼，那么这一间，为啥也钉着"局长办公室"的牌子呢？这令他百思不得其解。

今天，这间办公室的门，却半开着。小赵很奇怪，侧着身子，小心翼翼地探进脑袋，望了望，却发现一个老头，背对着他，正叉腰站在那里。

这老头就是老钟，他有好长一段时间没进这间办公室了，这次过来，却发现里面积满了灰尘，这是件令他非常不高兴的事情。

小赵推门进去，老钟转过身。小赵问："你是谁？"

怒容满面的老钟说："你说我是谁？！"

小赵见他面生，便有了胆气，大声道："我不管你是谁，这办公室，能是你随便进的吗？"

老钟的火苗腾地往上蹿，呵斥道："去，把你们胡局长……那个什么小胡，叫过来！"

一听这话，小赵有些发蒙，犹豫了一下，赶紧去喊胡局长。听完小赵说明情况，胡局长皱起眉头，半晌，才慢吞吞地过来，看见老钟，胡局长赶忙伸双手，握住他的手，说："老局长啊，啥时来的？咋不提前通知一下啊，我好去迎接呀！"

老局长？小赵立刻明白了，瞬间有些傻。

老钟愤懑地四处指了指，说："小胡啊，你看这……这合适吗！"

胡局长拍了一下脑袋，连声说："怪我怪我……"急忙安排小赵找人过来，赶紧打扫卫生。然后，拉起老钟，说："走走，去我办公室里坐，喝杯茶，消消气。"

小赵飞奔而去，叫来几个同事，手忙脚乱地开始打扫这间办公室，不一会儿，就窗明几净了。

半晌，老钟和胡局长再次过来，四下看了看，终于满意了。

老钟在这个局当了十多年的局长，胡局长是他一手提拔起来的，退休时，他说还有些私人物品在里面，这间办公室就没有退，保留着，这一保留，就是好几年。老钟呢，也时不时来这里坐坐，按他的话说，是来回忆回忆那些逝去的旧时光。前不久，上级严令退休人员腾退占用的住房、办公室，老钟没办法，就来收拾东西。

说是收拾东西，其实也没什么，无非是些书、报、旧文件之类，老钟随意挑了些，胡局长赶紧让人装在一个纸箱里，搬了下去。

然后，胡局长说："老局长，您看看，还有什么没收拾的？"

老钟叹了口气，在这间办公室里缓缓踱着步子，这看看、那摸摸，似乎十分不舍。

老钟忽然来到座椅前，轻轻拍一拍，又仔细地摸了摸。座椅，是真皮的，宽大柔软而又舒适，老钟当局长时，这间办公室的所有办公用具，都是新置办的，所以说，事实上这个座椅，也只有他老钟一个人在上面坐过。

老钟盯着胡局长，用不容置疑的口气说："这把椅子，我带回去。"

胡局长愣了一下，旋即回过神来，赶紧命人把座椅也搬了下去。

老钟回到家，那座椅早已被小赵他们送了过来，端端正正地摆放在书房里。老钟一屁股坐上去，仰靠在宽大的椅背上，闭上眼，摇了几摇、晃了几晃，忽然，就有了一种非常熟悉的感觉。

或许是这把座椅有些老旧，某个部位的螺丝钉脱落，也或许是别的什么原因，老钟刚摇了几下，突然，它就散了架，把老钟重重摔在了地上……

[原载《微型小说月报》（原创版）2016 年第 2 期]

今年冬天不寒冷

蒋育亮

今年冬天，雪，飘飘扬扬地洒。旮旯屯的山峦、田野、河流、村庄，一片银装素裹。

村上人说，已经十几年没见过下这样的雪了。

宁静中，有咯吱咯吱的踏雪声响起。沉闷，滞涩，却有力，还能让人听出些许欢悦。

"五爷，溜达啊！"传来招呼声。

"这雪，罕见呢！瑞雪兆丰年哦！"五爷应答的声音，在雪地上蹦跶蹦跶地跳跃。

"五爷，不觉冷啊？"招呼声中溢出关切。

五爷搓搓冻红的双手，笑笑，一脸的暖和神态。

村人纳闷：五爷这是咋啦？

说起五爷，村上人都佩服得很。

十年前，张二婶家意外失火，一座木头房被烧了个精光。张二婶哭得死去活来，拉上儿子就要离村外出流浪。孤儿寡母的，想再建房子，那简直是登天摘月。

五爷站了出来。先是腾出自家半边房子，将孤儿寡母安顿好，然后，钻进自家林地，砍来木头，为张二婶重建房屋。一村人，硬是让五爷活活感动。出资的出资，献力的献力，不足两月，一座新屋就拔地而起。感动得张二婶搂着儿子，趴在地上硬生生地给五爷磕了三个响头。

还有五年前村主任家跟张坨子争地界的事。明明是张坨子的地被村主任占了好几米，镇上来调解时，村上却无人出来做证。镇上来的人说，村主任占理，那几米地，归村主任。病魔缠身躺倒在床的五爷，一骨碌爬了起来，找到镇上来的人辩理，还拿出了当年分地时的证据，弄得镇上来的人无话可说，那几米地，最终还是回到了张坨子手里。村主任后来与五爷一见面，两只牛眼就鼓鼓地喷火，足足烧了五爷好几个月。

这样的事例，五爷还有很多……

村上人依稀记得，五爷被查出患绝症的那一年，是在村主任家跟张坨子争地界的前一年。那年的冬天出奇地冷。雪，飘飘扬扬地洒。旮旯屯的山峦、田野、河流、村庄，一片银装素裹。

五爷从医院回到家，牙齿冷得碰出咔嚓咔嚓的声音。家人在五爷的屋子烧上两盆旺旺的炭火，五爷仍觉寒冷，躺在床上盖着两层厚被子。

从此，村上人都知道，五爷怕冷。

怕冷的五爷，一到冬天，几乎足不出户。

足不出户的五爷，却不孤独。村上的人，自觉不自觉地轮番去陪他聊天。村里村外，天南海北，无所不聊。唯一不聊的是村主任。

五爷几次问起，村民都顾左右而言他，避而不谈。

但五爷还是断断续续听到，村主任如何霸道，上面有人如何罩着他……

几天前，旮旯屯突然来了几个陌生人。

他们直接去了村主任家。不久，村主任便被他们簇拥着离开了旮旯屯。

接着，便有消息传出，村主任被县纪委带走了。

同时被带走的，还有镇上的一名副镇长。

听说，他们串通一气，搞了村里很多钱。

其实这些，五爷和村上人先前也听说过。就是只动雷不下雨，大家也习以为常了。

雪，飘飘扬扬地洒。旮旯屯的山峦、田野、河流、村庄，一片银装素裹。

五爷连续几天在村中溜达，咯吱咯吱的踏雪声，不时在村中每个角落响起。

"五爷，不冷啊？"常有问候声飘来。

五爷笑笑，不语。望望满天飘洒的雪花，喃喃自语："瑞雪兆丰年！"

村人纳闷，这五爷，啥时又不怕冷了啊？

几天后，伴随着满天飘洒的雪花，五爷气若游丝地说："今年冬天不冷呢！"

说毕，头一偏，去了！

五爷最后的话，村上的人都觉得很奇怪。

（选自《红豆》2016年第1期）

画　痴

刘怀远

钱先生贫困，宋乡绅富奢，二人家境差距极大，却是画友。

宋乡绅隔三岔五请钱先生来家小酌；钱先生呢，叫吃就吃，叫喝就喝，抢起筷子冷着脸，绝不寒暄，吃罢饭抹嘴便走，也绝无回请。每次饭前，二人都会站到画案前，钱先生抱着双臂看宋乡绅写字作画，嘴却不闲，批评挖苦不绝于耳，直到上桌的酒菜把嘴占住。被刻薄奚落了一顿的宋乡绅却如沐春风，笑吟吟地连连点头。过不了几天，又会请来钱先生，依然好酒好菜伺候着，只为两耳灌满批评和奚落。为何宋乡绅乐此不疲？在宋乡绅眼中，不只在苗湖，就是方圆几十里，除了钱先生，再找不到能在书画上这么谈得来的人，特别是能一下点中宋乡绅运笔痛处的人。

一次，二人月下对饮，酒到酣处，宋乡绅说，我的字、画总不长进，皆是因为无古人真迹可摹。钱先生点点头，众目所及都是有形无神的假画赝品，临摹多了，反而害处不浅。宋乡绅说，我独爱董其昌字画，天下都知董其昌的字画被康熙乾隆二帝尽数搜罗入宫，民间哪还得见真品？

钱先生端起一杯老酒，慢悠悠地一笑说，千层网过，也有漏网之鱼。宋乡绅酝出了其中意味，忙施礼道，难怪兄台画风古朴飘逸传神，似得董氏技法，恳请兄台家藏真迹让我一饱眼福！钱先生说，我家徒四壁，隔夜米粮都没有，哪里还有古人字画，我只是这样说说。

自此，夜黑风高时分，宋乡绅灯笼都不提，就去钱先生家转上一圈。到了门前，并不进去，只是悄无声息地朝里偷窥。功夫不负有心人，一天晚上，宋乡绅黑夜中的眼睛瞪圆了：油灯摇曳出的昏黄中，墙上挂着一幅山水画卷，钱先生正站在画前，细细品味揣摩。宋乡绅窥了半天，终于忍不住去叩门，里面惊慌地问，谁呀？宋乡绅忙说，年兄，是我。

好一会儿，门才开了，钱先生拦在门口：深夜何事？

宋乡绅说，从此路过，见你没睡，就叩门叨扰，不请我进去喝杯茶？

钱先生才极不情愿地让他进去。

墙上，已没有了字画。案上，却有墨迹未干的画卷。宋乡绅细细看了，那山，那水，那一叶小舟，那几株松柏，皆丰神独绝，如清风吹拂，微云卷舒，无不如出自董其昌之手。宋乡绅说，年兄，你这是才摹的，快拿出真迹让在下过眼。

钱先生说，拿什么，我不过随手涂鸦而已。

宋乡绅说，我刚在外面都看见了，别再瞒我了。

钱先生顿时口吃起来，祖上有训，绝……不让外人观看。

就让我看上一眼吧。宋乡绅紧紧拉住钱先生的手央求道。

钱先生望望一把胡须的宋乡绅，叹口气说，也罢，你我交好多年，今天就是落个不孝之名，也让您看一眼。

钱先生去净了手，才从柜子里拿出一轴画，慢慢展开。宋乡绅眼前一亮，顿觉神清气爽，待要细细品味时，画卷已收起。宋乡绅说，我再好好细品。钱先生说，祖训当头，请兄莫再逼我。

宋乡绅说，年兄守着宝贝饿肚子，不如把画转给我，尽享后半世富贵。钱先生说，即使腹中无过夜米，看上几眼画卷，也如饮甘饴。

第二天一早，宋乡绅又来了，让仆人担着一担金银，和钱先生说，除却田地房屋，这是我全部所有，只求兄台转让画卷。钱先生说，谢谢抬举，恕难从命。

兄台不想过富庶日子？钱先生微微一笑：画轴在手，朝看彩云，暮伴明月，别无他求。

宋乡绅说，我若强求呢？

钱先生拉长了脸：在下会与画卷同做灰烬。

隔一日，宋乡绅又请钱先生去饮酒，钱先生一口拒绝。

过几日，钱先生出去访友，回来后家中凌乱，每个角落都被翻动，而家里却没有少什么。钱先生偷偷查看后，心方落地。

又过几日，天上掉下大喜事，媒婆来提亲，要把宋乡绅的姑娘说给钱先生的儿子。钱先生的儿子20多岁了，因为家贫从没有媒人登过门。不想，钱先生一口回绝，竟说儿子还小。

半年后，宋家送了信来，说宋乡绅生命垂危，要见钱先生一面。钱先生无奈地一笑，沉思片刻，从带虫的米缸里扒出一轴画笼进袖筒，跟上来人去了宋家。

宋乡绅面色灰槁，说话有气无力，拉住钱先生掉下眼泪：兄台，我命休矣。临终前，我只想细细品读董其昌真迹一晚，望兄台体恤将死之人。

临来时，我已想到你病症的根源在此。钱先生掏出画轴，递给宋乡绅说，但请兄台爱惜，并望兄台早日康复。不过，明早日出之时，我来取画。

第二天天刚放亮，钱先生来到宋家。宋家大门洞开，正屋中央摆放着半担金银，却无一人。钱先生一直等到月亮升起，也不见宋家人回来。

钱先生长叹一声，这个画痴呀，把什么都舍弃了。

他把宋乡绅的门锁好，依然回到自己的茅屋。

宋乡绅从此杳无音讯。而钱先生依然会在夜深人静时发呆，品画。只不过每次他都像做贼一样，仔细观察四周后，才净手焚香，从隐秘处拿出一轴古画，静心研习。寂寞中的他有时也想，宋乡绅会携了画带着一家老小去哪里呢？这个宋乡绅啊，只知我是丹青高手，却不知我也是临摹做旧的行家呀！

（原载《北方文学》2016 年第 4 期）

辣椒红了

李世营

门开了，二楞风风火火闯进屋子。

哥，爹不见了。

咋？走，去村西口。

大楞顺手拉起衣服，拽着二楞奔往村西口。

村西口，娘在那。

大楞二楞到了，爹果然在。

爹和娘在摆龙门阵。

翠，记得不，咱家的辣椒园？

那年入冬，辣椒丰收，天却下起了大雪。几天几夜的忙碌，用不完你的傻劲。你的双腿，终耐不住霜寒，冻成了风湿，落下了难以治愈的病根。从此，一到雨雪天，双腿就钻心地疼。

大楞乖，二楞淘气，没少惹你生气。

辣椒园。唉！没了。这个二楞子……

大楞拉拉二楞，示意不要作声。

爹唠着唠着，伏在娘身旁睡下了。

月光洒在爹苍老的面颊。爹的双眼，淌过两行热泪。

入秋的夜，风起，微寒。大楞拉下肩上的衣服，轻轻披在爹的身上。

爹累了，让他睡吧。

嗯！

记得咱家那辣椒园不？

嗯。一辈子都忘不了！

那年，家里日子实在扛不下去了，娘拉上爹去了趟姥娘家，回来带上一大袋辣椒种子。

脚下，就是爹和娘开垦的辣椒园。这里，爹娘的足迹踏过每一处地方，汗水湮透过每一寸土地。

爹和娘的生活，都浇在了辣椒园子里。

大楞二楞的童年和少年，沁满了红辣子的浓浓香味。

如今，这片曾经的辣椒园，二楞已建起了工厂。

二楞打个哈欠。大楞说，困不？

困了！

你回吧！我在这陪陪咱爹咱娘。

不！哥，就在这睡下吧，一块陪陪咱爹咱娘。

大楞望望天上的月亮，看看身旁已起鼾声的爹。

爹的面容，睡起来的样子，咋这么安详，这么静谧。

月光柔柔地洒下来，落在身上，暖暖的。大楞又回到了辣椒丰收的季节，一串串辣椒挂满枝头，田野里飘满了辣子香，辣椒园中响起一片爹、娘、二楞的欢笑声。

这几年，二楞混发财了，办起工厂，买了小汽车，住进了城市的小洋房。娘去世后，接爹去城里，请了保姆，吃喝不愁。可爹患上了老年痴呆，一发病，就偷偷跑回家。为这，二楞请了很多医生，都没有效果。

第二天黎明，大楞醒来，已不见了爹。

爹呢？

大楞推推二楞。二楞揉揉眼。

爹呢？

爹不见了！

娘的坟头，孤零零放着一大串红辣椒。

大楞二楞回到家，爹正笑眯眯地坐在院子里。院子里，一串串火红火红的辣椒，整整铺满了一地。

大楞二楞愣住了。

村里人说，娘是四川人，娘最爱吃红辣椒。

辣子暖身，驱风寒。娘走的那天，天空飘着雨雪。娘的风湿腿发作，疼痛难忍。爹亲手给娘做了一大碗红辣子。一大碗红辣子咽下去，娘的身上冒的满是热汗。

爹说，那不是汗，是娘的泪。

娘有几分憨傻，村里人都知道。

爹讨过饭。娘是讨饭路上捡来的，这件事，爹从未对人提及过。

娘去世三年了，村西口，爹在娘的坟旁，深耕细作，开垦出两畦菜地，种上辣椒。秋天来了，辣椒红了。风一吹，一串串红辣椒格外迷人。

（原载《奔流》2016 年第 9 期）

戒　痕

于双慧

　　瞎老苗并不瞎，相反，他眼睛很毒，那双藏在瓶底儿厚的镜片里的眼睛，总能从和他说话的人眼里看出些端倪，适时地反击对方，可这并不能堵住邻人们的嘴，在交谈过后，小镇上的仲夏夜就多了一笔可观的谈资供人咂摸、讨论，直到周公的召唤，再四散而去。

　　这样的背后议论对瞎老苗来说，毫无意义，他一如既往地生活着，但对邻人们却是晚间纳凉时的一种吸引，仿佛没有了瞎老苗的夜晚，整个夏天都刻着两个字：寂寞。

　　苗木是瞎老苗唯一的儿子，也是他唯一的亲人。

　　他的亲人都对他敬而远之了，这亲人里，也包括苗木的母亲，因为瞎老苗对酒精的热爱超越了一切。所以除了一个襁褓中无法逃跑，又没人愿意抱走的孩子，瞎老苗身边的人都失踪了。

　　没有菜，他能用白酒泡米饭美美吃上一顿，然后一抹嘴，天与地都带着酒后酣畅淋漓的笑容。别人问："老苗，你儿子都那么大了，为何不让他去上学？"瞎老苗一撇嘴："学校能学出个啥？我在家就可以教他，考大学没问题！"有好事之徒看见苗木的时候就逗："木儿，你不上学能有啥出息，长这么大就学会了去小卖部打酒，以后娶不上媳妇儿。"苗木不说话，拿着酒瓶子一溜烟儿跑远了。

　　他也有过人之处，起码在小镇那坑洼不平的路上，从趔趄学步到轻车熟路的过程中，小小的苗木并没有哪次将酒瓶子甩在地上。

　　瞎老苗继续着自己既定的生活方向，他心里是希望能教儿子学习一些知识的，只是不喝酒，他什么知识也想不起来，喝了酒又把那些知识全都忘了，苗木就在蹉跎中一天天长大。邻人们背后讲究归讲究，还是可怜苗木的，虽说吃不饱，可他长得太快了，谁家有用不着的衣物，都会悄悄送给他。于是就可以看到长至少年便已人高马大的苗木，时常穿着一身露着腰，裹着腿，袖子也刚到肘下不合身的衣服出现在小卖部的酒缸前。

《增广贤文》里说：贫居闹市无人问，富在深山有远亲。但如那些嘴麻但心热的邻人一样，并不是所有人都那么冷酷无情，瞎老苗的远亲就看不下去了，坐了一夜的车来到瞎老苗家，还顺道捎来了一个女人。

女人斗鸡眼，公鸭嗓，一头短发，脸上沟壑难平，但人很麻利，也热情，见到邻居都会主动打招呼，无论你是什么态度，她下回热情如故。这突然出现的伴侣让邻人有了新的灵感：莫非这个女人的脑子让门挤傻了？

可这并不妨碍她的热情迅速感染了一群人，大家都觉得虽然外貌丑陋，但瞎老苗能续上这样的媳妇，真是有了后福。邻人的说法不是一时冲动，因为苗木已经很久没有拿着酒瓶出现在从家里通向小卖部的那条土路上。

小镇的夏天因为瞎老苗的"改邪归正"，好像一晃就过去了。

从前，每个人见到瞎老苗总是劝他别再喝酒，无论是发自真心的劝说还是虚情假意的客套，总之，戒酒是挂在每个和他对话的人嘴上的标签。终有一日，瞎老苗戒了，邻人们却又都上了瘾，不喝酒的瞎老苗让他们的存在显得多么无聊。

县里来了人，挨家挨户登记、量尺、调查，这里要拆迁了，变成工厂，又或者变成学校，无论变成什么，镇上的人都无心关注，他们最想知道，在这之前，能变成多少钱。于是，忽然在初秋的傍晚，有人眼珠子一骨碌，拍着脑袋笃定地揶揄："怪不得那婆娘坐了一宿的车颠到这来了。"这句话仿佛给邻人们醍醐灌顶，大家都豁然开朗了：瞎老苗的拆迁款需要有人分享啊！

瞎老苗房子大，能得到的拆迁款数目是这小镇上排名靠前的，有人劝他："防着点儿，毕竟是后到一块儿的。"瞎老苗扶一扶瓶底厚的眼镜，不置可否。

很不幸的，这次，邻人们说对了。

在一个清冷的秋日，瞎老苗凸着一双因为长期佩戴眼镜而严重变形的眼睛，指着门框破口大骂，他和门框并没有仇恨，只是撕扯间，女人把他的眼镜打碎在地上，他看不清女人的位置。这一役，瞎老苗赢了，赢了的结果就是他又变成了孤家寡人，但他保住了他的拆迁款。

小镇的夜在秋意渐浓的深霾下又沸腾了，原来那个女人才不傻，邻人们都替瞎老苗感到痛快、值得。

但别人感觉如何又有什么关系呢？反正瞎老苗的酒瓶子又满了，他觉得，这样的生活，足够了。

（原载《大观·东京文学》2016 年第 5 期）

一双不听使唤的手

赵悠燕

  他和一帮朋友在主人家里喝茶，他眼睛盯着手中的茶杯，似乎有些心不在焉。主人刚从法国留学回来，开了一家画室。他曾经是他的崇拜者，他也喜欢画画。

  夜深了，他们从主人家里出来，回到住处，他才发现自己口袋里装了一样不属于他的东西，灯光下，那个瓷杯显出细腻通透的瓷质和青翠欲滴的蓝色花纹。他坐在沙发上，冷汗淋漓，回忆刚才的情景，一刹那，似乎主人盯着他现出惊讶的神情，然而，很快，他转移了视线，他脸红了，仿佛那件事是他干的。

  他佝偻着身子坐在沙发上哭泣，用牙齿用力咬这两只白净修长的手，那双手有着过去烙下的点点疤痕，烟烫的，锤子敲的，指甲抓的。他的无名指关节有些变形，那是上次从一位他敬重的长者家里出来，口袋里多了一样沾满颜料的画笔。他发疯似的撕扭着自己的手，从厨房里拿了一把榔头，朝着自己的手指敲了下去。

  无数次，他用手使劲握着从冰箱里拿出来的冰块，他感觉两只手先是变得刺骨地冰冷，疼痛然后麻木，苍白的皮肤渐渐地充血变成紫色，他的手一度冻伤，好些日子不能抓住任何东西。

  他觉得它们应该会老实些了，可是今晚，它们又做了不该做的事，仿佛那是一双长在魔鬼身上的手，它们不听从他的意志召唤，做一些令他羞愧得无地自容的事情。也许，他该把它们剁掉。

  他的一位好朋友知道了他的事情，劝他：留着你的那双手吧，它们还会有更大的用处。城市诱惑太大，去乡下吧，也许，那儿能治好你的病。

  朋友在乡间有一间自建的屋子，他听从了朋友的劝告，除了几件换洗衣服和颜料画笔，什么都没带。

  他在屋前开了一片地，种花种菜，他跟着那些老农去很远的地方汲水，去很高的山上摘野果。渐渐地，他和他们打成一片，他们邀他去家里做客，烫酒烧菜给他吃。老农们的家里除了一垒土灶、砖搭的床、歪歪斜斜的桌椅，几乎家徒四壁。

两年过去了，他的手变得粗笨难看，骨节粗大，皮肤粗糙，外形看，他跟当地老农无异。在这个单纯的世界里，他欣喜地发现，这双手终于听从了他的使唤。

一个大雪纷飞的冬天，朋友找到了在草屋里饮茶作画的他，朋友看着他在山上画的那些画，建议他下山去办个画展。

他看着自己的这双手，现在，他相信它们可以跟着他出关了。

不出所料，那些以他的两年生活经历为素材创作的画受到了欢迎，他们称他为隐修者，那些记者络绎不绝地来采访他，他又开始忙碌起来了。展览，演讲，电视台专访，出书，等等。那年秋天，他被安排跟着主管文艺的副市长出访他向往的法国。

副市长烟瘾很浓，他有一个精致的烟斗，牛角材料，说是在德国留学的女儿给他带回来的，私下里，他喜欢叼着烟斗跟大家说话开玩笑，绅士味十足。

出访活动非常顺利，一星期后，他们回来，机场门口，副市长和大家一一握别。

他肩上背着一个大包，双手插在口袋里，眼睛看着前方，对于副市长的热情似乎无动于衷。难怪，艺术家大多这种个性。副市长并不在意他的这种态度，笑盈盈地走到他跟前，和他打招呼。

他看着眼前这双绵柔、宽厚的大手，突然心里一阵恐惧，这个世界的诱惑太大了，他实在不应该下山。慌乱中，他把插在裤兜里的手抽出来，一只造型别致的牛角烟斗跟着他的手从口袋里跳出来，落到了地上。一刹那，他的脑子一片空白。

（原载《天池小小说》2016 年第 9 期）

修车老汉

韦　名

桥下的修车老汉死了。听说死得很惨，在桥上被汽车撞个血肉模糊。

一个卑微生命的离去，就像天空中一颗流星一闪即逝，再平常不过，于忙忙碌碌的世人更是毫无影响的——只是又一次骑车过桥，轮胎破了，烈日下推车，在桥下找不到修车老汉，挨了另一修车档的"宰"时，才记起曾经有这么一个人。

在这个城市里骑车上下班，常常会遭遇这样的尴尬：早上准备骑车出门，发现车子丢了；火急火燎担心上班迟到猛踩脚踏板，轮胎不争气了——遭遇不测，扎上了钉子铁块，破了。

那天，本就起床晚了，正奋力骑行在桥上匆匆赶路的我，忽地感觉脚上用不上劲了——我最担心的情况出现了，轮胎破了。

像泄了气的轮胎一样，推着车子过桥。桥下不远处就是老汉的路边修车档：一个黑乎乎的塑料盆装着半盆黑乎乎的水；一个皱巴巴的蛇皮袋铺在地上，上面摆着剪刀、铁锤、钳子等工具；一个锈迹斑斑的铁皮月饼盒装着汽芯、螺钉、垫片等细小物件；一个还算精神的打气筒直立在一边……这就是老汉修车档的全部。

一头白发的老汉正在给我前面一位紧张地补胎——不用说，又是一位中了招的主。

"赶紧帮补一下！"屋漏偏逢连阴雨，心想迟到了回去挨领导批是肯定的，前面那位推车一走，我就催促老汉。

"嗯！"老汉接过车，一双粗糙油污的手麻利地动起来。很快，老汉从前后轮胎各取出一个几乎一模一样的钉子。

"路上长钉了！"看到这两个一模一样的钉子扎破了我的车胎，害我上班迟到，我气不打一处，拿话损老汉——报上常讲，一些不法分子一边在马路上撒钉子，一边在前面守株待兔修车补胎。

我怀疑老汉，边说边观察老汉的反应。

"嗯！"老汉听出我的话外音，抬了下头，应了一个不置可否的单音字后，低头继续干活。

老汉抬头瞬间，脸上风干了的皱纹格外显眼。

"现在的人，人心不古，见利忘义！"我心存怀疑，却又苦于没证据，还得求助于他，心里愤愤不平，继续用言语发泄愤怒，"卖棺材的恨不得亲自去杀人，开药店的巴不得全城投毒……"

"嗯！"老汉这回头没抬，手也没停，又是不置可否地应了个单音字。

心虚了吧？话都不敢接，就像抓了小偷现行，我一脸正义。

"好了，两块！"老汉停下手中的活，站了起来，拍了拍微微驼着的背，言简意赅。

苍白的头发，风干的皱纹，微驼的腰背，老汉站起来的那一瞬，我突然有心悸的感觉——老汉特像乡下的父亲，苍老、能干又狡黠。

但愿钉子不是你撒的，但愿善良在你那还有一丝尚存，看着这像父亲一样的老汉，我把到嘴边更恶毒的话咽了回去。付了还算公道的两块钱，急急赶路，把怀疑捎走。

这是我第一次跟老汉打交道。

没多久，我再次"帮衬"老汉的修车档。依旧是麻利的动作，依旧是"嗯"到底的言简意赅，依旧是有些许的心虚。

老汉修好车站了起来捶捶腰。而我再次面对老汉苍白的头发，风干的皱纹，微驼的腰背，我不再有心悸的感觉，我更多相信我的判断，他就是撒钉子的人——我看到他的铁盒有好多一模一样的钉子！

老汉在马路上撒钉子终于还是被我抓了现行。

那天要陪领导坐早班机出差，天刚蒙蒙亮，我就骑车出门去单位。

清晨一切都还睡意蒙眬，路上车少人稀。上桥时，远远见到一黑影和我相向而行。黑影在桥上走走停停，时而弯腰，时而直行，怎么看都不像正常赶路的。

一开始，我没怎么在意，或许是黑影落下什么东西，在桥上寻找。靠近了，从微驼的后背和苍白的头发，我认出黑影是修车老汉。

难道是趁着车少人稀，在马路上撒钉子？

"干吗？"修车老汉正好弯下腰，我大吼一声。

兴许太专注撒钉子了，老汉没注意到我已逼近，被吓住了：老汉直直站着没动，左手拿着两个估计来不及撒下去的钉子，右手有一团黑乎乎的东西。

"嗯！"老汉发现是我，顿时轻松了下来，"吓死了！"

苍白的头发，风干的皱纹，微驼的腰背，在晨曦中分外耀眼，我却没了心悸和怜悯，心里只有厌恶和憎恨！

"怎么能这样?!"粗话我骂不出口,但声音绝对够大,大到桥下江里的鱼虾大约都能听见。

"嗯!啊?"老汉还是言简意赅,只比刚才多了一个语气词。

"别再这样了!"唉!面对像乡下一样的父亲,怎么说他好呢?

……

出差回来好长一段时间不用"帮衬"老汉。老汉被我撞见撒钉子后,或许是良心发现了,不再撒钉子,生意也就似乎"冷清"起来,上下班高峰期不再忙得没空站起来,常常见他微驼着背站着朝桥上张望。

我每次都是呼啸而过,不停一分一秒。

但愿老汉改过自新了!

老汉不知改过了没有,老汉却死了。原本,像老汉这样一个卑微生命的离去,于世人毫无影响,也无人会记挂。然而,老汉在离去后半年,却引起了轰动——本城晚报报道了老汉的事:修车老汉数年如一日,用磁铁吸走不法分子撒在桥面用来扎车轮胎的钉子,不幸遭遇车祸……

对照那篇报道,我才知道,老汉右手那团黑黑的东西是磁铁,铁盒里装的是他每天吸走的钉子!

报道说,老汉因为儿子在桥上开车,车子被钉子扎破轮胎出车祸身亡,自此之后,老汉就在桥上吸钉子,桥下修车。

怀揣着那份报纸,我骑车出门,在桥下老汉昔日的修车档前,我仿佛又看到了苍白的头发,风干的皱纹,微驼的腰背的老汉。

我也看到了乡下的父亲。

(原载于《汕头日报》2016 年 10 月 21 日)